重庆市出版专项资金资助

全球视野下的近代重庆丛书

Dans les rapides du Fleuve Bleue
Voyage de la première canonnière française sur le haut Yang-tse-kiang

长江激流行
法国炮舰首航长江上游

重庆中国三峡博物馆　重庆市地方史研究会 ◎ 编
周勇　程武彦 ◎ 丛书主编

〔法〕武尔士 ◎ 著
曹娅　赵文希 ◎ 译

重庆出版集团　重庆出版社

图书在版编目(CIP)数据

长江激流行——法国炮舰首航长江上游 / [法] 武尔士著；曹娅，赵文希译. —重庆：重庆出版社，2017.12
ISBN 978-7-229-13119-7

Ⅰ.①长… Ⅱ.①武… ②曹… ③赵… Ⅲ.①游记—作品集—法国—近代 Ⅳ.①I565.64

中国版本图书馆CIP数据核字(2018)第070243号

长江激流行——法国炮舰首航长江上游
CHANGJIANG JILIU XING——FAGUO PAOJIAN SHOUHANG CHANGJIANG SHANGYOU
[法]武尔士 著　曹娅 赵文希 译

责任编辑：王　娟
责任校对：刘小燕
装帧设计：彭平欣

重庆出版集团
重庆出版社 出版

重庆市南岸区南滨路162号1幢　邮编：400061　http://www.cqph.com
重庆出版社艺术设计有限公司制版
重庆市鹏程印务有限公司印刷
重庆出版集团图书发行有限公司发行
E-MAIL:fxchu@cqph.com　邮购电话：023-61520646
全国新华书店经销

开本：787mm×1092mm　1/16　印张：18　字数：238千
2019年6月第1版　2019年6月第1次印刷
ISBN 978-7-229-13119-7
定价：54.00元

如有印装质量问题，请向本集团图书发行有限公司调换：023-61520678

版权所有　侵权必究

《全球视野下的近代重庆丛书》
编辑委员会

主　任：周　勇　程武彦

成　员（以姓氏笔划为序）：

王川平　艾智科　刘兴亮　刘德奉　张　波
张荣祥　李　波　李廷勇　何智亚　邹后曦
黄晓东　常云平　曾　超　蓝　勇　戴　伶

重庆史就是中国史、世界史

——《全球视野下的近代重庆丛书》总序

周 勇

重庆，山环水绕、江峡相拥，是一座具有悠久历史、灿烂文化的历史文化名城。

近代以来，中国遭遇"三千年未有之变局"，重庆也不例外。最显著的特征就是西方列强以利炮坚船侵入中国，中国被迫进入半殖民地半封建社会。重庆之于沿海，晚半个世纪。

经过第一次鸦片战争和签订《南京条约》，西方列强强开广州、上海、福州、厦门、宁波为通商口岸，控制了中国的出海口岸；经过第二次鸦片战争和签订《天津条约》《北京条约》，西方强开天津、南京、汉口等11个通商口岸，其势力伸入长江流域中下游；随即剑指长江上游地区的四川、云南。

从19世纪60年代起，英国工商界不断催促其政府沿长江西进，把上溯重庆，强迫重庆开埠，进而夺取长江上游，作为开辟中国西部市场的首要目标。从60—70年代，英国外交官员、冒险家、企业家、海军小组等纷纷进入四川重庆，考察调研。1874年夏，英、法洋行更雇用民船私载洋货上驶重庆，直接闯关。1876年，英国借"马嘉理事件"，强迫中国签订《烟台条约》，英国取得"派员驻寓"重庆和宜昌开埠等特权；同时规定了重庆开埠的先决条件——轮船上驶重庆，其最终迫使重庆开埠的计划取得了重要的进展。随后，历任英国驻重庆领事一面加紧调研，一面游说鼓动。此举直接催生了英国商人阿奇博尔德·约翰·立德乐建造轮船驶抵宜昌，迫使中国政府与英国再谈重庆开埠条件。1890年3月31日，中英两国在北京订立《烟台条约续增专条》，英国正式取得了重庆开埠的条约权利。1891年3月1日,重庆海关成立,标志着重庆正式开埠。此时,距第一次鸦片战争已经过去了50年。

重庆开埠在中国近代史上具有重要的意义。它是西方列强在中国长江上游取得的最西端的通商口岸,英国的得手意味着欧美列强在这一领域对中国特权的"一体均沾"。1896年,后起的东亚列强日本又通过《马关条约》强迫重庆对日开埠。重庆成为列强共同侵占的半殖民地,这是中国半殖民地半封建历史的重要组成部分。

重庆开埠,也开启了中国西部地区近代化的历史进程。

在这个进程中,活跃着一大批外国人的身影。其中以英国为最。从19世纪中期以来,英国就掀起了一股"游历"中国西部的热潮。尤其是1876年中英《烟台条约》准许"洋人"进入中国内陆,更成为英、法、日、德等外国人踏入中国内地游历、考察、传教的保障与凭证。此后,大量英国人渡海远行,溯江而上,踏进这片少人涉足的陌生疆域。他们身份各异、目的多样,有的直接从事情报搜集工作,服务于国家对外扩张战略;有的探险、游历,间接地向世界传递出中国西部的社会信息。令人瞩目的是,他们将沿途的见闻诉诸笔端,回国后到处演讲,并以日记、游记或报告的形式出版发行,扩大影响,也为我们今日的学术研究留下了宝贵的史料。

我从1979年起,开始系统地学习历史学,并研究中国近现代史。期间,读到不少洋人有关重庆的著作。如英国皇家地理学会会员、威海卫副司法行政长官庄士敦(Reginald Fleming Johnston,又译为:雷金纳德·弗莱明·约翰斯顿),对川江航道、重庆煤矿、养蚕业、水利灌溉以及白蜡产业的考察;有英国记者、英国皇家地理学会会员、美国地理学会会员丁乐梅(Edwin John Dingle,又译为:埃德温·约翰·丁格尔)对川江航道、入川陆路、四川人口、铁路、工商业以及新式教育等的综合考察;英国作家、探险家以及第一位英国皇家地理学会院士毕晓普女士(J.F.Bishop,F.R.G.S.),她对中国西部进行了历时15个月的实地考察,尤其对长江上游和重庆的山川风貌、人情风土、社会环境等,进行了详细的解读和说明,进而提出重庆是"中国西部的商贸首都、清帝国最繁忙的城市之一",是中国最引人注目的城市。尤其是有促成重庆开埠并第一个带领轮船驶抵重庆的英国商人阿奇博尔德·约翰·立德乐（Archibald John Little），他留下了名篇《长江三峡及重庆游记——晚清中国西部的贸易与旅行》（曾译为《长江三峡游记》或《扁舟过三峡》），这是一部对中国西部社会经济考察备述无遗的作品。有日本外交官、著名汉学家竹添进一郎留下的《栈云峡雨日记并诗草》，记载了他在中国各地游历的见闻，印象最深刻的则是在四川重庆的"栈云"和"峡雨"。有英国派驻重庆领事官谢立山从重庆到中国西部地区的深入考察，留下的《华西三年——四川、贵州、云南旅行记》，引起了西方国家的一时轰动，重庆乃至西南逐渐被西方人所熟知。有天主教川东教区法国传教士华芳济（P.Francois Fleury）留下的《我在四川被囚禁的经过》，详细记录了余栋臣起义过程中他被俘的经历。有法国海军上尉武尔士（Emile Auguste Léon Hourst，又译为：埃米尔·奥古斯特·莱昂·乌尔斯特）留下的《长江激流行——武尔士上尉率法国炮舰首航长江上游》。这是目前所见的，唯一的由法国人撰写的有关川江航行和重庆城市历史的著作。有天主教重庆教区大修院院长古洛东（Gourdon）撰写的《圣教入川记》，记述了明朝以来天主教进入四川和在四川的活动。还有英国的冒险旅行家托马斯·索恩维尔·库柏（Thomas Thornville Cooper）撰写的《蓄辫着袍的英国贸易先锋——溯长江而上的探索之旅》，他是西方最早一批敢于直面风险穿越中国腹地的旅行家之一，也是近代英国到西藏东部探寻商路的第一人，等等。

这其中，有三类史料的量是比较大的。

首先是围绕重庆开埠谈判的档案史料。重庆开埠共进行了三场谈判，一是1875—1876年，中英烟台谈判，最终以签订《烟台条约》而告终，规定了重庆开埠的前提条件。二是1887年开始的中英宜昌谈判。这场谈判的主题就是重庆开埠，谈了近4年，到1890年签订《烟台条约续增专条》。三是1895年，中日马关谈判，签订了《马关条约》，重庆对日本开埠。1980年，我开始研究重庆开埠这段历史时，所能依据的只有收录在《清季外交史料》之中的中国档案史料。近40年来，我们可以看到有关重庆开埠的史料大大地扩展了。首先是日本档案史料的公布。2001年，日本亚洲历史资料中心建成开放，公布了近代以来日本内阁、外务省、陆军、海军的公文书以及其他记录当中选出的与亚洲近邻各国之间的关系相关的资料。这些资料都是政府有关机构国立公文书馆、外务省外交史料馆、防卫厅防卫研究所图书馆收藏的资料，相当丰富。里面不但有中日马关谈判关于重庆的史料，更有日本人打探到的中英两国在烟台、宜昌谈判中的重要情报。后者是我们没有想到的。其次是英国国家档案馆中有关中英谈判重庆开埠史料的解密。我曾两次到英国国家档案馆查阅档案，收获极丰。那里保存着19世纪以来英国与中国交往的丰富档案，特别是1875—1876年中英烟台谈判、1887—1890年中英宜昌谈判中关于重庆开埠的原始文件，包括两国之间的历次照会、双方谈判代表给各自国家的报告、有关当事人留下的书信、签署条约的往来磋商函件，特别是《烟台条约》和《烟台条约续增专条》的正式文本，其详细、生动，是我从来没有见到过的。其中还包括中日马关谈判的记录抄件。日、英档案的披露，让我们完全回到了100多年前中英、中日关于重庆开埠谈判的历史现场，似乎还能感触到那段历史的温度。这无疑为我们在中国档案之外打开了一扇观察重庆近代历史的窗户，在近代历史大潮中的重庆开埠的历史就更加清晰和生动地展现在了我们的面前。

其次是重庆海关档案的使用。1980年，我开始研究重庆开埠时，得到我国经济史学科主要奠基者与创始人、海关史学家汤象龙先生的指导。他曾于20世纪30年代前往英法德学习研究经济史，搜集到1891年重庆开埠时的海关调查报告。先生无私地将其借我使用，我也从此开始运用旧中国海关档案来研究重庆开埠的历史。随后，我又有机会与中国第二历史档案馆的同仁共同翻译整理了一批重庆海关报告。这是当时海关关员搜集到的各类情报，每月、每季、每年向总税务司和英驻渝领事呈报。以后形成惯例，每十年编制一份综合性报告。凡重庆地区鸦片、贸易、人口、科举、教育、地势、出产、民船、本国钱号钱庄、信局、都会、会馆、航业、税收、金融、财政、河道、邮局、电报、行政、谘议局、司法、警察、监狱、农业、矿山、制造业、市政、医院、物价、工资、陆海军、铁路、省议会、灾荒等，均在其中。即使四川省以及湖北、贵州、云南、西藏、甘肃、陕西的有关内容也有不少。这些情报搜罗范围之广泛、内容之详尽、地域之宽广，令人惊叹，到了难以置信的程度。这些史料是中国的档案文献所不可替代的，极为宝贵。

再次是《华西教会新闻》的影印出版。《华西教会新闻》(The West China Missionary News) 是西南地区最早以英文出版的近代期刊，也是近代四川办报时间最长的报刊之一。它于1899年2月创刊于重庆，1943年底停刊于成都，跨度长达45年。该刊旨在加强华西各教会传教士之间的联系，因此大量记载了当时教会，特别是华西的教会活动状况，同时也从教会的视角记录了那一时期重庆、四川的历史细节，在中国新闻史、出版史、宗教史上都占有非常重要的地位。2013年，国家图书馆出版社将其影印出版，凡45卷。

这些宝贵的史料对我的历史研究曾产生了重要的作用。我深知其对于学术研究的极端重要性。因此，很早就有一个愿望，将这些珍贵档案史料整理出来、翻译出来，公开出版，为我们的城市留下一笔基础性的历史记录，也让更多的学者可以使用，这对于学术的繁荣发展和城市文化的发掘弘扬都是十分重要的。20世纪80年代初，重庆市委老领导孟广涵和家父创办了重庆市地方史资料组、重庆市地方史研究会，团结学界，扎扎实实地做重庆历史研究的基础建设。我们几个青年的提议立即得到他们的支持和鼓励。于是我和搭档刘景修整理翻译了一部分重庆海关档案，以《近代重庆经济与社会发展：1876—1949》为题，于1987年在母校四川大学的出版社出版。我也发动我的姐姐、爱人和朋友们来翻译这批资料。但是当时的改革措施就是要求出版社"自己找饭吃"，对此类学术价值极高，而市场效益平平的著作，没有谁愿意接手出版。这是凭一己、一会之力所不能克服的困难。翻译工作也就搁置下来了，甚为遗憾。随着自己年龄的增大，随着所带学生的增加和成长，我越发有了紧迫感。

2010年，重庆市政府设立政府资助出版的专项资金，这给那些社会效益很好，而市场平平的出版物提供了机会，出版了一批好书。2015年，重庆市文化委在规划"十三五"期间出版项目时，我提出了将我30多年来搜集到的，近代以来外国学者、作家、政治家、记者撰写的有关重庆的著作翻译出版，从全球视野观察重庆，解读重庆这座城市的发展与变迁。我的提议得到了项目评审专家的一致赞成，便由重庆市文化委列为重庆市"十三五"期间的出版规划项目。尽管这离我知道并接触这批史料快40年了，但40年的愿望终于可以实现了。

《全球视野下的近代重庆丛书》就是这个项目的出版物。它是近代重庆历史的原始记录，是城市文化的宝贵财富，更是我们今天用全球化视野研究重庆的独特史料。它告诉我们，重庆史就是中国史、就是世界史的一部分。这对于今天的中国和重庆都是一笔珍贵的遗产，值得倍加珍惜。

近40年前，我开始研究重庆史的时候，早已有西方人记录和研究上海历史的著作中译本出版，而重庆则一本没有。我希望能改变这种状态。今天，《全球视野下的近代重庆丛书》的出版表明，我们不但有了，而且是一批。作为这段历史的经历者、见证者，我是感到欣慰的。

回望来路，我们这一代学人是在改革开放的大潮中伴随着中国经济体制改革从农村向城市的转移而进入城市史研究领域的，更是在改革开放的时代中逐步成长起来的。我们感恩这个伟大的时代，没有改革开放，我们就没有机会来做这些事情。今年是改革开放40周年。《全球视野下的近代重庆丛书》是重庆学界改革开放40年的一项成果，也是我们向这个伟大节日的一份献礼。

集40年之经验，"为城市存史，为市民立言，为后代续传统，为国史添篇章"，已经成为我们的理念。城市史研究只有与城市的命运联系在一起，才有蓬勃的生命力和持续发展的动力。面向第二个40年，我们会不忘初心，继续为中国的城市发展提供历史的借鉴和学术的支撑。

当此《全球视野下的近代重庆丛书》出版之际，我们以此告慰那些在我们学术成长的道路上提携、扶持、关心、爱护过我们的老前辈。更希望有更多的学者，尤其是青年学者加入到这个行列中来，建设城市文化，造福人民群众，嘉惠学人后人。

2018年7月1日

译者序

正如法国汉学家贾永吉（Michel Cartier）在利氏学社所出的《中国，在爱与恨之间》中所言，西方汉学研究的资料来源，醒目地标示着两股流向，一是自利玛窦以后的早期传教士对于东方中国的热爱、敬仰、歌颂和粉饰，二是自十八世纪中叶以后，纷至而来的欧洲传教士、外交官、商人、旅行者对于当时的中国社会和中华文明的各种观察和记录，其中不乏厌憎、蔑视和贬斥之辞①。

在这份名单上，有一个人物的身份甚为特殊——他就是武尔士，法国海军上尉。他所到达的地方对当时的西方人来说是较为陌生的，这一地区就是长江上游 1901 年的中国重庆，是中国内地最早的开埠城市之一。

埃米尔·奥古斯特·莱昂·乌尔斯特（Émile Auguste Léon Hourst，1864/05/20—1940/01/24）是个真实的历史人物，在现有的中文资料中，他均被称作虎尔斯特，然而在本书中，作者告诉我们，他有一个中文名字：武尔士，并引以为自豪。我们可以在原书封面上的醒目位置看到超大字体的这三个中文字。

他是这样解释这个名字的："武，尔，士。按照中文发音，这几个字差不多跟我的名字 Hourst 发音相吻合。这是由在法国家喻户晓的陈季同将军给我起的名……'武尔士'实际上的意思是'武官和学者'，对于冒险家来说这倒是个漂亮的题铭。"所以在本书的翻译中，译者采

---

① CARTIER Michel, *La Chine entre amour et haine*, Institut Ricci, Paris, Desclée de brouwer, 1998.

用了他的汉语名字。

武尔士的主要身份并不是一个作家，而是一个军人，一生获奖颇多，其领域涉及军队的、殖民事业的、科学的、地理的、文学的，等等。他的主要职业建树是领导了两次考察：其一是在尼日尔河，其二是在长江及其支流岷江。这些经历让他留下了三本书：《武尔士考察队：在尼日尔河上》（1897）、《武尔士考察队：在尼日尔河和图阿格雷人的土地上》（1897），以及《武尔士的第二支考察队：在蓝色江流的激流险滩上——武尔士上尉率法国炮舰首航长江上游》（1904）。这让他荣获了法兰西学术院蒙蒂翁奖（le prix Montyon）。此次翻译的是第三本，并冠以《长江激流行——法国炮舰首航长江上游》的译名。

1904年，该书原著在法国问世，武尔士作为这个时代的亲历者和这个地域的观察者进入公众视野。书籍的出版，引起轰动，很大程度上迎合了当时西方人的冒险热情、法国人对于东方的好奇心，当然还有法兰西祖国带给他们的荣耀感。但是，仔细阅读后，我们不难发现，与其说这是一部文学作品，更不如说它是一段史料，除了作者自己搞错的地方，以及一些局限于其时代和身份的主观评论之外，其事实陈述部分，与现有的汉语资料基本吻合，有一些资料，甚至对这段时期的川渝历史研究提供了有力的佐证和资料补充。

二十世纪初是一个风云变幻的时代。一方面，国家与国家之间、族群与族群之间，胜者为王的丛林规则依然甚嚣尘上，殖民帝国的海外扩张仍在继续，第三共和国时期的法兰西仍视其海外殖民地的影响为强大国力的标志。但是，欧美各国间，已开始达成并遵守现代意义上的各种外交契约。另一方面，海外贸易正在兴起，并在工业革命和科技进步的推动下，无情碾压保守落后、止步不前的古老文明。

武尔士就是在这个时候，1901年，来到中国，驾驶他的法国炮舰"奥尔里"号和小艇"大江"号，在长江上游进行考察，其考察线路涉及长江上游宜昌—重庆段，金沙江宜宾—云南段，以及岷江宜宾—成都段，最后还在成都经历了惊心动魄的义和团运动。

作为作者和书中主要人物的武尔士，是一个非常立体和多面的形象，无时无刻不在努力彰显他的汉语名字所蕴涵的意义：智勇双全。

首先，他是一个不折不扣的冒险家和航海家。长江上游的险滩既是他持久的对手，又是他要征服的目标。他对于江流江水、地理地貌的描写非常细致，并且常常带着一种严谨的探究精神。正如原书的序言中于勒·勒麦特所言，"有些人不折不扣地为我们展现出更为广阔的地球的全貌，武尔士就是其中之一"。每一次航行都是精神、体力和智力的严峻考验，都需要有历经千辛万苦而百折不挠的勇气和意志。"他的泄滩之行即是一出感人的、又令人焦灼的戏剧，就如亲历了儒勒·凡尔纳的小说一般。"他在船只装备和航行技术上的严谨和执着也给人留下深刻印象，航行每每险情迭出，需要有超人的毅力、冷静、经验和智慧，经过多次的努力和尝试，往往到了绝望的关头，才阴差阳错，重获生机。

对于长江及其支流，古人虽然留下了"风生洲渚锦帆开""心忆平波绿一篙"等大量美好诗文，以及为数不多的航行图，但是从水文的角度讲，缺乏具体的距离、比例、方位等资料。1899年，本书中所提及的法国传教士蔡尚质所绘地图，由上海徐家汇土山湾印书馆发行，名为《扬子江上游地图集》；1901年，在本书作者指挥下，开始了长江上游的水文测绘工作，武尔士运用三角测绘法留下的水文图，是将现代技术运用于该水域地图绘制的早期尝试，从科学的意义上说，这无疑是一份更为详尽、严谨、有数据和比例支撑的珍贵资料；这一工作后由法国海军继续，历经十余年，编撰出《长江上游航道图》，出版后成为川江航运的通用版本；1920年，本书中重要人物蒲兰田绘制的《川江航运指南》，由上海总税务司出版后，立即成为川江航行必备[1]。凡此种种，在川江航运制图方式的现代转型上，留下了不可磨灭的一页。从本书的写作手法来看，很明显，诸多内容都来自其航行日志和任务报告，时间、地点、险滩、河道、涨水、退水、事故等都记录得真实可信。在本书中出现的大大小小两百多个地名里，大部分与险滩和航行经过的地点有关。百年沧桑，岁月流逝，某些地名已经无从考证，武尔士的记录无疑

---

[1] 参见李鹏，《晚清民国川江航道图编绘的历史考察》，《学术研究》2015年第2期。

可以给我们提供不少有用的参考。

很有意思的是，武尔士的名字可能知道的人并不多，但是他在重庆留下了一座遐迩闻名的建筑：法国水师兵营。虽然建筑即将完工之前他就回法国了，所以在他的自述中并没有出现这座建筑的名字，但是作者在很多地方都不厌其烦地讲述了修建的过程。最后，关于建筑物的方位、地址、质地、大小，甚至几栋、几层、几米的堡坎等等信息，在我们对照了当时的照片、附在书中的考察队员的现场素描，以及书中的文字描写后，发现所有描述与现存的法国水师兵营完全吻合。

其次，作为军人，他对法兰西祖国无比忠诚。在书中，武尔士把自己塑造成一个努力排除千难万险，为国争光的形象。这反映在除了对英国同行表示出礼节性的尊敬外，他从不放过任何机会跟英国人一争高下。他不厌其烦地叙述和表露对于英国人的嫉妒和嘲讽：自己是如何在装备和资料信息都完全落后于英国人的情况下，要让法国的船成为最先到达长江上游各重镇的外国炮舰；对于英国人抢先从清朝政府高官那里获得采矿权，他在愤懑之余不忘挖苦对方可能会劳而无功；英国领事馆和清帝国海关里的英国税务司随时都在玩弄阴谋诡计；法国军人被川渝中国民众痛恨，是因为替愚蠢又自大的英国人背了黑锅，等等。这一切的焦虑背后是一个殖民军人的战略眼光：要让中国西南地区成为印度支那殖民地的强大后盾，让清朝政府不敢小觑"大法国"的利益。

再次，他对于中国的观察和看法是非常复杂的。

对于清政府的态度，一方面是强盗逻辑：法国炮舰开进中国内河，他觉得理所当然，是"让法国的旗帜飘扬在更远的、他人未曾到过的地方"；各国列强争夺中国内地的采矿权，他认为"这里有一片土壤，在将来会带来巨大的财富，对开发它的欧洲各国是如此，对能参与开发的中国来说，也是如此。再正确不过了"。而且，在成都的义和团风波中，法国领事与成都总督之间的对峙、清朝廷与官员内部的各种矛盾、民众的愤懑和恐惧，都写实地再现了当时风雨飘摇的中国社会场景。另一方面，当他站在中国人的角度来考虑问题，想法又大不相同："如果我是中国人，眼看着别人一点一点吞噬自己国家，这种做法我也不能忍受。"

书中对清朝政府的腐败和无能也有所刻画,并举证说明:无论是其亲眼所见的清帝国海关完全被英国人所把持,还是道听途说的泸州的盐茶道垄断盐业、抬高税收、买卖官爵,作者言语之中的痛恨和鄙视不难体会。

对于中华文明,他非常清楚自己是一个外来者:"每隔一段距离,就可以看到藏在壁龛里的或是雕刻在整块岩石上的佛像……对中国人来说,他们是保护神。这是世界最古老的文明,但我们刚刚粗暴地撕开了紧裹着它的面纱;两千年来,中国都沉醉于涅槃般的静止中,但我们用机器和工业,蛮横地赶走了这种宁静,我们这些人对于他们来说,肯定是敌人。"

但是,他对于沿途的所见所闻,也有很多令人过目不忘的描写,其间有三峡沿途的绮丽风光;有江岸上绿竹掩映、布满雕像的庙宇;有夔州府码头喧哗热闹的人群;还有成都平原水车精致的结构和有效用途。

对于传统文化中的很多场景,也不乏生动有趣的讲述:礼节上的拜访、坐轿、进门、奉茶、告辞;行船前的拜祭江神;过年过节的热闹和繁琐;语言上的误解和笑料,等等。虽带微讽,还算客观:比如祭拜江神,"在人家的地盘上,合情合理的做法是入乡随俗",再比如吃中餐,"与人们言传的大不相同,中国菜通常说来也是可以被欧洲宫廷所接受的……著名的皮蛋……确实会散发出轻微的氨水味……但这个味道毕竟不比我们津津有味享用的奶酪更浓烈。"

而且,作者对于民风民俗的记载,使得某些消逝在百年变迁中的画面,重新跃然纸上。针对书中所载川江木船 "koa-tse",在查阅了大量的资料之后,译者最终在清朝学者俞陛云所著《蜀輶诗记》①中,看到"舿子"一词,他是在1902年入川出任科举主考时,沿岷江而下,乘坐这种客运木船的。时间、地点、木船的形状和用途完全契合,两位百年前的作者就这样于纸墨之间,偶然留下了相互的印证。

---

① 俞陛云(1868—1950),《蜀輶诗记》,上海书店,1986年。

总的来说，作者对于传统中国以及民间智慧怀有尊敬之情，对于近代中国的裹足不前就只有叹息了。比如，说到川江木船的艄，"这些上天的子民们有如此聪明奇巧的构思，没理由不拿来用。而且这也不是欧洲人从他们那儿借用的第一件东西"；说到成都平原的水车，"这个装置简单、省钱，还特别奇巧机动"；说到古代中国的行政区划，"中国的地方行政区划极有智慧，反映出古代中国人在行政管理上的聪明才智，但是在他们的不肖子孙那里只剩皮毛了"。

本书的后半部分，对于1902年四川成都地区的动荡局势记述较多，并且，限于其法国军人的身份，也有失偏颇。但是，正是这样一些记录，也让我们清楚地看到了满清政府的无能，以及民众所遭受的饥荒、重税，走投无路。这样一个皇权之下闭关自守的近代中国，注定了其悲剧的命运。

书中另外一点让我们印象深刻的，是对于几位真实人物的描述。

任何一个时代，哪怕它是最黑暗的，都不缺乏这样的人：他们意志坚定，不知疲倦，不计辛劳，专注于某一件事情，主观也好，客观也好，惠及众人，带来进步，赢得人们的尊敬。在本书中出现了好几个这样的人物。

其一，设立川江红船站的罗总兵，"这一救生机构的组织由来已久，创立人是一位姓罗的总兵，他统领清帝国的长江水师，红船常年展开救生，每年所救性命不计其数。这是我在中国内地所见过的少有的、合情合理、组织有序的事情之一。此话并非恭维。"

其二，作者聘用的中国人左，"他以前是个清朝军官，在重庆指挥过一队中国战舰……有一天，左不知道为什么跟四川总督吵起来了。他解甲归田……实际上这是个可敬而诚实的人……左不管是在江岸人家还是在靠水为生的广大民众中，所到之处都深受爱戴。"

其三，立德乐，首次将轮船开进长江上游，到达重庆的人，同时也是让无数靠水运为生的下层民众惊恐不已，害怕失去生计的人。今天看来，他是长江上游现代航运的探路者。

其四，蒲兰田，一个完完全全的英国籍技术人员，唯一痴迷的就是航行，他不知疲倦地探索长江上游的航运，应对航行中的一切难题，于川江首设岸标、浮标，培训中国引航员。在武尔士离开之后，仍不改初衷。其辞世后，川人缅怀其功，于新滩立碑，载文："君之旧友及有志振兴长江上段航业诸人，感君情悃，思君勤劳，醵金刻石，以志不忘。"

然而，在欧洲也好，在中国也好，没有谁能够真正预测到，两次世界大战的来临，如何从根本上改变世界格局，改变人类社会的生存规则，改变国家的结构以及它们之间的关系；另一方面，以现代工业为起点，技术的、科学的、信息的、人文的，各方面的进步随之一步步到来，现代文明势不可当。

废墟为证，铭古喻今；江河奔腾，永不止息。

另附几点翻译说明：

原书在每章的开头，都有一小段内容提要，以类似于关键词的形式出现，翻译中保留了这种表达形式。

需要特别说明的是本书地名的翻译。作为海军军官，航行日志是每日的必修课，所以作者在书中不厌其烦地记录了考察任务中所有的时间和地点。在翻译中，考证地名的时间远远多于正文翻译的时间。本书共收录地名230个左右，其中大部分经多方考证，已经核实，但是仍有部分不得不采取音译，可能与实际地名有一定差异，原因如下：(1) 作者所采用的记音方式，有规律可循，但并非完全规则，有时候同一个注音指向几个不同的地方，有时反之，同一个地名出现了不同的写法，给翻译造成较大的困惑；在现有可查的资料里，以及更为久远的书籍，如清朝陈登龙所著《蜀水考》[①]和俞陛云所著《蜀辀诗记》中，也有不少岷江流域的地名均采用记音的方式，出现了同音字、近音字等。(2) 作者所记录的音，很多是当地人的方言，记录和拼写难免有误差，边音〔l〕和鼻音〔n〕，平舌音和翘舌音，等等，都比较容易混淆；(3) 某些地名，特别是滩涂、江石、村庄等，历史文献鲜有记载，而且现已弃置不用，难以核实。根据以上情况，译者在所有的专有名词第一次出现

---

① 陈登龙，生卒不详，《蜀水考》，1800年成书。

时，都在名词翻译后标注了原文，未能核实的地名标注的是音译。以上各种原因，再加之译者的知识面有限，这些未能核实的地名也给本书的翻译工作留下了极大的遗憾，在此谨向读者致歉。

在本书翻译初稿结束后，四川外国语大学的李克勇教授在百忙当中，抽出时间，完成了译本的审校工作，并提出修改意见，在此谨致谢意；本书在翻译过程中还得到西南大学周勇教授，以及重庆中国三峡博物馆和重庆市图书馆多位同仁的指导、帮助和支持，一并致谢。

序

马尔尚上校（le colonel Marchand）曾说过，武尔士船长（le commandant Hourst）的军旅生涯精彩纷呈，没有任何一个法国军官能与之相提并论。我想他深知其中缘由。

除了美洲和澳洲，武尔士无处不在。每到一处，他都行为得当，勇敢无畏，且心地仁善，远见卓识。不过最让后世难以忘怀的，当属他首创，沿尼日尔河（le Niger）顺流而下，从廷巴克图①（Tomboucton）直抵大西洋。甚至我们这个星球的探索史和记载史，都与他的名字相连。有些人不折不扣地为我们展现出更为广阔的地球的全貌，武尔士就是其中之一。我想说，虽然他已遐迩闻名，但从今天起，他更将声誉卓著，名扬四海。

在其新书的第一部分，武尔士为我们讲述了他的经历：他是怎样在设施不足，船只不完善的条件下，历经重重险阻，从长江到那些危险的激流险滩，战胜了这条中国大江的；他又是怎样逆流而上，直抵长江上游——这次他并非是第一人，但幸运的是他到了更远，前人未到之处。

他的讲述毫无炫耀文采之意，简单直率，诚挚欢快，既清楚明了又引人入胜，技术细节明晰。有时他的语句好似经过无意识的渲染；有时情感陡增，也是兴之所至，并非有意为之。他的高明之处，是用事情本身来打动我们。泄滩（Ié-T'an）是长江上最为令人生畏的险滩之一。他的泄滩之行即是一出感人的、又令人焦灼的戏剧，就如亲历了儒勒·

---

① 译者注：廷巴克图，又译通布图，现马里境内。

凡尔纳①（Jules Verne）的小说一般。

（还有对中国风俗和中国人性格的细致观察、好笑的趣闻轶事、沿途所见的真切风景，以及种种饶有兴味之事，也在书中随处可见。）

本书就是为你我这样足不出户之人而作，因为他向我们介绍的这一切，他让我们躺在沙发上就可以欣赏和艳羡的这一切，是一种完整的行为，可以训练出真正的男子汉。

我认为，这一行为可以训练人的所有能力和力量。首先是其身体和肌肉。要完成这些活动，需要强健、有耐力、敏捷，视力良好，四肢灵活，忍受无尽的疲劳、困苦、寒冷、炎热，以及体力不支。

这一行为也可以训练人的精神。它不仅需要勇气和冷静，也需要耐心、韧性、坚韧和不屈不挠的执拗。因为这不是逞一时之勇，而是需要几周乃至几月。惊心动魄的危境之后，接踵而至的是各种小的危险，也堪致命，并且更让人心烦意乱。当我读到，在拉纤的过程中，无数次的滑轮和绞车出事，无数次的绳缆断裂，或是缆绳没被抓稳，掉进水里，等等，作为读者，我只想大喊一声："我不干了！"然后随它去吧。但是武尔士却"决不放弃"。他沉着镇定，面带微笑，神色坚毅——随时随地都需要勇气，需要冒着生命危险，从头再来。

这一行为还可以训练智力。这是一个智者的行为，他通过反复的实践，将几个世纪以来人类积累的科学知识运用于其中。在炮舰这一复杂的机器上，军官对水手发出的任何细微号令，要想行之有效，都得按照某位或许早已离世的天才物理学家的某个定理来多方演算。所以，我谈及的上述行为，是运用了我们祖先智力遗产中最为宝贵的部分。

这一行为同时还训练，或者说涉及人的想象力：首先是创造力，以便在任何时刻都能找到斗争和得胜的方法。广义说来，它还涉及诗意的想象力，因为这同时也是人类首次挑战这一未知的壮举，是与自然的伟大力量的较量，常常呈现出宏伟壮观之象。而武尔士则经常身临其境，去感受这种宏伟景观。

M. 于勒·勒麦特

---

① 译者注：儒勒·凡尔纳，1828—1905，法国著名科幻小说家。

目录

重庆史就是中国史、世界史
——《全球视野下的近代重庆丛书》总序　周勇 / 001

译者序 / 001
序 / 001

001　第一章　直抵宜昌
法国炮舰开进长江的必要性——英国人和德国人的努力——法方计划——海军上将鲍狄埃和博先生——马尔尚上校介入——我的合作者们——"奥尔里"号和"金沙"号——并非恭维的绰号——蒲兰田——长江上游领航术和蔡尚质神父的地图——购买小艇"大江"号——从上海出发——"笛卡尔"号和法国炮舰"云雀"号——初遇困境——船舵受损——我们没煤了——到达宜昌——"金沙"号的鲍威尔船长

017　第二章　穿越宜昌的激流险滩
最后的准备工作——"大江"号到达——改装小艇——宜昌的欧洲人——大个子——海关的英国人和海难里的鸡——招聘中国船员——冯密——左——错误的启航，我们忽略了江神龙，以及祭坛上的供品——航程之初——炉里的火腿和灶里的油——獭洞——崆岭——"瑞生"号水难——布雷塔格船长之死——新滩——噩梦——"金沙"号事故——什么是险滩——不同种类的险滩——穿过泄滩——小事件和大事故——好办法——迪·布舍龙英译法的故事——爆炸还是沉没？——我们的成功和英国摄影师们的失落

053　第三章　在四川——重庆之行
八斗滩——穿越牛口滩——英国炮舰"云雀"号出事——青竹

标——令人不快的意外——我们进入四川了——宝子滩——轮船掉头——刚好得救——医生沐浴——夔州府——礼物和拜访——中式名帖——我的中文名字——夔府，娱乐城——当地煤——接踵而至的事故——蒿杆滩——庙基子——云阳县——兴隆滩，新生的险滩——几乎精疲力竭——盘沱及其庙宇——险境尽头之门——治病的佛——狐滩——雾阻行船——忠州——一个老修士的有趣反应——涪州——烟囱里的火苗——到达重庆——英国人和清帝国海关想跟我们玩花招——龙门浩——狮子山——王家沱

079　第四章　在重庆的日子里

重庆的欧洲人——拜访领事——臭气熏天的地方——人粪尿——不俗的诏书——欧洲人居住区——拜访"丘鹬"号——忧心的莫诺——"少开玩笑"——江北厅——最棘手的难题——迪·布舍龙要下宜昌去——中国式拜访以及他们的礼仪——领事、他妻子，以及一个满清官员的故事——我们要在王家沱抛锚——马基的到来——一位令人尊敬又勇气十足的领事——两个中国人——安置方案——建筑方案——"大江"号上来了——迪·布舍龙的报告——沿途插曲——厨师教员莫诺——中国人怎样哄骗龙王——中庸的宗教

107　第五章　在重庆的法国据点

1902年初——"大江"号的修理和改进——蒲兰田到宜昌接他妻子——蒲兰田夫人——英国女人和法国女人——为什么说英国人是殖民者——漂亮的礼物——我们的工程——任东山——尝试嘉陵江逆水行舟，未果——我分派了一个水文测绘任务——过年——中国人的敌对态度——牛脑驿场的口角——马基处境危险——王家沱殖民地——夫归石——容易张冠李戴的语言——海关关员的"可怕"故事——龙灯节——"大江"号的叙府之行

129　第六章　从重庆到叙府

海军上将拜尔的电报——他派来了普莱西指挥官——"奥尔里"号顺水而下到盘沱——石尾滩——兴隆滩低水位的时候——舰长到了——回到重庆——美国人在中国——麦卡特

尼医生——艾丁格医生——内格尔第在叙府——不太礼貌的海关关员——清帝国的海关——行政下属机构——罗伯特·赫德先生——海军上将孤拔的陈年轶事——重庆海关税务司想跟我们作对——开始涨水了——我们出发去叙府——与阿斯先生的会面——盐业垄断——"屠夫"——水流和疾流——我们在叙府的农场——勘察金沙江——蒸汽船的终点——我的箱子被偷了——云南考察队方案

161　第七章　从叙府到嘉定

我们在叙府停泊——古墓——在中国，死人与活人争食——天主教传教会——教法语——通往印度支那之门——叙府和成都开埠通商——让人担忧的消息——国际礼节的缺陷——我派"大江"号前往嘉定——泰里斯的航行报告——启程——虎头蛇尾——"奥尔里"号搁浅——湍急的河流——糟糕的航行——犍为县——叉鱼子——嘉定的洪水——在西坝镇停泊——猛烈的暴雨——到达嘉定——一次成功的疯狂行动

191　第八章　从嘉定到成都

四川暴乱的开始——义和团土匪和秘密社团——一项不慎重的政策——中国的特许权——总督的绝望——我乘"大江号"前往成都——王道台的任务——成都来信——两封来自领事的电报——王道台试图阻止我，但没有成功——嘉定上游的府河——中国护卫队——额恩和李大人——坎坷的旅程——成都传教会助理主教蓬维亚纳神父的最新来函——同胞告急——不惜一切代价到达——经过牛坝子——去成都前的准备——神甫的另一封信——希腊字母有什么用

215　第九章　四川的混乱和屠杀

坐船去成都——到达成都——反洋人布告——拜访主教——哈瓦斯的快讯——暴动的真相——义和团——一个不可靠的中国人——胜利之歌！——舒家湾镇的毁灭——屠杀的继续——总督让我向领事建议不要来成都——拜访总督——翻译的趣事——令人感动的会见——主教府的反抗——奎总督派兵——两封急件——一件轶事——到达领事馆——骚乱的继续——我回到嘉定

245 第十章 回到重庆

"大江号"顺流而下——缓解两艘小船的负担——我们回到叙府——成都事态严重——义和团试图夺取城市——领事、马基和艾丁格一行人的英勇举动——领事代行总督之责——回到重庆——我们的建筑——中国工人——新任总督上任——骚乱结束——绘制水文图——龙脉——裴女士——我们同胞在重庆的努力——我们的继任者到来——启程回国

第一章　直抵宜昌

法国炮舰开进长江的必要性——英国人和德国人的努力——法方计划——海军上将鲍狄埃和博先生——马尔尚上校介入——我的合作者们——"奥尔里"号和"金沙"号——并非恭维的绰号——蒲兰田①——长江上游领航术和蔡尚质神父②的地图——购买小艇"大江"号——从上海出发——"笛卡尔"号和法国炮舰"云雀"号③——初遇困境——船舵受损——我们没煤了——到达宜昌——"金沙"号的鲍威尔船长

---

① 译者注：蒲兰田，英国人，曾受聘于立德乐，任"肇通"号船长，1900年，使之成为航行川江的第一艘商轮，后于川江首设岸标、浮标，培训中国引航员，1921年辞世后川人立碑纪念。

② 译者注：蔡尚质神父，1852—1930，法国耶稣会司铎，曾任上海徐家汇天文台台长。

③ 本书中出现了两艘名为"云雀"号的炮舰，为示区别，其中法国l'Alouette中文译为法国炮舰"云雀"号，英国炮舰Woodlark中文译为英国炮舰"云雀"号，后文同此。

"奥尔里"号在上海船坞

　　法国必须在长江上游布置有效兵力，以使我们的外交人员说话能有底气。只需查看大清帝国这一区域的地图，就能得出这一结论。因为长江上游激流险滩众多，致使这条亚洲河流之王无法通航，或者至少在宜昌（Itchang）以上难以航行。

　　这就是我们的印度支那殖民地：由我们的海军创立，并由这几支可敬的、曾被称作海军陆战队的军队发展壮大。一位总督刚刚为它界定了确切的、完整的形状。我认为总督这一称号也是暂时的，因为法国需要他在更广阔的舞台上大显身手。印度支那业已成年，只需不再坐视坏人进入其中心地带，就能使人艳羡，即使是英国人。

　　我希望能够确定这一公认的原则：任何一个地地道道、真心实意的法国人都不敢遗弃这个法兰西的孩子，它是我们的精神和文明在海外的延续，不能弃之于废墟，任其被敌人占领，被人从我们祖国的心脏夺走。

　　然而，如果在我们的邻国对手中，确实无人眼红我们劳心费力得来的成果，那就要当心了，要想想这是如何造成的。想想看，要是阿劳卡尼亚（l'Araucanie），或者安道尔共和国（la république d'Andorre）一夜间突飞猛进，取得了令人瞩目的陆上和海上霸权；再设想一下，要是这样两个国家，抛开其精神、种族、文明的不同，联合起来，对我们及我们的盟国同仇敌忾；要是他们得到那些有办法有背景的代理人相帮，得到我们称其为英国货币的那些东西相助，并借此在清帝国保持强大的势力，而我们对此又毫无防范，那么认为有朝一日我们可能厄运当头，这是否太过悲观？

我诚然希望，即使腹背受敌，印度支那也能成功自卫。她虽竭尽全力，想击退敌人登陆，想与对手抗衡下去，但是，唉！她的海军从数量上却远远低于对手。那些数以十万计的海盗，也自然是些跟清帝国对着干的人——只想着从我们手里夺取物资——那些人手里的枪支并不比我们少，他们从云南高地一路扑下来，直抵我们的殖民地的后背。

我非常担心防御受挫。

现在来说说做生意。工业吗？我觉得要想做赚钱买卖，最好是守在自己的铺子里，这好过当个穷亲戚，到人家店里做小店员。

所以我认为，对于长江上游的战舰来说，重中之重的任务，就是警戒，作敢死队。压根儿就不要想去进攻谁，而是做好准备，投入到中国的地方骚乱中，它们往往是大规模反叛的开端。这样我们的领事们就可以此为证，告诫地方政府，在那里，在远处，但并没有远到不能到达中国的地方，有一个"Ta fa koué"，中国人叫做"大法国"的国家，多年以来已经取得了某些为数可观的权力，不可小觑。

英国人和德国人出于自己的打算，也并非没有坚持同样的理由，可能还有些额外的理由，没必要再强调。

1896年，立德乐（Archibald Little）穿过激流险滩，到达重庆（Tchong-king），他驾驶的是一只小蒸汽船，类似于机动木船，名叫"利川"（Lee-tchouen）号。稍后，他让人造了艘更大的轮船"肇通"（Pioneer）号，这是艘时速14海里的外轮驱动船。英国远洋舰长蒲兰田（Plant）（后文还会提及此人）两次随行，走完全程。

英国小艇"丘鹬"（Woodcock）号和"云雀"（Woodlark）号也开到了重庆。

看来，既然我能够声称自己是乘船走完尼日尔河的第一人，那么我本该在长江上倾注同样的精力，只是当时我并无此雄心。

长江上的航行既是可能的，也是危险的。1900年12月，德国人就驾驶"瑞生"（Sui-hsiang）号做过尝试。船过崆岭（Kong-lin）滩，触礁沉没。指挥此行的布雷塔格（Breitag）舰长溺亡。

在此期间，法国还在争论不休。法国炮舰逆水而上重庆的计划时不时被拿出来讨论，各种记录在部门间传来递去，除了空费笔墨，枉劳书写以外，一无所获。

但是我也搞错了……我们在英国购买了两艘可拆卸式炮舰，类似于"丘鹬"号、"百眼巨人"（Argus）号和"义警"（Vigilante）号。我们在香港把它们组装了起来。装好以后才发现，如果海上稍有风浪，不把炮舰变成潜水艇，是没法在长江口上海（Shanghaï）港靠岸的。然而炮舰完全没有准备抗海浪装置。

后来炮舰被运到了广州（Canton）的河流上，我得承认，它们后来在中国战争中派上了大用场。但长江的问题仍然悬而未决。

我们跟北京宫廷争执交涉完毕，问题又回到长江上来。而且英国人又购买了"肇通"号，并改装成战舰，取名"金沙"（Kinsha）号，增强了他们在长江上游的水上力量，这个问题更成为亟待解决的热点。

所以，我们的总司令，海军上将鲍狄埃（Pottier）也没忘了这事，按照他的指令，海军上将拜尔（l'amiral Bayle）也在上海研究此事，他搜集资讯，还派人出去搜集，并打探当地能否买到战舰来执行这一任务，等等。

另一方面，我们在北京的公使也表现出殷切的期望，想看到重庆领事迫切要求的事情得以展开。

两个机构都在为此事运转，并且运转得井井有条，但是还差点什么，非此不能成功，一条纽带，一个构件，它能凝聚众力，助人完成有用工作。

在此情况下，这个不可或缺的构件，也可说是附件，就是我最伟大、最神勇、最了不起的朋友，近来让所有法国人衷心敬慕的战士，非他莫属。他就是马尔尚。

法国海军挺进长江上游是一项伟业，它需要支持者，博（M. Beau）、鲍狄埃、马尔尚，这就是支持者们的名字。如果说我能竭尽全力取得成功，首先就要向他们致以谢意。

1901年5月，我要承认，所有这些问题都迎刃而解。

去年秋天，我在塘沽①（Tong-kou）担任港务总管，把3万5000多吨远征军的供给物资搬运上岸，满脑子都是重量和体积，把其他的人和事统统抛诸脑后。

随后是严冬，需要千辛万苦，修理已经严重毁损的水上设施；接下来的几个月也是一片繁忙，我们的一些军人要乘船离开中国，我不久也要回法国，想正好稍作休整。

趁此机会，我去拜访了马尔尚上校，他当时正好在天津（Tien-Tsin）。有天晚上，我到了他房间里，躺在角落里的行军床上昏昏欲睡，想着他在房间正中的中式大床也快睡着了。

突然，他的声音把我从困倦中惊醒。

"哎，你去试试宜昌的那些激流险滩，怎么样？"

"嗯？什么？我吗？你知道的，只要你想闯的险滩，我都愿意去。只需要告诉我在哪儿。"

他告诉了我在哪里，是什么样的激流险滩，需要做些什么，我们要做些什么，尤其是我们不能做什么，因为冒险很适合我，还说他会在发起这一行动的两个官方机构间牵线搭桥。

有这么一个人在舰队和公使馆之间协调，一切进展迅速。几周后，我被指派去执行任务，如果可能，要驾驶着从上海买来的战舰［业已修整一新，后来取名"奥尔里"（l'Olry）号］，尝试闯过宜昌之后的众多

---

① 译者注：天津塘沽，今名天津港。

激流险滩，直到重庆。

在回到长江入海口之前，还需要做的，就是选择我的助手、合作者、战舰成员和军官。

助手我肯定要在上海选，舰队的几艘战舰都停留在那里，特别是有个布列塔尼（Bretagne）船员，名叫罗兰（Rolland），在塘沽他就是我的副官，我的事几乎都归他管，我得到许可带他去。

至于合作者，说真的，我焦头烂额，无从下手。

在中国的这最后一役极具前景，为数众多的年轻军官可以借此良机，恪尽职守，参与指挥。

确切地说，我在塘沽任职期间，结识了这样一些军官，并很赏识他们。他们都还是准尉，或多或少指挥过枪林弹雨中的蒸汽小炮舰，或者是危险重重的白河①（Pei-ho）港湾里的拖船。

多少次在深夜里，我看着他们到达，浑身湿透，哆哆嗦嗦，忍饥挨饿，有时刚刚经历过生命危险，然后听到命令："好！你们饿了吗？吃吧；你们冷了吗？暖和一下；一个小时后再次出发！"

我向海军上将鲍狄埃要了三个年轻军官，后来他们都成为我无比珍贵的合作伙伴，还有个步兵少尉，也不比他们年长。海军上将笑着打趣，说我想把战船变成托儿所。

但他还是毫不迟疑就应允了我。他深知，要建功立业，就需要早些放手让幼儿自己走。

这些海军准尉们，几周后都成了中尉。他们是：迪·布舍龙（du Boucheron）、泰里斯（Térisse）、莫诺（Monnot）、步兵中尉马基（Marquis）和内格尔第（Negretti）医生。他们成了我炮舰上的核心成员。

内格尔第医生四十来岁，只要离开远征军，他就可以回到法国，凭借他在中国和其他地方的服役经历，好生休养，并能得到丰厚酬劳。但他还是愿意再次报效国家，经历冒险。他救护水平一流，把我们照料得很好，显示出过人的才识；但他在我托付给他的医疗外任务中也表现出

---

① 译者注：白河，今海河旧称。

泰里斯、蒲兰田、内格尔第

同样的智慧；而且他处处彰显出高尚的品德，对于一个指挥行动，感到肩负重任的军官来说，一个同龄朋友的交情尤为必要。

内格尔第和我先到了上海，其他人后到，马基除外，他晚些时候才会来重庆与我们会合。

现在要尽量适应任务。这是艘蒸汽艇，37.5 米长，从耶松船厂①（la maison de construction Farnham Boyd and C°）就地买来。造这艘船的本来目的是想随意卖给中国的船运公司，以通达长江及其流经各城镇的支流。它根本无法适应我们所要求的艰难航行。但这是我们在上海船坞能找到的最好的船了，可它远不够完美！它跟"金沙"号并排停泊着，那艘英国船原名"肇通"号，我前文提到过。我们的船外表平平。我左顾右看，思忖着很可能要大动干戈，才能把我们这艘变得相貌堂堂，比得上旁边那艘。海军上将鲍狄埃给我们的炮舰取名"奥尔里"号，奥尔里是最优秀的法国海军上将之一。曾驾驶炮舰行驶在长江，在应对太平天国的反叛中写下了光辉的一页。

但是英国人却友好地给我们可怜的船起了个绰号，叫做 soap box，"肥皂盒"；我不得不承认，因为炮舰外表其貌不扬，所以调侃也算有点名副其实，那么就算是风趣幽默，这些调侃还是刺痛了我这个船长的心。

---

① 译者注：耶松船厂，初名和记洋行 Nicholson & Boyd，后改名祥生船厂。1891 年改组为有限公司，1901 年与耶松船厂合并。

唉！千辛万苦，但我心甘情愿，总算挽回了面子，"肥皂盒"到达了重庆，但是"金沙"号在第一处险滩就出了事故，只能眼睁睁看着"奥尔里"号超过去，而且还要坐等六个月，才能让人在长江上欣赏到它的风姿。真是物极必反，世事难料啊！

并非事事顺畅。即使料到我们中有一人暂时还不会到，在出发执行任务时，我们仍有五个人要有地方住，再加上二十个舰上人员；人多地方挤，绞尽脑汁也想不出办法腾出足够大的地方摆放卧铺，有了床铺我们才不用蜷着身子睡觉。

还要安放大炮：6门37厘米口径的速射炮；要装置一个大型绞车，因为，正如下文我就会解释的一样，缆绳是一种一头固定在岸上的粗钢缆，如果不靠它牵引，有些险滩是过不了的。

然而这些都不算什么，让我开始感到害怕的，是测试速度。

市场预计炮舰时速11海里。而事实上，"奥尔里"号即使空载，满打满算也就9海里。我们换了螺旋桨，改装了船上的座椅，都没用，无法加速。我承认度过了好几个不眠之夜。驾着时速不够的船只冒险穿越激流险滩，可能会自寻死路。我的生死倒不值一提，但是我航海的名声、我的船、我的船员们的性命，都面临着危险。前景不妙！

但是另一方面，如果不从造船商手中接受"奥尔里"号，如果对海军上将说因为上海没有更好的船只，最好是到欧洲去买或者是造一艘更合适的，就什么都干不了，按中国人的话来说，这样又会在外国人和中国人眼中"颜面尽失"，而且，本身耽搁已久，这样下去，计划的实施恐怕更会遥遥无期。

时间也很急。要让我们的船只在最好的条件下闯滩航行，就不能像"瑞生"号一样出发太晚，遭遇风险，最终翻船。我计算过，我们应该在10月1日至10日离开宜昌。如果不想逾期，这个日子已经很近了。

在此期间，有必要提起一件大幸之事。它给我们带来了一个弥足珍贵的助手，对于我们完成任务功不可没。

我说的是蒲兰田，他曾长期担任英国船的船长，并曾驾驶"肇通"号两次通过险滩。他也曾培训过不少中国引航员，以至于后来当英国海军司令部接手"肇通"号时，居然为了省钱，弃用了蒲兰田。

这个可怜的了不起的人转眼间就失去了职位，投奔了海军上将拜尔，然后到日本去休养身体，回来后找到了我。

我毫不迟疑就录用了他。

万幸。蒲兰田是在江河上闯滩航行的行家。他曾长期在险滩重重的幼发拉底河（l'Euphrate）上指挥战舰。

尤为重要的是，他对长江了如指掌。上海附近的徐家汇（Zi-ka-ouei）天文台台长蔡尚质神父曾绘制过一张从宜昌到屏山县（Ping-chang-hien）①的地图。考虑到他当时的工作环境，我们不能不对这位耶稣会学者的业绩表示由衷的赞叹。但是我们只能说这幅地图既非航行者所绘，也不是为了航行者所绘。

有些地图的细节是否准确事实上对我们无关紧要，但相反，有些特别的标识却是必不可少的，我们未亲身体验时并不知道它们的必要性。

蔡尚质神父的地图给我们提供了极大的帮助，但是仅靠这个我们还是无法安全航行。

尽管英国人有蒲兰田训练出的中国学员在船上工作，他们还是让那些应招前来的军官们至少在长江上游见习一年，才正式授衔，让他们指挥战舰，在这一年内，他们有的是时间去研究难点。我要补充说明的是，他们还有秘藏的地图。

要是像他们那样行事，我们就得耽搁一年，这可不行。

要不是有幸找到了蒲兰田，我们就得一点一点、一段一段地研究我们要冒险经过的艰难地段。结果会是怎样？需要多少时间？我不敢说。我们的尝试能够成功吗？我也不能确认。在英国人的报纸上，在他们的谈话里，会不时让我感到，无论如何，我们应该衷心感谢他们的同胞蒲兰田。我在此明确向他们承认，而且我一有机会就承认，我完全同意他

---

① 译者注：屏山县，今四川省宜宾市境内。原文此处为Ping-chang-hien，后文亦作Ping-chan-hien，实际为同一个地方。

们的看法，要让他们注意到，我曾在没有引航员①的情况下，有幸闯过尼日尔河上的险滩布萨（Boussa），并因此被看作多少算是个内行，这是他们英国人从未做到过的。唯其如此，我给予蒲兰田更高的评价。

在此，我不仅要向引航员蒲兰田的技术能力表示极大的敬意，我还想说的是，蒲兰田是多么神奇、熟练的船舶驾驶员，在这颗水晶般的灵魂里有着怎样的坦率、公正和天生的高贵，他品行优秀，让我们无数次赞叹，他因此成为了我们所有人的挚友。我的成功很大程度上归功于他。后来，我见到驻华英军舰队参谋部的指挥官亨尼克·休根（Henniker Hughan），在他谈起蒲兰田时，我真是非常高兴，对他说，我认为蒲兰田是"the most splendide sailor I had neversaw on the sea，我见过的最好的海员。"

此间，又增加了一艘舰艇，让我带到长江上游。我们在改装"奥尔里"号时，海军上将鲍狄埃觉得还可以再投入使用一艘轻型舰艇。他要我们去找一艘待售的小蒸汽艇，合适的话就买下来。几经犹疑，我们看中了一艘 15 米长、时速 7 海里左右的蒸汽艇。

这次也是别无他选，只有这艘可供使用。但是说实话，我对这艘船并不非常满意。我觉得它稳定性可能不够，这可是在激流险滩中航行所必不可少的性能。事实上，后来我听说这艘小艇曾被卖给汉口（Hankeou）的一家茶楼，可就是在这样稳稳当当的水上茶楼上，只一阵风就把它给吹翻了。买家拒绝付钱，耶松船厂只得收回它的"瑕疵品"。船厂又把它转手卖给我们，还要价很高。后文我会提到在第一次遭遇漩涡时，我们做了什么样的努力，才使它免遭倾覆。

然而就是这个可怜的家伙抵达了远离大海 3270 公里的江口②（Kiang-keou），拯救了许多人的性命，让法国的旗帜飘扬在更远的、他人未曾到过的地方。我想以那个光荣的女人的名字给它命名，她在法国公使团被围困之际，冒着枪林弹雨，照料我们的伤员，鼓励我们的海员，

---

① 译者注：引航员旧称领江，民间也称滩师。
② 译者注：江口镇，今四川省眉山市彭山区境内。

以一种近乎英雄气概的单纯，用她高贵的双手为他们准备食物，因为这些可怜的小伙子们在墙堡的枪眼后忙得不可开交，根本没有时间坐下来吃饭。

鲍狄埃上将当时觉得我的舰艇够不上被称作"波拉·德·罗斯通"号（Paula de Rosthron），他有理由这样做。如果他能预见到将要发生的事情，或许会改变主意。

战舰的重要问题业已解决，剩下的就是把我们出征的必需品搬运上船，确切地说是一部分物资，其他的已经被装上了法国炮舰"云雀"（l'Alouette）号，再换用木船给我们运来。

时间已经很晚了，为了加快行程，需要巡洋舰"笛卡尔"（le Décarte）号提供大力帮助。它的指挥官是舰长索讷（Saune），大副是伊捷（Ytier）上尉，借此我向他们表达诚挚的谢意。"笛卡尔"号把我们拖送到汉口，而被冠以地名的小艇"大江"（Takiang）号，也被法国炮舰"云雀"号拖送到了宜昌。

法国炮舰"云雀"号于10月2日下午出发，我们则是10月3日。

长江下游情况已有诸多描述，我就不再赘言。目前水路通畅，船只繁多，其豪华程度不比远洋邮轮差多少。

长江水面辽阔，和风稍劲，江上波浪短促密集。我们本想紧靠"笛卡尔"号，让它横排拖驳，但是巨大的水浪打上甲板，积水两法尺深，我们最后只好跟在"笛卡尔"号后面，从航速的角度看来条件不好，我们还不得不一直监测着。"奥尔里"号以10海里的时速航行，船首显示出种种迹象，让人担心会有事故发生。船板晃动，缝隙间渗进水来，证明炮舰的坚固度可不是那么令人放心。

4日晚，我们超过了法国炮舰"云雀"号，它后面还拖着"大江"号，看起来被后者折腾得够呛。

8日，我们在汉口抛锚，9日，一整天都在做最后的准备工作。

有坏消息传来。一艘10月1日从宜昌出发的中国木船，装载着我们的生活用品和煤炭，本来必须赶在我们前面送到，却刚刚在泄滩沉没,那里是长江上最急的险滩之一。

幸好物资的损失还可以补上,但此外,我没法不疑心这是个凶兆。所以,当到了晚上,要签订正式文件,由我承担责任,接受任务,指挥这艘"可胜任行动"的战舰时,我再一次微微感到心紧,就像在上海犯愁时那样。

果不其然。10月10日,我们启航了。只有这次是满载了很多煤炭,在我看来,这些煤炭可供我们一直行驶到宜昌。我的"奥尔里"号艰难地维持着慢得出奇的航速。蒲兰田忧心忡忡,我们尽量避免相互交流看法,但就算什么都不说,我俩也心知肚明。

长江自汉口以上,随处可见片片帆影和长长的木排。黏土地上,江岸植被茂盛,陡峭高耸,有时悬突于江面。当我们的船近距离擦过时,战舰卷起的浪花刮下大块大块的泥土,在我们身后落下,发出噼里啪啦的声响,溅起阵阵水花,阳光照射其上,刹那间映现出彩虹的颜色。

尽管我们在汉口就招募了一位中国引航员,有时候船还是会在水底的细沙和黏软的泥沼上搁浅,但并无险情。航行图上没有多少细致的标识,况且这还是幅很早以前的图,而长江的河床时刻都在变化,只是跟测绘人员所绘制的大致相似。

14日,我们正沿着左岸航行,"奥尔里"号一头撞上了江岸。

舵链受损。也就是说,引航员用来将轮机的作用力传送到舵上的整个操纵拉杆和链条都受损了。一只链接两端的螺旋联轴节由于震动而一点点脱开了,失去作用。所幸没有发生任何令人惋惜的事故。我们小心翼翼,用钢丝把所有可能发生同样问题的地方都加固了一遍。

幸运的是这次事故发生在江岸平缓处,我们得以发现隐患。若是在险滩,就这一下子,船就该完了。

燃煤消耗得很快,待我们历尽艰辛到达沙市(Cha-se)时,只剩成堆的煤屑了。无数的大木船停靠在江岸,我们在此第一次看到了能航行到宜昌以上江段的那种类型。它们外形短胖,给人的印象就像专门为能撞击礁石,干这行苦差建造的。这种船上最为奇特的就是前艄。可以想象一下，一支粗壮的木杆，轻巧、柔韧、灵活，其长度为船体的2/3，伸展在船头，可扳动。

眼下我已经没办法回想起这个奇特装置的机械用途，只能凭经验领会它的用法。

我让泰里斯到岸上和停靠在沙市的蒸汽船上去买煤炭。幸好我们在宜昌存有货，现在不得不决定电报告知宜昌，要他们补运来一部分。

不幸之中的大幸，太古轮船公司的"洞庭"号蒸汽船恰好要从宜昌下行，如果没有它，我们的煤炭供给就完全乱套了，只能多等一周多的时间才能得到燃料。

16日，我们终于可以继续赶路，17日，我们停靠到了宜昌。

在行程的最后一段，风景已经大不相同。低矮的平原上，或这或那，兀自突起一片山岗，一块岩石嶙峋的小丘，其后是江边的峭壁，绵延蜿蜒，伸展到陆地深处。

再往前行，当薄雾弥散，不遮视野时，可以看到山峦起伏的高地，这就是湖北（Hou-pé）西部。江岸点缀着大堆的岩石，风景如画。岩石上挂满榕树类植物，盘根错节，根须紧紧抓住石头，就像章鱼的触须。有些地点还有名字：天然桥（Pont naturel）是一块岩石，矗立在激流中央；还有一处叫虎牙滩（Dent du tigre）。宜昌正对面，有座有金字塔之称的山，那是座300多米高的小山丘，呈清晰的几何形状，与其说是自然而为，更像是人工之作。最后，极目某处，可以看到左岸有一列次高的山地，勾画出《笨拙》周刊①上经典的约翰牛②睡卧的剪影，形象摄人心魄：高帽子，帽檐宽大，肚子滚圆。这是约翰牛睡卧图（John Bull sleepy）。

在宜昌的锚地还停泊着"埃斯克（l'Esk）"号和"金沙"号。"埃斯克"号是艘英国小艇，比"奥尔里"号更像"肥皂盒"，这让我颇感安慰（确实，它也不需要穿越激流险滩）。"金沙"号比我们早到几天。

---

① 译者注：《笨拙》周刊，英国幽默插画杂志。
② 译者注：约翰牛，英国人自嘲的绰号。

接下来是官方互访。"金沙"号不日之内就要出发，去尝试穿越险滩。看得出来，英国人这艘漂亮的炮舰跟我们的船并驾齐驱时，必须承认，旁边的"奥尔里"号暗淡无光，就像水手们说的一样"不修边幅"。尤其使人不快的是，"金沙"号船速快，一出激流险滩水域，立刻像箭一般朝重庆飞驰而去，而我们却还得跟那些虽然毫不起眼，但危险程度与大险滩不相上下的小险滩搏斗。

"金沙"号的舰长鲍威尔（Powell）上尉是个和善之人，曾在海军上校西摩（Seymour）手下服役。这支部队曾试图解救北京之围，他在战斗中负伤，年纪轻轻就指挥过重要战役，品行高尚。尽管鲍威尔上尉是我们的"对手"，我也不得不说，他是我见过的最为热情友好的人之一，我还要说的是，英国军官们和我们是在各司其职，当然了！这个职责就在于你追我赶，相互面对，尽心尽力，报效自己的国家。在任何情况下，我与他们的关系都完美无缺，言语间都保持"绅士风度"。如果说有时候，我不是说忍受，而是感受到英国人的妒忌，也是只跟法国海军里我的同事们说说而已。

第二章　穿越宜昌的激流险滩

最后的准备工作——"大江"号到达——改装小艇——宜昌的欧洲人——大个子——海关的英国人和海难里的鸡——招聘中国船员——冯密——左——错误的启航，我们忽略了江神——龙，以及祭坛上的供品——航程之初——炉里的火腿和灶里的油——獭洞——崆岭——"瑞生"号水难——布雷塔格船长之死——新滩——噩梦——"金沙"号事故——什么是险滩——不同种类的险滩——穿过泄滩——小事件和大事故——好办法——迪·布舍龙英译法的故事——爆炸还是沉没？——我们的成功和英国摄影师们的失落

"瑞生"号

现在要打理"奥尔里"号了。毋庸置疑的是，以其超载的现状，根本不能完成任务。只需做一件事：尽量卸载。

我们的储存仓里装载着最低限度的燃煤，增加了沿途的停靠地点。然后是卸载食物、生活用品，甚至所有可以御寒的物品，只要不是严格说来必不可少的东西，都被我们卸载掉了。就这样，我们把大炮、弹药，甚至帐篷架都搬到了两艘小木船上，它们会在重庆与我们会合。"奥尔里"号这样被剥皮抽丝以后，看起来又可怜又破烂。

这一切耽搁了我们的日程，水位回低。到达宜昌后，10 月 18 日，水位线是 22.9 法尺①，19 日是 22 法尺。

18 日，我们看到"大江"号被内河船"嫦娥"（Chang-wo）号并排拖驳着，到达港口。

在汉口，法国炮舰"云雀"号的舰长拿定主意，不再拖驳"大江"号，因为后者把船速拉得很慢，拖着它，没法到达宜昌。但如果独行的话，"云雀"号再过两天就能到这里。

莫诺告诉我，被拖行的小艇"大江"号很棘手，它已经遇过险。它

---

① 译者注：法尺，法国古计量单位，1 法尺=325 毫米。

完全不稳定，有时被水流冲成横漂状态，有时被拖绳拉得荡来荡去，几次都差点被掀翻。

该对这艘小艇做个决断了。就它目前的状况，就算碰到最小的险滩也不会不出事。

深思熟虑之后，我们决定给船的两侧都绑上木质的密封沉箱。如果航行正常，沉箱就会浮上水面。

如果船体倾斜，沉箱的下侧就会沉入水下，阻止船身继续倾斜至危险地步。

诚然，这些装置同时也有缺陷，会让船只变得更难操作。如果有一只沉箱处于半漂浮状态，就会有很大的力量让倾斜的一侧船身转向。

这点可能招致危险，要尽量补救。我们为此加了个定向装置，它在航行到重庆的小船上经常用到，叫"艄"，字面意义就是"船上的操作杆"。

这种前艄力量极大，如果操作得当，会与常用舵合力作用。中国人两者一起使用，操作起来，方向精准，船速加快，有目共睹。这些上天的子民们有如此聪明奇巧的构思，没理由不拿来用，而且这也不是欧洲人从他们那儿借用的第一件东西。

所以，自然地，在"奥尔里"号启程前，莫诺和中国木匠们，以及他的上司，灵巧机智、什么都难不倒的海军下士蒙雅雷（Montjaret）一起，着手改装船只。

险滩兴隆滩（Sin-long-t'an）下面有个很好的锚地——盘沱（Pan-tou），我曾让人在那儿存放了燃煤，我的方案是要到达那里，把炮舰停在那儿，再回宜昌把小艇"大江"号开过来，如果可以，就两条船一起，同航线航行，否则就一段一段接着走，直至重庆。

在此期间，我们在宜昌结识了一个小圈子里的欧洲人，其中最为突出的是港务总长（harbour master），名叫古德哈特（Goodheart），但如果叫他的绰号"大个子"，他会更高兴。明显的，他就是伦敦动物园的大象，体形巨大，堪当此名。而且他为此颇感自豪。他拿自己的这个特点编故事，证明就算是盎格鲁-撒克逊人也能显得像法国南方人一样，而且即使在海峡的另一端，有时候也可"略带塔拉斯孔（Tarascon）味"①。

这个小缺点——算是个缺点吗？它使我们的夜晚不再漫长——另外，大个子对我们很友好。好像他是唯一一个没有拿"奥尔里"号打赌的人。这个我解释一下。

英国人拿什么都赌。众所周知，在客轮上，他们以每刻钟为单位，按序标记，赌轮船可能到达的时间。乘客凑作一堆抽签，钱全部归赢家。

宜昌的英国人也这样给所有的险滩都按序标记。谁要是抽中会让"奥尔里"号粉身碎骨的险滩，就是幸运赢家。英国人确实是一个伟大的民族，在贸易、工业、海运等方面的才能无人能及，但是他们最为不可思议的才能，就是搞笑。这是一种了不起的本事，一种令人赞叹的轻佻，一种健康的快乐。好吧！如果说从宜昌逆流而上须得排序编号的话，尽管我不知道会是哪个号，但是至少希望让赢家中彩的号码是个大点的数字。

对了，看看这个。在我们为准备工作争论不休时，"金沙"号已在18日启航了。晚上，有小道消息传来：这艘英国炮舰在泄滩出了大事故。21日，我们得到准确消息："金沙"号在试图强闯险滩时碎掉了两个高压阀盖。

永远不要对别人的遭遇幸灾乐祸，因为你不会知道什么在等着你。尽管如此，我看到英国人狼狈的表情时，心里还是忍不住涌上一丝快感。

"肥皂盒"可以留在路上了。它找到伴了。

20日，法国炮舰"云雀"号抵达宜昌，鉴于它一路上航速很慢，水流又湍急，这次航行比较艰苦。它随后抛锚，准备整个冬天都用来保持我们和上海之间的联络。

---

① 译者注：塔拉斯孔，法国南部小镇，有古堡，民风诙谐夸张。

另一边，我们的好人蒲兰田可不会无所事事地呆着。只有他一个人了解这个国家，对这里的人也略知一二。他可以给我们提出有用的建议。在他的提议下，我们已经在汉口雇用了六个熟知险滩的中国人。他们中领头的有个汉语名字，但我从来没搞清过，人们都叫他莫里森（Morisson），这是个英国医生的名字，他曾带着这个医生创下了乘木船航行的最快记录。后来他就沿用了医生的名字。一开始，莫里森棒极了，上船的头几个月里表现也很出众，但是他随后开始喝酒、抽鸦片、耍滑、偷懒、变傻，后来我只好把他辞掉了。中国人只要稍微有点钱，经常会变成这样。

蒲兰田还让我雇了个舵手，这人年龄偏大，看似机灵，名叫冯密（Fong-mi）。

要在长江上游航行，有个当地人作舵手是必不可少的，因为他了解航道。我们不得不求助于他，因为他熟知"水性"。

我在此使用了汉语表达。只要认真细致，努力钻研，埋头苦干，一个欧洲人很快就能了解水文地理细节：岩石、滩涂，等等。有常识就够用了，哪都一样。

但是，他需要经年学习的，是预测大股疯狂水团的威力和涌动，它从水底深处的泉眼喷出，盘旋，左冲右突，就像把玩一根麦秆一样戏弄船只，在被人觉察到以前，水团的劲头就要被止住，

木船和厚板船

否则就会船毁人亡。

只有生在江边，长在船上，并且天资聪颖的当地人，换句话说，就是那些祖祖辈辈都从事内河航运，有着代代相传的知识的人，才会本能地察觉到，在哪一刻将要发生这些恼人的险情，会预感到事情有多严重。

当然，搏击水流甚至利用水流的方法，在蒸汽战舰上和在中国式小船上不尽相同。这个时候就需要欧洲引航员出手了。我要说的是，冯密已经与蒲兰田一起航行过，对此并非毫不知情。

按照蒲兰田的建议，我在岸上还雇了个姓左（Tso）的人。他以前是个满清军官，在重庆指挥过一队中国战舰，都是木质小船，船头配一口炮。

有一天，左不知道为什么跟四川（Se-tchouen）总督吵起来了。他解甲归田，从此做起了生意。他跟蒲兰田是铁哥们，在蒲兰田的多次行程中他都帮了很多忙。实际上这是个可敬而诚实的人。

尽管这些品德在中国都不太常见，但一旦偶然表露出来，仍给人以深刻印象。左不管是在江岸人家还是在以靠水为生的广大民众中，所到之处都深受爱戴。

以他的这个身份，可以给我们帮上忙，事实上在雇用苦力、纤夫和舢板①时已经帮上了大忙，还有就是在面临危险的操作时，我下面将会写到这个。

我们当时还没雇他上船。我问蒲兰田该给他开价多少，蒲兰田说服我不要先提钱的事。他对我说，这是个"中国绅士"，事实上，他既正直又高贵。不言而喻，道别的时候我送了他一个漂亮的礼物，一番中国式的客气和推辞之后，他收下了。我高高兴兴地想，这不过是个礼物，又不是薪水。

要跟岸上联络，去载人，取缆绳，我们需要一只轻巧的船，在岸上的时候可以用吊杆把它吊起来。

以前我们有过一只多桨的小快艇，一直没派上用场。我把它留在了法国炮舰"云雀"号上，还买了艘轻巧的舢板来代替它。

---

① 译者注：舢板船，清朝末年川江的一种小木船。

只有这样的小船才能在激流险滩中既易于驾驶又足够稳固，它们的外形有点像我们所说的"挪威小船"。我们的那只船身尤其细长，不久以后我就会为买了它抚掌庆幸。

22日，我们完成了准备工作，以及穿越险滩操作所用的必需的特别装置，这个我以后还会提到。水深刻度只有19法尺了，要赶快。

我下令早上7点启航。快到5点时，机械师来叫醒了我，告诉我说有6个高压阀门（进入锅炉打扫的进口，在压力状态下是闭合的）严重漏气。

一路上这些阀门就让我们烦心。可能在冷却的时候，没安装妥帖的密封垫圈破了，这种情况下没法再航行。

我一边咒骂着耶松船厂粗制滥造的活计，一边推迟行程，让人连夜加班，一旦气压降下去了，重新安好垫圈，让它们能够密封，第二天就启程。

铸铁门还是很粗糙，没校准好，有些地方在边侧和门框间留有4毫米的空隙，需要把凹下去的地方用力鼓起来才能密封。

推迟行程却因祸得福了。打开锅炉后，我们在里面发现一根长50厘米，宽10厘米的木头。

在水浪里出现这么一个奇怪的东西完全足以造成泥沙沉淀，引起火灾，即使不造成更大的事故，也会让我们动弹不得。谁把它放在那里的？神秘。

此后我们还遇到过好几桩类似的神秘事件。早在上海，就有个中国工人笨手笨脚（？），差点把我们的舵掉到江底去，如果要安装个新的舵，我们今年就没法赶上穿越险滩的时间。一个耶松船厂的职员向我承认，在船的泵里还找到过填缝用的麻屑，如此种种。在最初的一段时间里，就这样接二连三出怪事，让人感觉好像并非偶然。这些都并未造成致命危险。就别再提了。

对于左和冯密来说却不然。他们觉得出意外不是正常情况，而是鬼使神差。

他们找来翻译常金（音译Tsang-king），悄悄合计良久，然后三个人一起来找我。我以后还会提到常金这个人。

常疑神疑鬼的,他带着有些同情他的同胞们的态度,告诉我说,我们这次不该启程,如果这样做了,就会触怒长江的守护者龙王(loung)。

和所有人一样,我们需要给龙王祭献一只公鸡,燃放整串整串的红色鞭炮,噼噼啪啪,造出枪炮齐发的阵势。中国人随时随刻,有时甚至无缘无故就放鞭炮。

在人家的地盘上,合情合理的做法是入乡随俗。如果只是需要给龙王爷们献上一只鸡,做些小把戏,就能平息他们的怒气,保我们平安走完旅程,何乐而不为呢?明天他们就会心遂所愿。

很快就捉来了一只漂亮的白色公鸡,爪子被捆在前面。它不停地啼鸣,回声响彻江岸。这可怜的畜生并不知道,它马上会成为祭台上的牺牲品,保佑我们与江神言和。它也不会知道,它的血会被倒进浑水里,催眠水怪——它们戒备森严,不让外国蛮子再次侵入古老的中华帝国。

这次我们总算礼数周全了吧?23日一早,我们终于启程。高压阀门的垫圈还有点滴水,但并无大碍。

起初的两三海里,江面宽阔。我们绕过半岛,现在经过一个小岛,它横亘在宜昌欧洲人聚居处的上方。我们眼前是陡峭的高地,预示我们即将离开平原,驶入被江流穿凿出的、群山环绕的断层地带,然后我们将在那里驾船航行。

船渐行渐近,长江的水流好似被一道墙拦着,冷不丁显现出一道缺口,一条宽约百余米的水道,宽阔庞大,突然左拐。我们从海上过来,就一直不停地感到水面有多么的辽阔,就算与之相比,这条水道的宽度也令人叹为观止,惊讶不已。

人们禁不住去想,这怎么可能是同一条江流?上游怎么可能有那么多的水汇入下游?

江岸忽左忽右,几乎凭崖悬立。丘陵连绵,铺就两侧。然而中国人还是用坚硬的石头筑成了堡坎,种上了庄稼。水牛费力地拉着简陋的犁，我们眼见着这牲畜陷在稻田的淤泥里，在什么样的环境下劳作，不禁想知道它是怎样稳稳地立在斜坡上的。

不知名的农作物散布在陡峭的小山丘间，棋盘般错落有致，一会儿是浅绿，一会儿又变成暗橙色，有如凋谢的玫瑰。稍远望去，好似一张地毯。这里就是宜昌峡谷，蒸汽船把游客们带至这座城市，这里就是他们远足的目的地。

我们经过了小村庄三游洞（San-yeou-tong）。离村子不远处有个洞穴，是诗人白居易（Pe-kiu-i）游历并小憩的地方。

河岸的岩石黑黝黝的，犬牙交错，地貌荒僻，以我们现在的境况，对未来的一切都充满惧怕，只觉得两岸愁云密布。

但是直到这里，长江都易于航行，没有险滩，没有漩涡，没有过于湍急的水流。

我们驶过了平善坝（Ping-chan-pa），清帝国的海关，这是个风景宜人的小镇，坐落在河谷，四周环抱着高峻的山丘。

8点45分，我们到达石牌（Che-pai）。长江在此拐了个急弯，朝北北东方向①而去。

同时，水流激增，"水性大变"。就像骑手熟知坐骑一样，人能感觉到脚下船只的动静，感觉到发生了什么事，感觉到在托起船只的水流中有什么新的、特别的东西。

表面上还未来得及有任何征兆，船只已经开始不停地左右摇晃。蒲兰田此前只是给操作舵柄的船员指路，现在也接过了舵轮的手柄，同时，他眉头紧皱，蓝色的眼珠发青。注意！麻烦来了。但是首先，麻烦之一，可能也是我最怕的麻烦，马上清楚地显现出来："奥尔里"号速度不够。船过岬角的时候，河床变窄，水流变得稍急了些，"奥尔里"号艰难前行，停顿片刻，只能等水流暂时平息才能穿越过去。

后来我们计算过，结论是，从宜昌到重庆，水流"表面"的平均时速是6.5海里左右，是它延缓了我们的行程。如果注意到水流也有变弱

---

① 译者注：北北东，航海上指正北与东北之间的方向。

的间隙时段，甚至瞬间速度为零，利于航行，人们就可以想象，它每流经一处，时速常可超过10海里。这当然不是说江水的确是按这个速度在流动，一言概之，只是"万物流逝，亘古不变"。

然而"奥尔里"号空载试航的时候，机器转220至240转，压力在120到140磅之间，航速达10.45节[①]。

事实上，即使用的是最好的煤，一旦火燃得不很畅旺，司炉工有点疲倦——这些可怜的人从不会因为辛劳而讨价还价——锅炉压力也只勉强可达100至110磅，机器转动190至220转。

所以实际上，正如我所担心的那样，即使忽略掉非得靠缆绳牵引才能过的那些大险滩，"奥尔里"号的速度也不足以在长江水流中破浪前行。

我说过，这才是我最担心的。想要尝试一次如此冒险的航行，在激流险滩中撞上岩石翻船，是应该考虑到的常见事故。

但是，没出一点事就不得不半路折回，只好承认自己无能，对法国，对"奥尔里"号，对它的船长来说，这多丢人！照中国话说，多"没面子"！

怎样才能提高压力？怎样才能把火燃得旺旺的？用汽油吗？这很危险，我几乎可以肯定这样会在锅炉房里引发爆炸。

这时候我想起曾读过的一则故事——不知是真是假——是在美国南北战争时期反封锁的故事。说是当船上燃煤短缺时，为了甩掉紧追不舍的联邦政府一方的战舰，另一方把他们大量储存在船上的火腿往锅炉的炉灶里扔。

那么，加点有油脂的东西，比如说，油？试试看。

我下令，往炉灶里加煤的时候，把煤炭里混上润滑油。效果立见，要多好有多好。压力上去了，也容易稳住。多亏我想出了这个主意，在这种情况下，转220至230转轻而易举，压力也正常了，130。

过泄滩的时候，应该能够达到265转，165磅，我们得救了。

[①] 译者注：节，航速单位，等于1海里/时。

这样，我们毫不费力就过了无义滩（Oui-t'an），这是我们遇到的第一个滩，地图上标记醒目，水流不太急。然后是红石子（Hong-che-tse）和黄陵庙（Hoang-lin-miao）。对我们这些对此并不习以为常的人来说，航行确实触目惊心。炮舰一直不停地摇摆，偏斜45度的角度，蒲兰田只有一直操纵着舵柄，不让它偏航。

而且，奔腾的水流不停地把我们从江岸的这一侧冲到那一侧。

1点钟，我们到了獭洞滩（Ta-tong），要闯过这个滩对我们是个考验。如果我们不用缆绳牵拉就可以越过这道滩，就有理由指望只在闯过相对少量的险滩时，再用上这费时费力的办法。

相反，如果就算我们的船用上润滑油也没有足够大的马力闯滩，我们可能一路上到处都得跟着木船的线路走，紧靠陡峭的江岸，穿行在礁石中间，一直被纤绳牵引着。那么上帝才知道我们什么时候到得了。

獭洞滩由一列低矮的岩石组成，船过的时候，这个滩大部分被淹没在水下，中间的一块岩石除外，它更靠右岸一点，而不是左岸。江的横断面变窄，水流明显抬高，涡流和漩涡搅得江水激荡，像沸腾的锅炉。然而，这还不是我们后来遇到的那种V字形的传统险滩。

我们在中间那块岩石造成的涡流中前行，然后，轻轻地、不知不觉地，船就顺着大股的水流偏向了右岸。但这时行驶中的船停了下来，甚至后退了一点，我们在那儿顿住片刻，心惊胆战的时刻。

险滩上，水流的任何一个动静都不是持续的，都显现出振荡的形状。

还不提那些我们眼看着出现，又眼看着消失的泉眼和漩涡，就单说水流，水从浪峰落下的方式都不会持续，有些更猛烈，有些更平缓。

等了一刻钟之后，我们看到"奥尔里"号像是往前跳了一下，快极了，以至于船落入被岩石撕开的水流中，我们马上偏右航行，才没被扔进水里。

2点40分，我们到达崆岭滩。

我们的船经过的时候，这个滩并不太险，却还是令我们印象深刻，因为这里曾发生过戏剧性的"瑞生"号沉船事件。

一年前，德国人想抢在我们之前派一艘船到长江上游去，那艘船就叫这个名字。这是艘非常棒的船，装有独立的机轮，时速能达16海里。试图正式进行这一壮举的是德国亨宝轮船公司（la Hamburgeer Linie），它因研制潜水艇受到过德国政府资助。毫无疑问，如果"瑞生"号能到达重庆，它会跟"肇通"号一样成为战舰，就像我们看到过的一样。之前，"瑞生"号被用来运送人员和物资到岸上，中国远征军就这样遗憾地错过了尝试穿越激流险滩所需的时机。12月水太浅，蒸汽船，尤其是这样的大船已经无法航行，否则会遭遇灭顶之灾。

我听小道消息说，德国皇帝已经答应，要从自己的私人小金库里拿出一百万马克，奖给最先闯进重庆的公司。

他们是否没能经得起这个诱惑？"瑞生"号还是在1900年12月25日从宜昌启程了。它畅通无阻地过了獭洞滩，但是在崆岭却出事了。情况非常危急，船长布雷塔格下令船只靠向险滩下游的江岸。两个船上的中国引航员意见不一：一个说可以试着闯过去，另一个说不可能。

布雷塔格派大副去实地探察了一番，随即不幸地听从了第一个引航员的意见。

崆岭峡口由立在河床中央的一块礁岛状岩石构成。

在岩石和右岸之间，有一列暗礁，即使是木船也过不去。往左，河道看似宽阔易行，但也只是四块岩石，斜着排列出去，看起来好像巨大山地的山脊延伸到了江岸。

当岩石被淹没在水下，船只要速度够快，操作得当，一眨眼的工夫，就可以穿过去，不会被卷进漩涡。但是当岩石露在水面上，水位不够高，危险就大了。

在下游礁岛的岬角和第一块岩石之间，河道实际上只有40余米宽，并且是斜伸着的，要非常细致小心才能滑过去，船只必经的航道是条直角线路，实际上只稍微大于这个宽度的一半。

非常严谨地说，"瑞生"号是过得去的，可不得不承认，有点算是天意吧。另外，它的船长低估了水流的威力，船往右多偏了一点，铸成

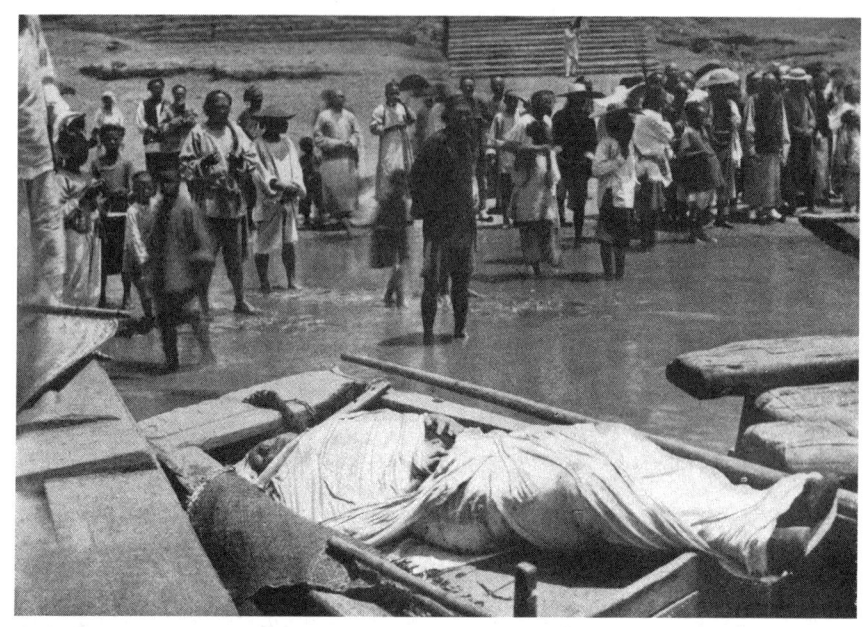

布雷塔格船长的尸体被送往宜昌

大错。要进入水道需要拐大弯,船只几乎横过来。为了补救,他停下左主机,只靠右主机全速前行。这样一来,他"停船并控制余速",减了速。水流把他带走,冲向他本想避开的暗礁。

船舵失控,船身后部裂开个大洞,倒霉的布雷塔格试着抛锚,没成功,船只无可挽回地被连续冲向其他的礁石,船身旧的缺口上又添了新的,水涌进来。

众人一片惊慌,几个中国司炉工从锅炉房跑开,"瑞生"号20分钟就沉没在左岸江湾,险滩下游一点的地方。

好在中国人在所有危险地带附近都停有一两艘救生木船。这是些不会沉没的舢板,漆成红色,所以叫 hong-tchouan(红船),并以此闻名。

这一救生机构的组织由来已久,创立人是一位姓罗的总兵[①],他统领清帝国的长江水师,红船常年展开救生,每年所救性命不计其数。

这是我在中国内地所见过的少有的、合情合理、组织有序的事情之

---

① 译者注:贺缙绅,后归宗罗姓,湖北宜昌镇总兵,创建川江救生船制度,并著《峡江救生船志》(1878)。

一。此话并非恭维。

崆岭滩就有个红船站。他们立刻赶来，救出了所有的欧洲人，除了船长。然而中国人却死了好几个，还有船，带着它所装载的所有东西，沉入水底。在"瑞生"号一下子严重侧翻，终于沉没时，还有人最后看到布雷塔格抓住了舷梯的栏杆。四天以后，江上浮起了他的尸体，脸和手都被螃蟹和鱼咬噬近半。

宜昌和重庆的很多人都认为他是一心求死。事实上他游泳技术高超。事故中还有几个传教士，身着长袍，行动不便，又不识半点水性，都能幸免于难，他却没能脱险，所以这事真有点让人难以理解。

灾难发生后，很多人跃跃欲试，想打捞"瑞生"号。船上载有大量现金，还有两个朝廷要员的、用珍稀木材打造的百宝箱。此外，对于死者家人显然更有内在价值的是那些沉入长江水底的尸首，他们愿意出高价把他们打捞起来。

按照中国人的信仰，死人不入土，魂魄就不得安宁，亲友们就没法在祭日里给他们烧香、供食、烧纸钱，他们就会在阴间过得很惨，为了报复，他们就会来贻害后人。

我们的船只经过时，"瑞生"号撞上的岩石根本就没有露出水面。航行没有任何危险，除了水流翻腾的景象以外。但这个我们已经见惯不怪，不再害怕了。

经过德国船只沉没处时，我们的心还是不由自主地揪紧了。我们自然不会再在那里遭遇同样的危险，但在哪个点上才会？可怕的问题，英国人拿来打赌的话题，但是有时这会让一个指挥官在夜里无法安然入睡，可这种休息对他来说又是必需的，第二天还有很多事要忙。

崆岭过后，牛肝马肺峡（Nieou-kan-ma-fei）徐徐展开。这个名字的意思是牛的肝和马的肺，我也没法解释清楚这样奇怪的名字是从哪来的。

从石牌起，这是我们第一次看到，在悬崖峭壁间的水流是如此平静，没有漩涡，也没太大的动静。对所有人来说这都是个休息的好时机,尤其是对刚刚卸下重负的蒲兰田。我们确实运气好,一路都没出太阳。从宜昌出发时,落了几滴小雨,有点烦人,但马上变成凉爽的阴天。据说在这样两壁高耸的断层间,最是闷热难耐。

3点40分,我们到达新滩(Sin-t'an)。这个名字的意思是"新的险滩"。据宜昌府的编年史记载,它形成于明代的嘉靖二十一年(1552年)①。当年,暴雨频袭,长达一月,两岸山体严重坍塌。巨大的岩石滚落到河床,壅塞水流,形成了现在的这处险滩,或者说是几处险滩,因为新滩是由三处连续的堰坝组成的,从下游往上游难度递增。

第一处险滩只是在岬角处水流变急,右拐,第二处,礁石阻塞河床。但"奥尔里"号只用几分钟就穿过去了。第三道险滩,上滩②(Chang-t'an),让我们多费了些周折。

至此,低水位时,江水完全被一列岩石壅阻,只留两道航漕:一条偏向左岸,狭窄阻塞;另一条偏右,江水奔涌而去。我以前曾有机会见过新滩,当时的情景真是可怕。这次经过时,阻隔水道的岩石大都被水淹没,右边航漕宽阔,足够通行。最急的水流是在上面。在20分钟内,我们并未小心前行,而是加大马力,全速行驶;然后慢慢行至左岸,那里层层叠叠遍布着纤夫们的村落,格外别致。纤夫们受雇拉纤,牵引木船通过险滩,以此为生。我们驶过米仓峡③(Mi-tsang),在一个名叫香溪④(Niang-ki)的小镇抛锚过夜。

我说抛锚,别以为是像平常一样只把铁锚扔下去。长江上游水底遍布岩石,铁锚可能运气好扎得住,也可能扎不住,还可能被卡在两块岩石间,拖不起来了。

即使这里有江水带来的少量泥沙,也要警惕突然有水流涌来,还有始料不及的漩涡,它们会把铁锚冲移位,这样船只就会被拖走,陷入绝境。

---

① 译者注:原作所写年号为Kia-tong二十一年,时间为1552年,疑有误。据《秭归县志》记载,明嘉靖二十一年为公元1542年,此处曾发生岩崩,形成新滩,阻塞航道。
② 译者注:新滩由头滩,二滩,三滩组成浅滩群,又名上滩,中滩,下滩。
③ 译者注:米仓峡,因传说诸葛亮曾在此驻兵囤粮而得名,今称兵书宝剑峡。
④ 译者注:从原文内容看,疑原文注音不准,应为湖北省秭归县香溪镇。

在长江里，每次抛锚都要靠近河岸。要把缆绳扔到岸上：前面一根，后面一根，中间两根。船只既要靠近河岸又要保持一定距离，或者往水里放两根长长的篙杆或撑木。这项操作说起来容易做起来难。这种下锚地点需要好好选择，要找没有遍布鹅卵石的地方，而且水流也不能急，水的流向也要稳定。熟知船只可以停靠的地点，在夜幕降临前找到这样一块地方，是引航员的重要才干之一。

第一天的航行没让我有多大不满，但是精疲力竭，激动不已。总之，应该说，"奥尔里"号因为添加了润滑油，表现良好。蒲兰田信心大增，暗自对前途满是憧憬。

可是我亲眼见过、也估量过类似航行中的所有困难。千真万确，在尼日尔河上，我闯过比这急得多也危险得多的激流险滩，只不过是顺水下行。

无疑，在被激流险滩的江水冲击时，要避开礁石，需要态度冷静，头脑清醒，思路敏捷，还要有某种操控能力。可我们在行船，我们能感到船只在跟着舵柄的方向走，我们才是主人。

在这里，总会不停地出现某些无法预测、又令人头痛的现象。水会朝各个方向流动，冲击船身和船舵，其后果难以估量，也难以平衡。

这类航行中最大的忧虑，既非暗礁，也非激流险滩，而是漩涡。只要有纤绳拉着，木船会船头向前，一直朝上游行进。而蒸汽船要保持这种状态，就只能不停地操纵船舵。如果突然出现一股水流，或是漩涡翻卷，造成逆流，从后面冲击船舵，它就会失灵，船只就成了河里的玩具。

现在，在长江上，比在其他任何地方，都更能让我们感到，要赢得成功，运气有多么重要。你刚刚从此地毫不费力、毫发无损地通过，而就算是同样一艘船，用同样的方式操作，也可能发生水难，造成灾祸。

我相信，对无论哪个在江上闯过激流险滩的人来说，"江河上的水手——外行"这个说法都失去了它通常的含义。

诚然，怒涛汹涌的大海是可怕的：它野蛮地打破、摧毁、扭曲一切；但是，这次航行的初期阶段结束以后，我想谈谈我的看法，它至少是光明磊落的。它发怒，但并不拐弯抹角，它冲你狂怒，直接挥舞着海浪的大棒一下子砸向你；它不设圈套，不耍花招。它是个骄傲的女战士，准确撞击，直指目标。

淡水却须得提防。它行事出人意料。看似柔和平静，稍不留意，它就会突然让你掉进陷阱里去。

在长江上游，河岸，风景，黑黝黝的砂岩和石灰岩，被夹在高峻的峭壁和倾斜的山岗间如陷囹圄的感觉，这一切都使人徒增莫名而几乎神圣的恐惧，觉得冥冥之中有股力量，一时间，以为依稀可辨其中聪慧而又邪恶的生灵。

每隔一段距离，就可以看到藏在壁龛里的或是雕刻在整块岩石上的佛像，他们或瘦小，或大腹便便，直望着你。越是最危险最糟糕的地方，越能看到他们。

对中国人来说，他们是保护神。这是世界最古老的文明，但我们刚刚粗暴地撕开了紧裹着它的面纱；两千年来，中国都沉醉于涅槃般的静止中，但我们用机器和工业，蛮横地赶走了这种宁静，对我们这些人来说，它们肯定是敌人。

雕像越老就越可怕。岁月的打磨切削了岩石的表皮，把这些黄种人的雕像变得日趋完美，它们已经不像是生灵，而是像有生命的死人，像女鬼，像把死尸的面容和颜色带上岸的船壳。

成片的苔藓在它们的身上裹上一层疥疮和湿疹。有那么一尊伸着残缺的手臂，没法辨别出是在佑福还是诅咒。

大家都明白，在大众的想象里，江水深处住着巨龙，那种对水手满怀敌意的爬行动物，水里有动静有旋流就说明它们来了。

一天的搏斗之后，这真是个做噩梦的好话题。我当然没错过梦魇，以至于我第二天重新站在船舵旁舷梯上的老位置上时，感到精疲力竭，腰酸背痛。

8点，我们经过了石门（Che-men），意思是石头门。这是条两块巨石间的狭窄通道；8点45分，我们看到一处花岗岩山丘，山脚下的坡上筑着城墙，这就是归州①（Koei-tchou）。

小城的江边壅塞着长列的岩石，称为"夔梁"（九道梁）②，使得通道变窄，连木船都不容易过。

岩石的背脊显然延伸至水下，然后碎掉，在江里形成多处危险的漩涡。

我们行驶在离右岸60米处，一有大浪拍来，船就被推向左岸，同时，我们也会被平晃到船舱左面。蒲兰田刚好有时间打右满舵，船尾擦岸而过，甚至稍有碰撞。再过去一米，或者再晚四分之一秒，我们就完了。这是第一个警告。

盘沱的佛像

再过去一点，我们经过了一个煤矿。锥形的黑色煤堆很显眼，山上有天然的坡道，煤可以从这里一直滑落到江边，让小船运走。卸煤的通道口很窄，只能容一人匍匐而过。

不到10点，我们看到了"金沙"号。它在江岸抛了锚，就在泄滩下游，江水冲出的一个平静的小江湾里。而泄滩，是我们将要闯过的第一个也可能是最难的险滩。

我们要到"金沙"号上方去找位置停靠。

一个英国军官来我们船上拜访，我也去到英国炮舰上回访，看到由

---

① 译者注：归州，今湖北省秭归县旧称。
② 译者注：古时，秭归又称夔城，或夔子国，其江岸有石梁形成的急滩，俗称九龙奔江。

于出了事故而饱受折磨的鲍威尔船长。

我跟他聊了起来,要是换了我,处在他的境况,我也愿意别人这样对待我。干我们这行,实际上,我们不停地被置于这种危险下:不管我们有怎样美好的心愿,有什么样的科学知识,有什么样的活动,总会有意外出现,打乱我们的计划。没有什么能胜过意外。就算我们竭尽所能,想减少厄运出现的概率,也只能交叉着双臂碰运气,听天由命。

鲍威尔发愁地用英国谚语回答了我:"胜者为王(Success is succed)。"如果说我的推论从哲学角度看来无可指责,那么他的感想更是出于亲身经历,亲眼所见。

下面就是才发生过的事情:

"金沙"号闯了三次滩。

我来解释一下,传统的操作方法,按照蒲兰田想象和发明出来的那样,是要到激流险滩的下方去拉一根钢缆,钢缆系在江水上游,从江面上拉过来,然后把缆绳拴到绞车上,就可转动、牵引。缆绳的另一头放在小船上,也就是舢板上。把舢板行驶到漩涡上方,让大船抓住缆绳,是件很不容易的事。

第一次,"金沙"号没能接近舢板;第二次,缆绳太细了,被拉断了。第三次,缆绳的一端已经系在了船上,一切正常,这时,突然,一声响炮一样的爆炸声从锅炉那边传来。

从锅炉出来的蒸汽要流经进气阀盒,才能进入气缸。由于压力太大,右舷进气阀盒盖碎裂开了。一块碎片弹射出来,甚至撞上了左舷机器上的一个零件。

"金沙"号还叫"肇通"号时,曾在上海试航。当时,最大功率时,轮片转动48转。我听说事故发生时已达52转,可能太快了。

是否是为了减轻缆绳所承担的压力,免得拉断,船才加快了速度?是否想只靠船只的力量就闯过滩去?我不知道。总之结果就摆在眼前:我们的对手已经动弹不得。然而我们无须对此感到高兴。除开他们的国籍不说,我们已历经同样的风险,并且前路多舛,这让所有的船员都心心相连。

而且，等待着我们的又会是什么呢？今日笑他人，明朝被人笑。

鲍威尔立刻叫人画了必要的草图，派了个军官，去到汉口近旁的汉阳军工厂，那里也许能给他造个一样的气阀盒盖。

但几乎可以肯定，今年他到不了重庆。还需要起码一个半月，他的船才能修好，那时候水位会变低，无法闯过兴隆滩，一旦水位退下去，兴隆滩就会变得狰狞可怕。

我沿着江岸走，去查看我们明天要去闯的险滩。

在目前干枯的激流出口，倾立着一堆岩石，这就是地质学上所说的"冲击扇"，它位于左岸，一直伸展到江中心。右岸是一列往前绵延的岩石滩。在这样形成的两个尖岬之间，河道变窄，首先是在险滩上游聚合成一平层，然后，被抛甩到江心的水流翻卷成浪，卷曲成漩涡，把水面削减得越来越窄，最终将其变成V形或舌形。水流涡卷，泛起水沫，流经狭长江岸的两侧。江流弯成弓形，水面平滑，直至百米开外两岸最狭窄处。那里，整条江流变得沸腾、汹涌、咆哮，一直到我们抛锚处上方一点，才稍稍平息下来。

为了看明白我要描绘的常规操作，必须想象一下那些大的险滩常见的、经典的样子：

一条表面平滑的狭长水流，一旦流速加快，水势就会变急，直抵漩涡众多、四周偏高的河盆，好似被流动的江岸、被汹涌的江水所环绕。

激流出口的上游，有个风景如画的小镇，镶嵌在山腰。山脚下是石头垒成的、平展的河堤，每隔一段距离就有深埋在土里的大型圆柱，这就是纤桩①。

我注视着几条正渐渐驶过的木船。

在卵石成堆的岬角下游，有一片平静的水域。木船停在此地，等着依次通过。它们停下来，是为了放置好竹编的纤绳，准备用它来拉船。

左边稍远处，水流湍急，但是木船停留的地方，却一点也感觉不到。

---

① 译者注：纤桩，用来缠绕纤绳，让纤夫稍作停顿。

拉纤用的纤绳，按照木船的大小，分别由三、四、五股合成。纤绳拴在木船船头，稍靠右舷，一直拉到村边石块垒成的河堤。纤夫们，通常有好几百人，身上搭着纤绳套①。专门有人站在石纤桩旁边，一旦纤夫使劲，纤绳稍松，他就会一法寸一法寸②地拉紧纤绳，把它缠在桩上。

一切准备就绪，轻轻地、缓缓地，木船离开等候处，驶入流水。纤绳立刻绷直。舵手操纵着舵和艄，让船离开江岸，直到它有足够的吃水深度，但是要尽量低，以免碰上太急的水流。

船上，有人敲打一种扁平的小鼓，发出信号，纤夫们开始拉纤。通常，这都是些可怜的穷人，饱受困苦和鸦片的磨难，其中不乏妇女和孩子。他们单个的力量不足为道，但是他们人数众多，可以让我们明白，木船船身承受的水的阻力有多大。这一悲惨队列的头头们声嘶力竭地吆喝着，有时候抬手做出拿着鞭子打人的模样，但我注意到他们从未碰过纤夫们。

牵拉一艘木船经过险滩通常要花两个多小时。有时纤夫们伫立良久，也无法前行。然后，或是同时一起加把劲，或是江水暂时变缓，他们才得以稍微前行，守纤桩的人赶紧把纤绳拉紧几法寸。只要没到卵石遍布的尖岬，木船都不会有多大危险。如果纤绳断了，或者纤夫们松了纤绳，船至多也是被拖向下游几公里，错过排好的过滩顺序，耽搁很多时间。

但再往上行就更危险了，船可能会撞上岩石。我们就碰到过一次。一个月前，一艘木船从宜昌出发，由炮舰"惊喜"（la Surprise）号护航。这艘木船就撞上了尖岬，我们只救出了船上货物的一小部分。我们去查看了一下损失情况，看能做点什么，拿些去重庆这一路上还用得着的东西。事实上找不到多少东西了。本来运载了够6个月的食品和10吨煤炭，结果只剩84袋煤，几桶葡萄酒，一些牛肉罐头，12箱左右的饼干，还有打湿了的面粉，面粉已经发霉，并且被虫蛀了。

至于木船，已经完全散了架，我们根本就没打算修它。它一半躺在

---

① 译者注：俗称搭布儿，指纤夫用来连接纤绳的布条。
② 译者注：法寸，法国古计量单位，1法尺=12法寸。参见本书第19页注释①。

岸上，另一半已经碎成片了。

我写信给法国炮舰"云雀"号的指挥官，请他护航，送食品到重庆，还请他运送些加的夫①（Cardiff）煤炭到险滩上游来，准备过了滩就装船。

晚上，我们在"金沙"号上跟英国战友们一起晚餐。其中就有松维尔（Somerville）上尉，他要去指挥已经停泊在重庆的"丘鹬"号。他本想搭乘"金沙"号去那里，现在只好改乘木船去了。

第二天，10月25日，对我们来说将会是艰难的一天。我们曾看着"奥尔里"号一路自由行驶。现在要用纤绳拉着，它会怎样呢？

在这里，我要一劳永逸地明确讲一遍，到底什么是险滩，以及我们能以什么方式让船只成功穿过险滩，要么我们只靠蒸汽机的力量强过，不用靠把纤绳固定在岸上来牵引船只，要么我们就这么干。

我们通常所说的险滩，就是在河床所环抱的岩石之间，或多或少杂乱流过的水道。

对我来说，一处真正险滩的特点，就是两岸向前收窄，相互紧抵，两处尖岬呈尖形或圆形，加上水底落差。

这些尖岬本身不过是岩石冒出水面的征象，它们在水下延伸，造成落差，有时露出水面，明显起伏不平。

在多次观察了流体动力学的现象之后，我还是没法解释清楚当一艘船要全速穿过险滩时会出现的一种奇怪现象。

我在上文讲到过，当船只行至险滩狭窄地带的前段时，水面平滑，但船却好像被一堵墙挡住，根本不用考虑船只在平静水面驶过的速度。好几次我都在"奥尔里"号上注意到这种悖论现象，以前蒲兰田在"肇通"号也看到过。

我们的引航员蒲兰田说，他乘"肇通"号航行时，曾有两次试图不用纤绳通过这个险滩。第一次全速前行，第二次半速。这两次都是在完

---

① 译者注：加的夫，英国港口，二十世纪初世界最大的煤炭输出港。

"奥尔里"号在泄滩

全相同的地方停了下来。"肇通"号以轮片48转全速航行，相当于在平静水面15海里的时速；一看到毫无可能闯过滩去，就要降至12转。

在"奥尔里"号上，有好几次都出现过这种情况：我们误以为可以不用纤绳就可以通过险滩，后来不得不后退，要把主机转速从210转减到60转。

对于船只能否不用纤绳，只靠自己的力量穿过险滩，好像最为关键的问题是要看尖岬的位置与水流走向之间的关系。

如果两个尖岬之间的线，我们通常所称的"对角线"，相对于水流来说是倾斜的，船就有可能穿过险滩；如果相反，它是垂直的，那么能不能过得去就只能看运气了。

补充一点，有的险滩只有一个尖岬，对面江岸，岩石凸出水面的部分很快沉入水下，看不到岬角。

这些地方显然更容易通过。

通常，那一处岬角都满布鹅卵石，看不到裸露的岩石。

这种类型的险滩通常在重庆以上，以及府河[①]（Fou-ho）。当它此外

[①] 译者注：原文为Fou-ho,府河。本书中作者将今岷江中游部分江段，以及下游全部都称为府河，偶称岷江。译文从原文。

又表现出下面我要讲到的其他明显特征时，因为没有个现成的称呼，我们就给它起了个名字，叫"疾流"。

下面三幅图表描绘的就是我刚才说的事。

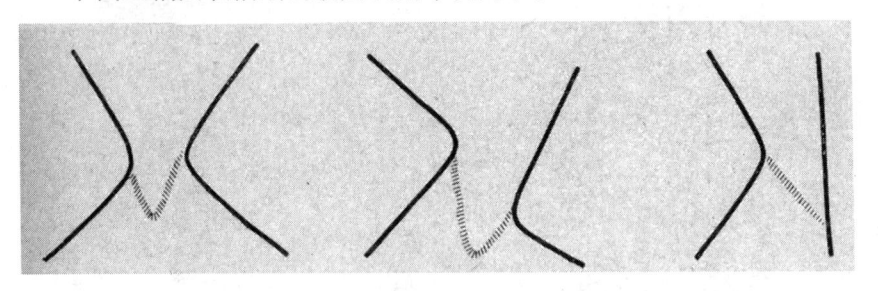

图1 对角线呈垂直状的险滩　　图2 对角线呈倾斜状的险滩　　图3 疾流

最后来看看险滩里的水是什么样的。

在险滩岬角的前段，水面平静、平坦，水流平缓。然后水流一点点加速；通常，水面凸起，显示水下有落差，凸起的水流撞到江岸突出的岩石，碎掉，倒流回江心，形成狭长的弓形，光滑、锋利，四周满布漩流。

在狭长地带的两侧和漩涡密布的江岸间，还有多股逆流相互交错、纠缠。最终，在尖岬后段，水流仍然要汹涌激荡好一阵。

要闯过险滩，船只首先要尽量驶近，"不要直接开进狭长地带"，但是也不能在逆流肆虐的地带磨蹭，否则就会被它从后面撞过来，致使船舵失灵，很可能损坏。

在狭长地带的岸边，一边水流很急，另一边水流反向激荡的地方，把好舵。这里已经"接近"险滩最致命的地方，要好好操作。

转动舵柄幅度要大，要眼疾手快，动作准确，还需要中国引航员的直觉，才能尝试闯滩并取得成功。

这样行船到岬角处，对角线呈倾斜状的那一端，应该是靠上游的尖岬。然后，要尽量少操作船舵，选择一个水流相对平缓的瞬间，尤其要小心，让船头一直保持对准水流的方向，让船就这样滑行进狭长地带。

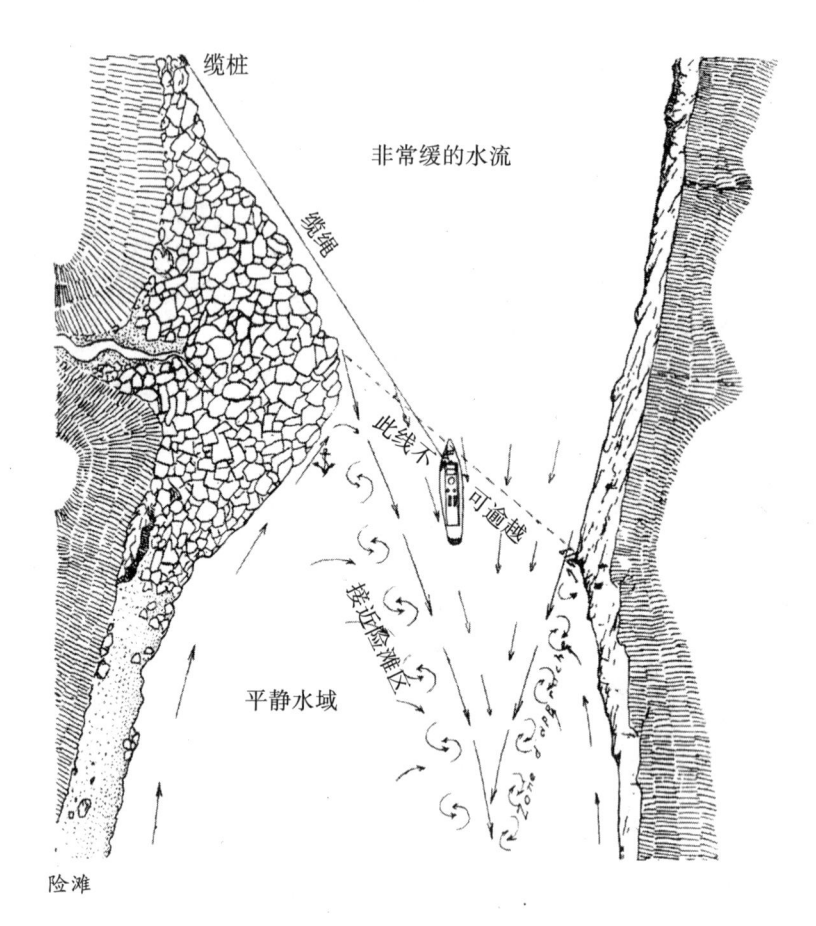

[图示：险滩水流示意图，标注有"缆桩"、"缆绳"、"非常缓的水流"、"此线不可逾越"、"接近险滩区"、"平静水域"、"险滩"]

这一时刻极度危险。可以想象，要是在大股水流中，船只方向稍微多斜了一点，船头就会被迎头一掌袭来，不可控制地打旋，再后，造成横漂，束手就擒，被水流冲走。

一旦船只完全进入狭长地带，就能用船舵稳住船。那里不再有逆流、泉眼和漩涡。

但是它往前动不了。我前面说过，它碰到了一堵墙。

这时要轻轻地，尽量少动舵柄，转向另一岸。船行越慢，就越可能成功。可以想象，在起初的大幅操作之后，需要极大的自控能力，才能轻轻地穿过这片水域。

如果船速够快，对角线够斜，就可以避开水流的束缚，可以看到船一点点驶向江岸，先是慢慢地，然后随着它进入上游河段，逐渐加速。

但是，不成功也是常有的事。可能穿不过障碍线，可能没驶过险滩江岸就靠了岸。这就需要反向操作，回到江心，任由船下行，船尾在前，减速，直至让水流控制它，这个操作说起来比做起来容易。

遇到最后这种情况，要穿过险滩，就必须学习木船的经验，除了船只的推进装置以外，还要加上缆绳的牵引。

"奥尔里"号在装备的时候就预见到了这种可能性。船头安装了一个大功率的蒸汽绞车，我们甚至给它安上了一根结实的桅杆，滑轮、必要的"设备"以及粗壮的钢缆都已准备妥当。

以下是船上的装置：

在船的舷缘，为了强力抗风浪，用角铁和铁皮加固，固定安置了强力滑轮 A。桅杆下面的木质高台处是滑轮 B，滑轮 C 就挂在船头。

被拴在岸上，再从那里牵过来的缆绳，穿过 A、B、C 三点，然后被卷到绞车的"卷筒"上，绞车是铸铁打造的圆柱体，转动它，就可以把缆绳拉到船上。

但是这些钢缆很重，不像木船用的竹制纤绳那样浮在水面，钢缆从水底划过，极不方便，可能会挂在尖锐嶙峋的岩石上。如果不把它们拽出来，行动就完全泡汤了。

为了尽量弥补这一不足，我们在桅杆顶部安装了复滑轮 P，它的底端有个滑轮 M，缆绳从这里穿过，再回到船上的 A 点。

只要缆绳还没有被完全拉直，没有全部露出水面，我们就把滑轮 M 拉高，让缆绳离开江底。然后，随着缆绳渐渐被拉直，我们就放松滑轮 M，直至把它完全松开。

这个细节讲起来费时稍长，也可能有点太技术化，但是要想了解我们以后经常会用到的一种操作，它是必不可少的。我重新回到我们的行程，回到我们本该遭遇的与第一道大险滩的搏斗。还缺个开头要讲。它的名字"泄滩"，就是狂野险滩的意思。水势浩大的时候它真配得上这个名字；水流变细时，它也变得很窄；我们穿过的时候，尽管水势中等，还是又难又险。但是我们不能再等下去了，否则就可能完全无法通过兴隆滩。

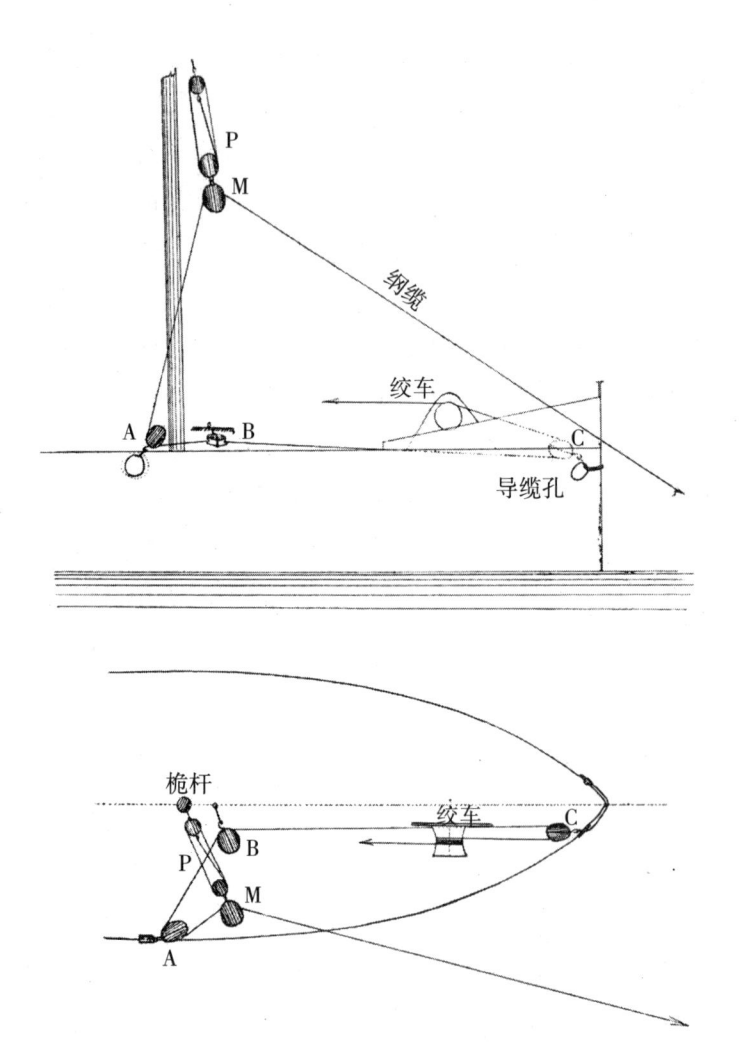

图中标注：P、M、纲缆、绞车、A、B、导缆孔、C

桅杆、绞车、B、P、M、A、C

　　随着季节的不同，这处险滩也会变得或是恐怖凶险，或是毫无危险。要点之一，就是确切地选择一个总体危险最小的季节。这一条件会在水势中等的时候出现，通常是在5月和10月。我们到得晚了点。

　　25日一早，我们布下了缆绳，用来牵引船只。

　　小镇河堤的上游，在江岸的两块巨石上，我们系下了两根用马尼拉麻织就的缆绳，两根一起用。每根有200米长，横断面周长140毫米。

　　这样做的目的是增加钢缆所没有的弹性，在发生撞击时减小钢缆的危险。

在马尼拉麻缆绳的一端，我们固定下一根横断面周长为两法寸、长度 400 米的钢缆；这才是真正的缆绳，这根要拉回到船上。

钢缆后面，又是一截 100 米长的马尼拉麻缆绳，要把钢缆拖到船上，用上麻线缆绳会容易些，因为需要从空中扔过去。马尼拉麻缆绳会浮在水面上。

最后，为安全起见，我们把两根马尼拉麻缆绳并在一起，把它们用一截钢索固定在岩石上，免得它们断裂。我们有意把钢索留得长一点，因为如果一切进展正常的话，不会由它来承受重力。

这些我们都知道，而且做起来小心翼翼：即使最小的失误都可能酿成灾祸。

我们把钢缆放到河岸上。四只舢板一字排开，当钢缆从岸上的固定点被直接传过来时，舢板可以撑住它，不让它落到水底去。

最后面一只舢板载着纤绳的一端，它停留在险滩下端，100 米长的马尼拉麻缆绳盘绕在舢板上。当舢板一看到我们往前行，就会带着缆绳驶进水流，离江岸足够远，以使我们能够靠近，或者至少能让我们扔给它一根一头拴着沙袋的软绳，可以系在马尼拉麻缆绳的端头上，用这种方法，我们可以把缆绳拉到大船上来。

11 点，一切准备就绪。我们面前放着砧板和斧头，必要时用来砍断缆绳。还有"掣索"（用来暂时固定缆绳的绳索）。

1 点，午餐过后，我们开始闯滩。

岸上，负责操作的海军下士勒内沃（Renevot）监控着缆绳和拴绳的固定点，左和翻译常在一旁帮忙。

中国船工在最后那只舢板上，等着从那里把缆绳的一端送到大船上来。

大船上，所有的人都挎上了救生圈。两个水手跟蒲兰田待在一起，泰里斯守着船舵。在操作船舵的舱面室里，舵手塔提布埃（Tatibouet）负责准备好投索，就是我前面提到过的端头系了个沙袋的绳子。

我们松开连接到岸上的缆绳，行驶到大股水流的边缘，狭长地带的岸边，我们停在沸腾的水里，但是没有回流。冯密在蒲兰田一旁，不住地向后者讲他"预见"到该做什么动作：左转舵，右转舵，稳住。要听懂这些从中国人口里冒出的英语单词，确实要费些周折。

随着水流增大，我们一点点加速。同时，尖岬处的舢板离开了江岸，但是需要蒲兰田用中国话一阵乱喊乱吼，才能确定到底离多远，以保证我们的操作不至于太危险。确实，舢板面前险象环生：如果我们靠得太近，就会把它掀翻、撞沉；再者，如果它不小心翼翼顺水直行，也可能会翻船。

我们朝舢板驶过去，在5米开外停下，舢板上的船老大莫里森试图把缆绳的一头扔过来，但我们没接住。

幸运的是，就在同一时刻，塔提布埃灵巧地扔出了投索，却落到了莫里森的肩上，这真搞笑。

莫里森麻利地把投索绑在了马尼拉麻缆绳端头上，人们从大船上往上拉拽，开始把缆绳拉到绞车上，大船"全速"前进，一直行驶到险滩边缘。我们迅速地扯起钢缆，把它卷到绞车上去。

开始时，一切顺利。随着钢缆渐渐展开，江岸陡坡上的人们一直往前，走到水里尽量远的地方，把钢缆从水里的岩石堆里拉出来。不一会儿，用来支撑钢缆的几只舢板就被拖到了连接大船和岸上固定点的直线上。

力量已经相当可观，尽管结果只是导致水流作用在缆绳上而不是大船上。随着缆绳渐渐变直，我们也慢慢放缓从桅杆上方吊下来的复滑轮。有那么三四次，缆绳又落入水中，但只需要动一下复滑轮，船就会偏向，缆绳又会被成功地拉出水面。不久，它变得很清晰了，一直伸展到岸上的固定点：真正意义上的拉纤开始了。

这时候我们距离左岸大约70米，在尖岬上面一点，水流平缓的部位，右舷前方被缆绳拉着，舵柄轻微左偏，两部主机开到了全速。炮舰保持着完美的平衡，毫无偏向，船舵轻轻动一下，就会让我们左右摇晃。

在船的右舷，有几个人一直拿竹竿探测着，为的是要让我们尽量靠近岸边，又不至于搁浅。

随着船只进入到湍急而有落差的水流中，绞车越来越慢地绞动着缆绳，因为拉直缆绳所需的力量变得越来越大。即刻，又只是不时地转动一下，显示出通过每段水域，短暂停留时，手柄转到死点。

然而我们还是一点点前行，我开始希望我们可以不出任何事故就穿越过险滩。

突然，固定在轮船前部的滑轮，最后那个，缆绳在被卷进绞车前要通过的那个，碎裂成了两半，铁块和木块。碎片飞过来，砸伤了迪·布舍龙和海军下士司务长克拉（Cras）。

简直是难以置信的运气，缆绳自己绊在了绞车的滑轮上。我们给它"系掣索"，就是说，我们用几股绳和铁丝编成的绳子拉住了它。

但是在钢缆上的掣索系得不紧，而且当我们想反向转动绞车，放出钢缆时，它还打滑。

我不停向船头大吼，叫他们加速以缓和拉力。一缕3米高的红色火苗从烟囱里蹿出，锅炉房里装煤炭的柳条筐着了火，不过离锅炉还有几米远。

不管怎样，我们成功地阻止了缆绳滑落，我们把它放松，把它割断，在原处又安置了一个滑轮，拉纤又开始了。

我们往前行了30米，然后，这次是滑轮的挂钩裂开了。

我们已经竭尽全力防备意外，6股掣索紧裹着缆绳。但是这些钢缆像刀子一样锋利，什么都能割开。人们的手被割伤了，满是鲜血，血一直流到甲板，流到绞车，后来我们还在圆筒状的绞车上看到了凝固的血块。

这时候又出了一点插曲，不过反而让我们很高兴。我们没有滑轮了,刚才我说过,最后一个滑轮的挂钩已经碎掉了,但是滑轮至少是完好的,只需要把它重新安装到位。

"A shakle!"蒲兰田在舷梯上大叫。"钩环"这是海员的行话,是指一个封闭的铁环,中间用一根杆,连接两端,在特殊情况下可以代替碎掉的挂钩。

"A shakle?"不论是我,还是掌着舵柄的泰里斯,还是在船头裹在缆绳堆里、站在绞车旁的迪·布舍龙,都听不懂"A shakle"是什么意思。我们满心狐疑,相互对视,蒲兰田拍拍腿,比画了个什么动作,可我们还是没懂。

然后,迪·布舍龙冷静沉稳地拖着一条伤腿去到他的舱房,还好,就在船头操纵船舵的位置旁边。他拽出本厚厚的英语词典,一本艾尔沃英法词典(Elwall),一只眼还瞅着他的手下们,同样冷静地用手指翻阅词典,好像他在读书一样。

蒲兰田完全被这种比英国人还镇静的态度惊呆了,甩出三句粗话,只听出里面有"bloody"。

然而,我们的钩环并不比挂钩的运气好,这下我们没辙了。

但是,要么穿过去,要么完蛋。在这几桩事故中,我们的船往前走了一点,过了尖岬,已经到了岬谷里面,没法再退回去。如果想要一试,定会掉进江里。

只剩下我叫做A和B的两个滑轮了。自然,我们可以直接把缆绳从B滑轮拖出来,但是按绞车的安装设计,这样的操作并不能保证安全。机轴上面是卷筒,机轴的力量本来有一大堆东西来支撑,现在只剩下"轴承盖",几片结实的金属片,每片只由两颗螺栓固定着。

只能一试了。同样的操作,系掣索、放松缆绳。我在驾驶台上面,没什么好做的,也几乎没什么可说的,因为迪·布舍龙明确冷静地指挥着操作,值得各种赞美。我一边看着,一边胡思乱想,我看到缆绳飞过来,甩过来,像蛇一样缠绕着人们的双腿和身体,把他们切成两半。这一切怎么会没发生呢?我们的轴承盖怎么能顶得住呢?怎么回事?我们真是吉星高照。

但是，事后发现，绞车 80 毫米直径的钢轴承已经明显弯曲了。

我们试图再次转动绞车。但是锅炉的压力已经降下去了，绞车转不动，哪怕反转一下也不行。

"加热！使劲儿加热！往炉子里加油！"

这时，轮机长格里莫（Grimaux）出现在甲板上。这是个一流的人物，我们能够成功他有很大的功劳，因为他熟知怎样处理"奥尔里"号锅炉这一并不完善的装置，从未出过任何事故。一看到他，在他开口说话前，我已经猜到又发生了什么事。

"船长，锅炉管道里只有 200 厘米的水了，要加水。"

在穿越险滩前我们加满了水，但是绞车会向外排水，所以我们的水一直在流失。

但是如果我们加水，压力会降得更低！我们已经到了极限点，绞车拉动缆绳的力量和螺旋桨的力量加在一起，能让我们保持平衡，不再前行，但是至少到目前为止，没有后退。要是压力再小下去，绞车的操作就会变得异常危险，还会把我们扔在尖岬那里。

要么被烧死，要么被淹死！两者必居其一。啊！这真是！我们就这样成为泄滩之龙的猎物了吗？

"准许加水，快去！"

"是，船长！"

然后，运气来了，我灵机一动。我觉得，要把船向前拖行，在绞车和螺旋桨之间，应该是绞车的作用更大些。要把事情简化一下。绞车缺少的是压力，因为船头的主机用尽了所有的蒸汽。

"减速，等压力上去！"

如果我搞错了，就在劫难逃。然后，螺旋桨的转动慢了下来，缆绳的力量更强了。

"迪·布舍龙，伙计，把所有的掣索都系到位，仔细点，嗯！"

就这样持续了10分钟，每时每刻我都拿传声筒传话去问：

"压力呢？"

"上去了！"

"多少？"

"正常！"

压力重回120磅。现在再来试试。

大家重新转动绞车。400米的那条钢缆是由两条200米的接在一起的，连接处被海员们叫做"接头"，印记很明显。

噢，这个接头！它在船头10米处停顿了20分钟，朝我们进一点，然后后退，然后再进一点。我把它看成个吉祥符，我迷信地想着，如果我们能抓住它，把它拉上船，我们就会得救。

事实上，有一阵子我们几乎陷入绝望境地。先是轻轻地，然后快一点，再快一点，绞车转动起来，我们成功了，这次我们真的成功了。现在，即使压力落下去一点，也不会出问题了。——"嘀，加水！"

我们脱险了。现在，即使缆绳变软，绞车没法拖它上船，船只也可以独自快速航行了。

"奥尔里"号行驶在泄滩中

我们到了险滩上方的水域，水面相当平静，我们割掉了缆绳。不一会儿，我们在镇子上游，有着一排陡峭岩石的地方靠了岸。

过泄滩花了两个半小时。

两个半小时船行了 600 米！

实际上我已经没法说出在路上花了 10 分钟还是 10 个小时，我已经完全没有时间概念了。

要想搞清楚拉力究竟有多大，我来说说第一根马尼拉麻缆绳的情况，它长 200 米，被直接固定在岩石上的部分有 28 米。预留在安全钢缆前面的软绳部分不够，缆绳又被拉长了 8 米。

当我们在船上搏斗的时候，可以说，我们的性命都系于险滩上的一根绳索。这时候在岸上又出了桩滑稽搞笑的事——我有时候脑子不好使了——我们幸运地闯过了第一个、而且还不是最容易的险滩，已经很欢喜，现在更是喜上加喜。

先前离开锚地的时候，我看到"金沙"号上的军官们和几乎全部的船上人员都拥挤到岸上，看着我们开船前行。我注意到当我们在缆绳的一头忙碌时，有好些照相机对着我们直闪。但对这些都没太留意：我还有很多事要做，哪里顾得上观众。

但是，在船泊岸时，我还是想起了英国的同僚们。我叫医生备好香槟酒，以备有访客驾到。医生就是被派来检查我们是否吃好喝好，以保证健康的，同时他还等着——我希望最好别出这种事——来照顾我们的病人。

一个人都没有！尽管我们在锚地待了一个晚上又一个上午，而且在我们和"金沙"号之间只有两公里远，却没一个英国人到我们船上来。

反而是我们的翻译常在一旁窃笑，心里乐开了花，表面上却毫不流露。

他告诉我——他懂英语——当他在岸上照着勒内沃和左的指示，忙着让苦力们准备缆绳时，听到英国人窃窃私语："好笑的法国人！他们疯了！'金沙'号都没能过得去的险滩，他们想只靠肥皂盒就闯过去！"

后来，我们停船良久，没有前行，船上又是一片忙乱，明显是出了什么事，不利于闯滩，他们的议论讽刺味更浓了。

然后，胜利在望，"奥尔里"号明显在前行，马上就要穿过险滩。这时就是一片沉默和愕然。

当他们看到最后的结果千真万确时，一群人开始一言不发往回走。

他们收起相机，朝"金沙"号走去，每个人都几乎一路小跑着，想赶快回去……

常的描述到此为止。

无须多言，獭洞滩、崆岭滩、新滩、泄滩，它们跟我们所谓的中华帝国海关的朋友是一伙的，他们并没有押对宝。

当日的最终获胜者是我们善良勇敢的蒲兰田。我们的船先天不足，恐怕无法越过战胜困难，但他灵巧的操作、创造性的准备工作，他的冷静，帮我们越过了所有的艰难险阻。我们对未来更有信心了。

"奥尔里"号的全体船员极度镇定，勇气可嘉。在它狭窄拥挤的船头，万一缆绳松开，人们都没地方躲避，那样的话我们肯定会悲叹有人死亡，有人受伤，有人落水。所有的勇敢的人们或多或少都有些擦伤破皮，机械师和司炉人员已经精疲力竭，但总的来说并无大碍，只需稍事休息和照料，一切就恢复原样。

第三章　在四川——重庆之行

八斗滩——穿越牛口滩——英国炮舰"云雀"号出事——青竹标——令人不快的意外——我们进入四川了——宝子滩——轮船掉头——刚好得救——医生沐浴——夔州府①——礼物和拜访——中式名帖——我的中文名字——夔府，娱乐城——当地煤——接踵而至的事故——蒿杆滩——庙基子——云阳县——兴隆滩，新生的险滩——几乎精疲力竭——盘沱及其庙宇——险境尽头之门——治病的佛——狐滩——雾阻行船——忠州②——一个老修士的有趣反应——涪州③——烟囱里的火苗——到达重庆——英国人和清帝国海关想跟我们玩花招——龙门浩——狮子山——王家沱

---

① 译者注：夔州府，或夔府，今重庆市奉节县。
② 译者注：忠州，今重庆市忠县。
③ 译者注：涪州，今重庆市涪陵区。

长江上游的峡谷

26 日早晨,我们重拾装备,中午就出航了。1 点 35 分,我们过了八斗滩(Pa-teou-t'an),这是个小滩,我们没靠拉纤,只靠船只的力量就过去了。

此处有很急的漩涡,水流也很快。我们前面有只中国木木船,由岸上的纤绳拉着,纤绳突然断了,木船打横,很快被冲到我们这儿来。我们只好大幅偏航以躲过它。在激流险滩上这种操作也很危险。

不一会儿,我们停泊在牛口滩(Nieou-keou-t'an)(牛的嘴巴)下游。我们一下午都在安放缆绳,以备明天过滩。

一个和善的小个子中国军官指挥着一艘中国炮舰,竭尽所能地帮助我们。

比起泄滩来,牛口滩没那么急,也没那么长,可能也没那么危险。在江岸的岩石上,可以看到英国炮舰"云雀"号的名字,字体很大。那是这艘炮舰出了事故,几乎陷于灭顶之灾后留下的纪念。

牛口滩的泉眼大有特色,几股水好像从水底纵向冒出,溢进一个透明的、像是向外张开的水域，直径3到50米不等，其后乱七八糟交错着些漩涡和逆流。

要过牛口滩，可以靠右岸行船，也可以靠左岸行船。浅滩处有块礁石，目前被10法尺深的水覆盖着，它把江流分成了两个航漕。英国炮舰"云雀"号走的是左边那条道。但是，要么是它太靠岸边了，要么是这条航漕里面，逆流比起我们通常见到的更宽，一大股汹涌的水流往上腾起，冲向上游，撞坏了船尾。

船舵失灵，船头被卷进水流，船只突然偏向，急速冲向对岸，船头也撞坏了。需要20天的劳作它才能重新上路。

我们呢，我们要沿着右岸穿过这个险滩。这里的漩涡可能要凶险些，但是不用太害怕江水的反常动向，就像差点毁掉英国炮舰"云雀"号的那样。

右岸岩石林立高耸，形成峭壁。我们在峭壁顶上找了两块大岩石，来系牢马尼拉麻缆绳。像在泄滩一样，我们从峭壁脊上拉开400米的钢缆。有100米缆绳盘绕在舢板上，端头接上一截软绳，方便拉上船。

缆绳被从高点拉出，顺利地一路传过来，看到它落到水底岩石缝里的概率大大降低。

但是困难在于，承载缆绳一头的舢板不能像在泄滩一样，行驶到江心，把缆绳端头给我们带过来，中间还隔着足够的距离好让我们自由操作。这次，大船要靠到离峭壁只有几米远的地方，在众多汹涌的漩涡中间。稍一偏航，船就会被冲向江岸。

晚上6点，一切安排齐备。

29日，8点半，岸上一切就绪，舢板载上了缆绳的端头，我们开始向牛口滩进发。

我们在"奥尔里"号上采取了一些额外的预备措施，尤其是在绞车的薄弱处加了"木枋"支撑，这是些10厘米见方的坚硬木块。

到了漩涡区，江水凶猛地朝我们扑卷而来，尽管我们在船头拉起帆

下马滩，给一艘木船拉纤

布，加长了前方的距离，水还是溅到甲板上。我们偏航，再偏航。冯密不停地喊着口令，舵柄一会儿向这一侧猛打，一会儿又向另一侧猛打，船舵的这些操作减缓了速度，片刻间，比我们更强大的水流甚至把船拖走。

但是我们还是开始穿过这个危险的地方，我们轻轻地、小心翼翼地接近舢板，但是没法靠得足够近去接住钢缆。扔了三次投索，都没成功，终于，第四次扔到了舢板上，我们可以把马尼拉麻缆绳拉上大船了。

但现在又出了个问题。连接钢缆的接头被我们弄得太大了，没法从滑轮穿过去，得割掉。但这样的话，只要船有一点点后退的动作，我们就得全盘放弃，从头再来，还不用说万一后退，在漩涡区的船尾会不会首先受损。

船头主机奋力一搏，我们得救了。我们把缆绳拉过来足够长的一段，卷到绞车上，开始拉纤。

不太难。不久我们就行驶到缆绳前面了。我们割掉缆绳，在险滩上游靠了岸。

我们全程未出任何事故。真是幸事。因为在五次行程里（"肇通"号两次，英国炮舰"云雀"号一次，"丘鹬"号一次，"奥尔里"号一次），有三次都遭遇了致命危险。

英国炮舰"云雀"号的事我已经讲过了。"丘鹬"号这边呢，碰坏了船舷，"肇通"号初航的时候，左轮的叶片坏掉了。

中国的红船放了三只爆竹，祝贺我们幸运成功。

我曾从宜昌派出一只木船运送煤炭，我们在牛口滩上游会合了。我们从木船上取了一半的煤炭，剩下的派人送到靠上游一点的巴东县（Pa-tong-hien）官员那里，并修书一封，请他代为保存。这是留给小艇上来时用的。

3点钟，我们又出发了。1个小时后，我们排队停靠在巴东县。直到这里，长江还是易于航行的。但是再往上游一点，到了一个叫青竹标（Tsing-tchou-piao）的地方，江水从成列的卵石间穿过，变得狭窄，形成了一个小险滩。涡流多，水流急。

然而我们毫不怀疑可以高速通过这里。青竹标这个地名里连个"滩"字都没有。蒲兰田从未在这里碰上过任何哪怕是最小的难题。

我们镇定自若，从右岸接近青竹标，试图穿过到处是大块卵石的尖岬。

让我们大为惊讶的是，船没法前行。我们试着按照前面描写过的那样操作，还是走不动。我们回到右岸，甚至到不了刚才我们到过的那里。我们再试着想穿过去，虽然已经尽量靠岸边行驶了，水深只有7法尺，还是白费力气。

必须要用缆绳。但我们什么都没准备。

真幸运，一只红船停靠在险滩下游，船上的中国士兵们看着我们徒劳地努力已经有一会儿了。我们向他们打手势，左向他们大声喊着口令：他们救我们来了。

几个纤夫正在岸边歇息，士兵们也走了过去。我们尽量靠近他们，在几次不成功的尝试之后,我们把投索扔过去了,这样我们终于把缆绳的一头传给了他们。

由于在岸上并没有任何人教导这些临时性助手们怎么做,他们干起来有些笨手笨脚。第一次,把缆绳往岩石上绕,没系好,掉下来了;第二次,岩石太轻,稳不住,被从土里拉起来了。于是,我们不得不要他们到更高的地方找个固定点。

每次都能把我们往前拉一点,但每次我们也都间歇性退一点,尽管船是全速前行,从右舷一侧刮起大块大块的卵石,我们还得用竹篙把它们推开。

终于,在第四次还是第五次,我们成功地爬上了险滩的斜坡,越过了滞留点,跨过了困难的一步,就快靠岸了。

10月28日,没出任何小差错,也没用缆绳,我们通过了巫山(Ou-chan)峡谷以前的一系列小的险滩。我们只靠蒸汽机的动力就穿过了它们,力量刚好。每个圆锥形的冲积堆、激流的冲积层,都给我们带来新的难题。水流相对来说没那么湍急,但是长江的水里到处都是漩涡和涡流。

10点30分,在碚石①(Pei-che),我们离开了湖北省,进入了四川省。

中午,我们进入了巫山峡谷。壮丽的断层,如刀削斧劈,耸立于岩石堆间。2点25分,我们在巫山县下锚,在小城上游一点,左岸。

我立刻派了个人去见掌管该城的县令,恳请他派两只红船到宝子滩(Pao-tse-t'an)。蒲兰田想只靠蒸汽动力闯过滩,但没把握。如果我们成功不了,就像在青竹标那样传根缆绳到岸上去。

此刻,我们准备过下马滩(Hia-ma-t'an)(滩名"下马")。

第二天7点,我们上路了。用了纤绳,我们毫不费力就过了下马

---

① 译者注:碚石,今重庆市省巫山县碚石乡。

滩。传统操作，就像候鸟识途。只一下就弄好了纤绳，拉纤就容易了。

我们同样毫无阻碍地穿过了高滩（Kao-t'an）。我们来时，面对重重困难，都不敢奢望能成为掌控它们的主人，现在眼看着所有困难都被我们抛在身后，不禁满心自豪和欢喜。

唉！这一天，对"奥尔里"号来说，差点成了"乐极生悲"。

10点45分，我们到了宝子滩。

前面说过，我请巫山县令派两只红船过来，以备不时之需。现场只有一只，停靠在岸，看起来也并没有接到什么特别跟我们有关的命令。红船上的人惊讶地望着我们，尽管我们鸣了笛，他们也没动静。

另一方面，险滩上尽管漩涡众多，但看起来也不是很凶险。我们先是尽量试着靠蒸汽动力过滩；如果不行，就听凭船后退，这个操作起来不难，因为整块礁石笔直又清晰；然后我们向后找个合适的地方停靠，再安置纤绳。

我们按照常规操作，靠左岸前行，直到大股水流边上，也正是狭长地带的边上，我们没有进去，没有闯进从岸边卷来的逆流中。

造就险滩的尖岬处散落着大块的岩石。突然，我们发现岩石上方出现了桅杆。那是三只顺水而下的木木船。

我要说明的是，直到此时，我们一直非常小心，每经一地，都提前派出中国士兵，守候在险滩上方，负责阻止木船从上游下来，并且让它们靠岸。

在长江的某些拐弯处，或是在某些险滩，无法从远处互相看到对方，并及时操作船只，就很容易撞上这些又沉重又不易操控的中国木船。这是长江航行的重大危险之一。

由于巫山县令没有回话，我们不得不放弃了一贯的谨慎。运气太坏了，因为尽管木木船上的人看到我们后就使劲划桨，木木船还是对着我们直冲过来。

我们减慢速度，在我们进入狭长地带之前，给他们留出时间穿过险滩，为预防万一，可能还要给他们留出可通行的航道，可能引航员把船靠得离左岸稍近了点。

木木船几乎跟我们迎面擦过。

这时，我命令船头主机全速前进，去闯滩。

突然，毫无任何征兆，深水处冒出一个漩涡，力不可挡，在我们身后的水面裂开。水势大变，杂乱无序，朝着正常的流向反向冲来，就在我们刚好进入狭长地带的那一刻，船舵失灵了。

尽管舵柄立刻打了右满舵，船只还是偏向左舷，直到我们跟江水的轴线成垂直方向。

但是，由于前面再无水流阻止其前行，全速行驶的炮舰一跃而起，直向右岸扑去。

我冲向传声筒，对着船头引擎大喊："全速后退！"同时我又朝蒲兰田喊道："Hard over! 快换方向！"要他打左满舵。

我们现在唯一的机会，就是赶快转向，在冲上岸之前掉个头。

运气真好，机械师们毫不犹豫地执行了我的命令。但是在操作过程中，压力表指示超过了160磅，这是它能够显示的最大数字：我们的船差点就爆炸了[①]。

"奥尔里"号成了涡流的玩具。虽然船已后退，但我们就快碰到右岸的岩石了。就在快撞上去的时候，船才停了下来。然而并非一切都结

[①] 原注：爆炸！这个灾难在18个月的时间里一直威胁着我们。每次航程结束都会发生爆炸。它也让我的继任者海军上尉奥德马尔（Audemard）饱受折磨。认识这个军官的人都知道，完全不是他的错，我跟他只是运气不一样。

下面是后来他写给我的信中的一段：

"天啊！在离纳溪县（Na-ki-hien）还有6海里的地方，压力122磅，右边的锅炉炸开了，烧伤了四个机械师和一个中国司炉工。马上，蒸汽四处乱窜，煤炭从烟囱喷出，火苗像下雨一样落在甲板上，烧着了帐篷、椅子、房间隔板，等等。

"同时，倒霉的机械师们发出撕心裂肺的惨叫，爬到严重毁损的甲板上，血肉模糊，衣服也着火了。

"船只的安全高于一切。为避免发生更可怕的灾难，我只好暂时扔下伤员，叫所有人都就位操作。

"锅炉空了，机器停了，只剩一点速度，我把船只往江岸开，想办法搁浅。但就是到不了。

"我下了锚，锚'奇迹般'地抓牢了，稳住了船，等着用缆绳停泊下来。"

束了，水流把我们的船冲成横漂，把我们推向一排礁石。我们掉进一个又一个的漩涡，在此作用下，炮舰倾斜得厉害，江水从舷缘漫了进来。

我们全速前进，想要避开礁石，但是白费力气，肯定没成功。一个新出现的漩涡把我们卷入了它的螺旋圈纹，船没法跟河道的轴线对直，整个转了一圈。

我们增加了一点压力，但是这次，我们不再尝试不用纤绳就过滩了。

但是什么都还未布置。只有一个中国人，我猜是纤夫里领头的，从红船上下来。有人把缆绳的一头扔给他，他拖了过去。但是，上帝呀！好长的距离啊！他好容易把缆绳拖到岸上，固定在一块岩石上。我们转动绞车，过去了。

船避开了暗礁，干得漂亮。我们当中没有一个人察觉到危险。轮机长格里莫下令全速后退，这时他站在正对甲板的窗前，聪明地关上门，好让主机前的机械师们不要去看那些奇妙的风景，而是更专注、更机智地操作船只。

内格尔第医生呢，我们到达险滩的时候，他正待在船舱里泡澡。

他看到船只偏向过来，一下子打横，这在海上是常有的事，但是在江河上却不易看到。小木桶里的水溅了一地板。

他几乎像亚当（Adam）一

"奥尔里"号在夔府的峡谷中

样赤身裸体就打开了门，正好看到岸上的岩石在离他一米远的地方飞驰而过。

然后，他不惊不诧，关上门，继续沐浴。

我们的冒险经历，方方面面都像极了英国炮舰"云雀"号在牛口滩的遭遇，证实了我所说过的什么才是长江上航行的真正难题。需要说明的是，宝子滩江水清澈，过滩难度相应不大，这一路上有十来次我们都可能遇到同样的情况。在汉语中，所有带个"滩"字的地名都称得上激流险滩，不论它是大是小，是易是难。从宜昌到重庆，这样的地点有五十多个，每个都有自己的套路，要么在上游，要么在下游，难度或高或低或微弱，各不相同。对于蒸汽船来说，它们没一个是惹得起的，因为我们随时会碰到反常的漩涡和出乎意料、突然出现的逆流；只要有一秒钟的分心，就会不由自主，错误操作舵柄，而我们只能听任其摆布。这是真正的魔鬼般的航行，让人精神崩溃。只有亲身经历过的人，才能想象到那些让所有人、尤其是让承担责任的人焦虑不堪的时刻。

3点15分，我们到达了夔州府（Koei-tcheou-fu）。

一只舢板靠近了我们的船，带来了城里知府的人和他的礼物。

通常，欧洲人把管辖一个"府"的清朝官员称为"知府"。

中国的地方行政区划极有智慧，反映出古代中国人在行政管理上的聪明才智，但是在他们的不肖子孙那里只剩皮毛了。

整个清帝国分成若干省。每个省下辖一定数量的"道"，"道"下设"府"，"府"下设"县"。

掌管"道"的官员叫"道台"，掌管"府"的叫"知府"，掌管"县"的叫"知县"①。

知府的使者带着礼物上了船。在绘成大红描金的托盘上，摆放着羊、鸡、鸭、糕点和水果，附送礼者的名帖一张，这是张长方形的红

---

① 译者注：原文注音为：fou-tche，hien-tche，疑为将两个汉字的顺序记反了，现按照其后的法文解释，分别译为：知府，知县。

纸，上面写着他的姓名。礼帖的大小和字体的粗细要与其主人的身份成正比。

按照中国礼节，知府的使者向我这个贵客表达了主人的歉意：区区薄礼，不成敬意。

我正确无误，毫不失礼地回答说，哪里哪里，"大人"赠"卑职"以厚礼，于我是极大的荣幸，况且礼物丰厚，数量众多，只叹我腹小不能尽享。结果，为向他表示敬意起见，我勉为其难，取用了一小点。

在这点上，我也确实礼数周到，拒绝了大部分的礼物，给了挑夫一大笔赏钱，退还了剩下的东西，又奉送上我自己的名帖。

因为我也有名贴，还有个中国名字，是由完全正确的三个中国字组成的：武，尔，士。按照中文发音，这几个字差不多跟我的名字 Hourst 发音相吻合。这是由在法国家喻户晓的陈季同将军（Tcheng-ki-tong）给我起的名。

一个有品位的文人是会正确评价这三个汉字所彰显的文学底蕴的。"武尔士"实际上的意思是"武官和学者"，对于冒险家来说这倒是个漂亮的题铭。而且，"武"姓在中国的百家姓之列。

我上岸去拜访知府。一张绿色的轿子、几个轿夫和几个随从兵丁在等着我，他们忙着赶开人群。

绿色的轿子？照我的身份等级就必须坐这个颜色的交通工具。

这是个三面临窗的轿箱，另外一面是门。坐上去很不舒服。轿箱由两根有韧性的木棍支撑着，四个身强力壮的苦力抬着，一路疾走，穿过弯弯曲曲的街道。街道两旁商铺林立，挂着上了漆的招牌，饰着五颜六色的大灯笼。

夔州府，或者更多时候被叫做夔府，是个高墙掩映的大城市。

它构成了从重庆到宜昌整个行期，或者说是路程的中间点。

所以，无论是上行的还是下行的木船，到了这里都要停下来休息一天。

休息？这句话意味深长。对于中国内河的船员们来说，至少对于那些有点钱的人来说，在夔府歇脚根本就不是休息的意思。

就像在我们的港口城市马赛（Marseille）、热那亚（Gênes）、安特卫普（Anvers）一样，夔府里有个"娱乐"城，狂放多于雅致：戏曲班子、歌伎、小酒馆、鸦片馆……还有其他地方，供船员们毫无节制地花费，按照全世界的船员的习性，越是历经危险和辛苦得来的钱越容易花出去。

一旦水位退下去，留出空地来，转瞬间，就可看到矗立着的席棚和竹屋，一直绵延到江岸，里面卖茶水和白酒。露天戏台上，演员尖声叫唱，要把戏的人衣着色彩鲜艳，招揽着人群，引起震耳欲聋的躁动和喧嚷。

不用说，"奥尔里"号立刻成为众人好奇围观的对象，拆了其他演艺节目的台。为数众多的舢板上，黄种人人头攒动，挤满了江岸。这些中国人太过好奇，不知收敛，也不知尴尬，要制止他们，有时候我们就装作偶然没注意，拿水泵去淋湿那些冒失鬼，没被淋到的人就一阵大笑和起哄，并不去管一会儿自己也会遭受同样待遇。

我们在夔府找到一艘装载着加的夫煤炭的木船，我把它卸了下来，然后把我们剩下的在宜昌买到的当地煤炭存放到岸上。当地煤用起来效果不好。它易燃，发热快，但是阻塞炉灶的炉条，结果是一个半小时后，最多两个小时后，就需要彻底打扫一次，其间，船的压力乃至于速度都会大大降低。

我有些担心，因为我已经给重庆发去电报，要他们运送 45 吨当地煤过来，目的是尽量节约加的夫煤，它贵得离谱。而且我也不知道用当地煤会带来些什么。

但是，蒲兰田向我肯定，他在"肇通"号上的时候，对重庆煤一直感到满意。确实，除了"奥尔里"号的锅炉以外，还有其他的锅炉。

30 日下午，我们离开夔府，想去穿越蒿杆滩（Hao-kan-t'an）。但是，船行几分钟过后，左舷锅炉蒸汽箱的蒸汽旋塞管的密封圈严重漏气。明知如果事故变严重，就不得不熄掉锅炉，还要进入险滩，那就太不谨慎了。我们在江岸下锚，机械师们忙了一晚，把密封圈弄好。由于锅炉还很烫，要把螺栓递到里面去支撑密封圈，他们只好用打湿的布条缠在手上，其他人往布条上一滴一滴地浇水。

一阵狂风刮来，扑向河床。

第二天，我们用一根纤绳牵引着，穿过了蒿杆滩。

船行艰难，险滩水流湍急，漩涡变得凶险。然而，借着微风吹过险滩，我们看到一只木船逆流而上，有不到二十个纤夫在拉纤。

我们放开缆绳，不幸的是它沉到水里去了。其实我们已经前进得差不多了，船再加把劲就可以过滩了，但是我们只得割掉缆绳，损失了60米。

我们过黄石嘴（Hoang-che-tsoeï）的时候还会需要缆绳。

4点，我们在合同溪（Eultao-ki）下锚，准备过三块石（San-koei-che）。

11月1日，我们通过了三块石，然后是庙基子（Miao-ki-tse）滩，水流急，漩涡多，拉纤可能比牛口滩还艰苦。江流到了这里就全是些激流险滩，大大小小，接连不断，只有在东洋子（Tong-yang-tse）下游三四海里的地方，江流速度快，但是笔直，没有起伏不平。

1点20，蒲兰田成功地只用蒸汽动力就穿过了东洋子。比起右岸来，尖岬左岸水流不急，绵延到更远处，甚至还有一股逆流，蒲兰田利用这点，让船靠左岸全速前行，岩石在我们几米开外的地方飞快掠过，速度惊人。

由于达到了高速，炮舰完全开进了大股水流，它退后一点，稍稍倾斜着穿过去，刚好够避开右岸的水流。这正是"奥尔里"号不靠缆绳牵引能做到的最大限度。

我们经过了风景优美的云阳县（Yun-yang-hien）城，并未稍作停留。它的屋顶色彩丰富，衙门正面饰以陶瓷，沿江而立，分外艳丽动人。对面，右岸是大禹庙，他是古代中国传说中的帝王。

夔府的人群

    实际上，这是一栋迷人的两层建筑物，绿瓦覆顶。一条古道满布苔藓，从楼下一直通到江边，两旁是百年的参天大树。

    丛丛榕树类植物覆盖在岩石上，我们本来会在树荫下度过几个小时的美好时光，但是有更急切的活计在等待着我们。

    最后一个大险滩还在等着我们去穿越。这就是兴隆滩（龙王的新滩）①。

    这是个刚刚形成的新的险滩。实际上，直到1896年，虽然水道比较狭窄，使得水流增多，但也并没有谁提到过它会带来特别的危险。

    在上游最狭窄的那一点，有一个江湾，江水应该流到这里，无拘无束地散开。

    但是正如我们现在还可以看到的一样，这里江岸抬高，由很多巨大的岩块组成，它们屹立江边，好像是用松散的黏土黏合起来，这是砂岩

---

① 译者注：兴隆滩也曾被称作新龙滩。

最易腐蚀的部分风化的结果，江岸就是由这种砂岩构成。

1896年，在一场肆虐了好几周的暴雨之后，山丘上的一整面坡坍塌了，几百万立方的山体掉入江中，淤塞了江湾，巨大的岩块一直滚落到河床，造成了许多礁石。

这一年，到了枯水季节，人们发现江上的航行完全被阻断了。几十只木船试图闯过滩去，都出事了。

中国政府为了其利益，也实施了一些工程，使境况有所改善。同时，一些中国商人也不断研究了这一情况，他们发现并发明了一些方法，帮助小船穿越这一令人望而生畏的水道。

兴隆滩在低水位的时候仍然是最难穿越的险滩。实际上，在它下游，有个巨大的漩涡，使情况变得更复杂，它可以吞没舢板，也可能给木船带来危险。我以后在提到"大江"号的航行时，会有机会来讲述这一最为艰难的情况。可事实上，在12月2日，它完全没么可怕，否则"奥尔里"号根本就没法穿过去。

这并非因为它容易通过。而是因为，那个时候还没有出现漩涡，而且在浅水位时有不少岩石，船只无法靠近右岸，但在我们经过的时候，岩石都淹没在足够深的水里，不会造成危险。

然而，一只破木船平躺在岸上，周围散落着它曾装载的棉布，提醒我们不忘小心谨慎，或者说是害怕。

事实上，这里半海里的距离内，前后有两处险滩。在第一处，要先靠船只的动力行驶到漩涡区，去接住缆绳，这个操作尤其危险，因为承载缆绳的舢板必须停留在悬崖绝壁下，甚至就停留在险滩中。

好歹到了我们要穿越的最后一个大险滩了。在那边，我知道航行绝不可能轻松，但是如果在这里不出事的话，我们就算已经战胜了最大的危险了。

我们加倍小心。我们把船上能卸下的所有东西都卸载下来，减轻重量；我们悉心检查那些已经加固过的缆绳，免得还有某个破损的地方没被发现，造成缆绳断裂，这在兴隆滩是最为可怕的事情。

11月2日11点半，一切准备就绪。我开始打算先吃午饭，2点钟再穿过险滩。但是我太过焦虑，并且感到众人都跟我一样忧心忡忡，以至于当泰里斯和蒲兰田去放置好缆绳，乘舢板回来时，我就下令点火开船。去他的！要么我们在险滩的另一头更舒服更开胃地吃午饭，要么我们什么都别吃了。

我们先是退后一点，然后到了第一处险滩，畅通无阻。又是水浪，又是漩涡，然后又是涡流，但是我们还是靠近了舢板，一下子就把缆绳抓到船上了。

我们转动绞车，但是缆绳卡在了水里某个被淹没的尖岬处。

我们不断拉动桅杆顶的复滑轮，没用。唯一能把缆绳拉出来的办法，就是乘舢板去到它被卡住的地方，立在那里，把它从水里拖上来。

舢板上的船员，就算是莫里森这样不知惧怕的人，都拒绝执行这项极度危险的操作任务，因为舢板太小，容易进水、翻船。

如果冒险一试，要是出了这种事故，必然被淹死无疑。勇敢的海军下士勒内沃本来在悬崖处的制高点查看缆绳，他从悬崖滑下去，上了舢板，独自一人，一手抓住缆绳，终于把它拽了出来。

第二次，第三次，缆绳又卡在水中。最后一次，尽管我们用尽全力拉扯桅杆上的复滑轮，都怕把它拉坏了，还是没用。

我们还是幸运地穿过了最难的地方，这里水流最急。我们尽量靠近悬崖，到了我们的人不用竹竿都能"够得着"它的地方，水流没那么多了。我们终于穿过去了，远离了水流的束缚。我们到了盘沱，在一个完全避风的小江湾的沙滩，找到了一个很好的锚地。

我们在那里等着我们的物资被拉纤运来。

在我最初的计划里，认为盘沱十分安全，标志着长江最险的险滩已经结束，我想到了锚地后，就把炮舰留在这里，然后回到宜昌找到小艇"大江"号，并把它带到这个地方。

但是我们刚刚走过的长江这160海里竟然是这样的自然状况，以至于我认为还是换个计划更好。

"大江"号时速只有7海里，在全程距离内，只有不到30海里的路程它能只靠自己的动力逆流而上。还有，即使再加上些沉箱，我也担心它稳定性不够，无法独自对付漩涡和压力下降，后者曾在宝子滩让"奥尔里"号倾斜了15度。

我也曾想过，现在也觉得该想个办法，把一艘本地木木船跟"大江"号横排拖驳，也就是说，船靠船，用一根缆绳一起牵拉着走。我不知道这样它们能否穿过险滩，但是我知道它们至少不会兜圈子。

最好是从现在开始等着，随着整条长江水量的减少，水位会降低。确实，有些险滩会更险，但是另一些会变得没那么险。新滩和兴隆滩会更难穿过，但是泄滩会容易得多。

如果只考虑穿越险滩，研究这个问题让我觉得至少可以得到安慰；如果只考虑小艇，不管险滩，至少水量减少，对我们有好处。

当机立断，乘"奥尔里"号去重庆，对我们说来好处多多。

前面已经没有大的险滩了，它们随着水位的降低而减少，但是还有很多有些狭窄的航道要通过，水也不深。水位一下降，危险就会增加。蒲兰田从未在枯水期尝试过乘"肇通"号穿越这些航道。

再者，我也考虑到，如果用三个月时间才到重庆，"奥尔里"号引起的轰动可能会大大减小。

每次，不管我们为了什么样的原因在同一地点稍作滞留，就会立刻有各种的风声，说我们出事了。

中国式想象力或是与此相关的谣传只有一个作用，这种没完没了想让我们遭难的想法真是引人浮想联翩。

最后，"金沙"号需要休整至少一个月，今冬恐怕是没法穿过兴隆滩了：水位会降得过低。

但是，要么是出于气候反常，要么是出于其他原因，对于这种可能性我不能完全肯定。我非常清楚的是，鲍威尔会竭尽全力挽回败局。出于偶然的霉运，我们的竞争者给了"肥皂盒"一个领先的机会，坐失良机可就太笨了。

有很多的理由让我认为，"奥尔里"号到达重庆是"首要任务"，而"大江"号到不到得了则无关紧要。再说直白些，在我经历过这一切之后，可以断言，小艇是对付不了这些的。

我最终下定决心，乘"奥尔里"号继续航行。但是我还是觉得，应该在盘沱休息一整天，这是我的船员们应得的。

盘沱，或者说是我们的锚地，是个秀丽又舒适的地方，整个小镇位于我们对面的右岸。

首先可以看到缓坡上的一片沙滩种着蔬菜，然后右面是砂岩质的悬岩，左面是一片山丘，覆盖着稀疏的树木和竹林。

悬崖上面，或者说悬崖深处，有座庙宇。山坡侧面有条小径蛇行而上，通往庙子。或这或那有清澈的小溪穿过，小径覆满榕树类植物和绿色的竹子。

几座碑门（用于纪念功德或表彰品行的石门）横跨过小径。走到小路尽头，迎面是一面精雕细刻的砖墙，屏住洞窟的入口。这就是庙宇。正中间是一座祭台，上面雕刻着四五米高的巨大佛像，面目古怪。

院子里或左或右，直到边沿，矗立着许多高大庄严的佛教人物像，表情奇特。

从拱顶到岩穴，都绿茵茵的，满布青苔，水滴连绵，滴落到地面凿出的坑里。

所有这一切都被一帘竹子遮住，从江面根本看不见。

此地庄严寂静。我不知道这是否就是建造者的初衷。但是，把庙宇建造在长江最为野性和动荡的端头，如果我是中国人，我会不由自主地把盘沱的这个庙叫做"险境尽头之门"。

我们从庙里出来，又走了几步，在小径的拐角处，看到悬崖的岩壁上雕刻着一座巨大的半身像，看起来已经很古老了。

在他身上几乎到处都凿有很小的壁龛，在几个壁龛里还燃着油灯，油溢出来，把佛像身上涂了厚厚的一层。

有人介绍说，这是个治病的佛。

如果人身上有什么地方不舒服，就到这里来，往佛像身上相应位置的壁龛里点盏灯。

回到船上，我们看到一艘木船，载着20吨的加的夫煤炭按时到达，给我们送供给来了。

11月4日星期一，我继续赶路。我们先经过了巴阳峡（Pe-yang），这里江面不到200米宽，两岸直立着离水面两三米高的砂岩平层。

当这些岩层被水淹没，江水濒临山丘底部时，航行会异常危险，但目前水流平稳。

2点钟，我们到达万县（Ouan-hien）。我们沿着到处是沙砾和卵石的江边，在城市的对面下了锚。刹那间周围就挤满了舢板。

石宝寨

按照习俗，我们跟当地官府互致常规拜访，交换礼物和名帖。

虽然在盘沱稍事歇息，我们的船员还是精疲力竭，物资也弹尽粮绝了。我们4日晚和5日早晨都停留在万县。还有个险滩要过，还要用上缆绳。这就是狐滩（Hou-t'an）。此后，蒲兰田认为我们一直到重庆都不会再重复这种辛苦又危险的操作了。

这并不是说航行就简单了。长江里礁石壅阻，漩涡密布，没完没了。

但是不管怎样，它还是有特别之处，让我们得以喘息。这里，每隔一段距离我们都可以靠近一些锚地，如果说不上舒服，至少可以接受。

原因是，江岸几乎只由砂岩构成，砂岩一旦风化，留下沙砾，形成江滩，水势就不太急。

这不像在兴隆滩之前，那里的江岸是石灰石或花岗石的，几乎到处都不宜抛锚停留，如果船只有什么损伤，不能动弹，除非找到罕见的可以停靠的地方，否则前景不堪设想，船肯定就完了。现在我们精神上可以大大放松了。

刚好在6号，我们极其严格地靠着缆绳过了狐滩以后，锅炉蒸汽箱进口的密封圈漏气厉害。我们必须立刻靠岸熄火，用一晚上的时间把螺栓拧紧。

从我们离开汉口以来，这已经是第21个坏掉的密封圈了。

江流的自然状况改变了，木船也改变了形状，专门用于万县上游。宜昌的木船是矮胖厚实的，这里的木船则是细长的，船头更低，形状更平，很多都没有前艄，如果不过大险滩的话，艄并无大用。这些木船都很大，用来运盐。

从这时起，我们就航行在没那么陡峭的江岸间，更加自在些。

还是常常需要用上工具，探测江岸，与江流斗智斗勇。蒲兰田需要借助于所有的航行技巧,以穿过某些险滩。同样,有些时刻虽然动人心魄,但已经不像最初那样让我们惊魂不定了。

7日,将近中午,我们经过了石宝寨(Che-pao-tchaï)。这是一座圆桌形的孤丘,山顶是和尚们居住的佛教寺院。

通往寺院的阶梯覆盖着一层层的飞檐,好像一座高塔背靠着山岩。这一切让人感觉非常奇特,这就是中国艺术的主要形式。

但是,随着我们向忠州(Tchong-tcheou)进发,新的烦恼开始阻碍我们的行程。早晨,江面上大雾弥漫,层层叠叠。

好几次,我们都延迟启航,好让浓雾散开,但是一直要等到九十点,它才散去。

相反,8号,当我们已经看到了忠州的市郊时,一层浓雾袭来,裹住我们,5米开外不见人影。事发突然,我们被困住了,既不能前进,又不能在岸边抛锚。我们只能停住船,顺着水流往回走,摸索着找个地方抛锚。没出什么差错,但是有一阵我真是担心。

10点半,我们开始能看得清了。忠州就在我们前方,我们出发了,一刻钟以后抛锚。

我们在那里等着重庆来的三艘木船给我们带来当地产的煤炭。

我怒气冲天,严厉斥责押送煤炭来的中国人,他因为太想把事情办好,做了件蠢事。他运来的煤比我想要的要多得多。可有时候坏事也可变好事:我们会存放些煤炭在忠州,以备日后航行使用。

来了个中国人,用"拉丁语"要求上船拜访。这是个修道院的修士,是个很老的天主教会修士,传教士今天没来。

一个中国船员领他参观了"奥尔里"号,什么都让他感到新奇,尤其是锅炉:"你们船上有多少人,需要用这么大的锅煮饭?"

9号,我们离开了忠州。我们心急火燎,想快点到重庆。让我非常

重庆附近墓地的石柱

欢喜的是，船只一路通行顺畅，跟我们在宜昌一路的遭遇完全不同。

11号，我们到达涪州的锚地荔枝园（Li-tche-yuen），在涪州（Fou-tchéou）上游一点。实际上，蒸汽船没法开到涪州去，因为城市前面岩石罗列，横亘成片。

涪水①（Fou）在涪州汇入长江，它灌溉了贵州省（Koui-chou）。船只可以进入乌江，但是航行难度非常大。事实上，稍后，我借机叫人去查看了一下，几乎立刻遇到了险象丛生的险滩。

为了通过这些地方，中国人设想出了一种形状非常奇怪的木船。船尾向一边翘起，用一只巨大的桨来作船舵。

这样，把舵的人被抬高了，更能看清前面的路，把起舵来也更加确定。

我们离重庆已经很近了。但是命中注定，还会有险象环生，令人

---

① 译者注：涪水，今乌江。

心烦。

11点，烟囱着火了。重庆的煤炭有个缺陷，会留下很多煤灰。它粘在炉壁上，然后成片地落在灰盒里被烧掉。

周围的一切都快变成焦黄色的了。甲板快着火了。我们先试着用管道周围的灭火泵给它喷水，但是出于谨慎，我们最终还是把锅炉熄了火，用在山上采集来的树枝打扫烟囱。

这件小插曲的最大受害者是医生，他的房间就在旁边。温度计显示出54℃。实际比这还高点，恐怕连羊腿都烤得熟。

12日，发生了同样的事故，我们迫不得已停了船，利用这个时间来打扫炮舰。由于缆绳的拉拽，船身的油漆和光泽也有损伤，好歹也修补一下，以便我们能更体面风光地到达重庆。

剩下的还需要知道我们最后会在重庆的哪个地方抛锚停泊。

蒲兰田还在"肇通"号时，发现了一个很好的锚地，至少在枯水季节是这样，那就是龙门浩（Fou-tchéou），在长江右岸，面对城市的上方。立德乐先生曾在那里修建了洋行。"肇通"号就在那里停过船。

引航员蒲兰田坚持要我到那里去下锚。看看再说吧。

在忠州，我收到过奥舍科尔纳（Hauchecorne）先生的密函，他是领事馆的主事，现在临时代任领事，他听说过，可能是中国情报人员说的，一些关于这个锚地的一些趣闻……

现在我们来看看纯粹的实际操作问题。

立德乐先生在龙门浩立足，而一个法国人，杜克洛

王家沱的建筑工地

（Duclos）先生，却来到城市的下游安置下来，在王家沱（Ouan-kia-to），同样是在长江右岸，只有右岸才有锚地。他在那里修建了公馆和洋行。目前他人在法国，但是好像很快就会回来。

别人告诉我说，王家沱也可以下锚。

如果我去龙门浩，那么就会远离同胞的洋行，就可能找不到地方来修建库房，我已经打算建造这个了。

另外，既然英国人没有从一开始就乱来，争抢地盘，我倒是显得在制造敌意，在给他们找麻烦了。

再说，如果有朝一日，就像在中国的很多地方一样，欧洲国家签订协约，划分租界，英国人就会要龙门浩，并且享有某些优先权。那么我们待在英国的领土上，境况就不妙了。

鉴于以上种种原因，王家沱"优先"，它正合我意。唯一的缺陷就是，目前我们还没去勘探过，蒲兰田没法说锚地到底好不好。

稍后我就看得到。13号中午，为了保持行动自由，我让狮子山（Se-tse-chan）海关的港务总管替我指路。那里设有海关囤船验关站。

他把我领到岩石山脊下一个地方靠岸，那里看起来形状像个港口。目前一切还好，但是一旦江水涨上来，囤船就立不稳了。

第四章　在重庆的日子里

重庆的欧洲人——拜访领事——臭气熏天的地方——人粪尿——不俗的诏书——欧洲人居住区——拜访"丘鹬"号——忧心的莫诺——"少开玩笑"——江北厅——最棘手的难题——迪·布舍龙要下宜昌去——中国式拜访以及他们的礼仪——领事、他妻子，以及一个满清官员的故事——我们要在王家沱抛锚——马基的到来——一位令人尊敬又勇气十足的领事——两个中国人——安置方案——建筑方案——"大江"号上来了——迪·布舍龙的报告——沿途插曲——厨师教员莫诺——中国人怎样哄骗龙王——中庸的宗教

蒸汽小艇"大江"号

我们到达的时候天气不好,没法庆祝:大雨如注,但这并不妨碍有些身居重庆的法国人来拜访我们,在长久的等待之后,他们终于幸福地看到法国国旗飘扬在中国的腹地。

首先是奥舍科尔纳先生,领事馆的主事,我以前提到过他;然后是克雷默尔(Kremer),清帝国海关里唯一的一个法国人,后来成了"奥尔里"号的铁杆朋友;科菲内(Coffiney),勇敢的商人,他在重庆开了家洋行;瓦朗坦(Valentin)先生,近来在上海做了教授,做科学勘探和贸易开发工作。

海军上尉沃森(Wattson),他负责指挥英国炮舰"丘鹬"号,现在轮到他来向我们表达祝贺并提供服务……

我去拜访了我们的总领事阿斯(Hass)先生,他住在城里朝上游的一栋漂亮房子里。他刚来没几天,他夫人也一起来了,她已经不惧危险,在长江上航行过三四次了。

为了去领事馆,需要先过江,到一段环绕着重庆城的城墙,从一道门里进去,然后再穿过几乎整个城区。

虽然我们的行程从东水门（Tong-choui-men）走会更近，但是由于水流很急，如果想过江，就会被水流带走，所以还是要一直往上，行驶到龙门浩，才能避开水流，到达江岸。

然后就是一道笔直的陡坡，台阶已经磨损。看到轿夫在饱经岁月打磨的台阶上滑行，游客蜷曲在轿子里，吓得发抖。然后轿夫又开始跑起来，游客感觉自己晃来晃去有点像篮子里的蔬菜。

再没什么比一座中国城市里的臭味更可怕的了。我肯定不是个讲究的人，我也曾习惯于抑制住自己的厌恶，我在旅途中见到的黑人、摩尔人和图阿尔人通常都不是特别爱干净。但是当我经过这些街道，不但会闻到哈喇油味、摆放在街区里不太新鲜的血淋淋的牛肉味、很少洗澡的中国人的味道，以及其他的一些味道，还会看到，或者说闻到路过的竹桶里所装的污秽液体时，我都无法不感到恶心。

黄金液，就像一位中国皇帝在诏书里称呼的一样，这是中国的财富。因为中华盛世的皇帝们都专注于教导民众要节俭，特别是要收集并爱惜人粪尿，并以此名相称。

欲知更多细节，如果读者们能不反胃的话，请阅读左拉（Zola）的《大地》。

为了尽量远离城里的恐怖气味，欧洲人几乎都聚集在了城市的上游部分。

那里，城墙从十来米高悬垂而下；对面没有城镇，只有一道缓坡，上面是一座浅草覆盖的丘陵。

但是，这座圆顶山丘的样子还是阴森森的。这里是公墓，到处都挖有坟墓，密密麻麻像海绵一样，一些有石墙围着，另一些就是在地下挖个洞。

最老的一些墓穴里，棺木已经空了。在很冷的夜里，常有乞丐，也就是叫花子，来这里寻找栖身之处。

法国领事馆几乎就在最高处，只有五福宫（Hou-fou-kong）的塔比它高。再下面是天主教医院，按照欧洲人对建筑物的看法，它堪称中国内地出类拔萃的建筑，柱廊华丽，建筑外观规整。

后面是英国领事馆，四周草地环绕，还有旧的美国领事馆（几年前撤销了），以及中国内地事务处的大楼。

鉴于此处聚集了众多欧洲人的住所，所以这个角落还算得上干净。

我跟阿斯先生谈论了很长时间，深夜才回到船上，在漆黑的夜里穿过长江，也很危险，这让我感到激动。

第二天，我去拜访"丘鹬"号的指挥官。

这艘英国炮舰被打造得很轻便，也比"奥尔里"号好很多。

它本来是为在尼日尔河上游航行打造的，结果却和它的姊妹舰英国炮舰"云雀"号一起被送到了长江。船上的核心人物只有船长和医生。

这类船只的优点是吃水浅（2法尺半，"奥尔里"号有4法尺多）。

它们通常在船尾的突出部位下装有螺旋桨，靠机器的快速转动运作起来。

甲板上是高级船员和军官休息室，以及军官们的房间。全体船员住在舱面室，在上面一层。武器配备是两门三磅大炮和四挺马克西姆机关枪。

舵手也有个小间，船长在航行期间一直待在小间的上面。那里视野很好。但是在我看来，在长江上，要由引航员自己来操作舵柄。蒸汽的转换不需要多少动力，但带来个不便之处，在船舵上不易感觉到水势的变化。

总之，如果说"奥尔里"号是场噩梦，那么"丘鹬"号也算不上美梦。肯定还能找到更好更灵巧的船。

我回到阿斯先生那里吃午饭。我们坐在桌旁的时候，有人给我们拿来了莫诺的急件，上面是这样写的："重大消息，'奥尔里'号遭损。请电致近况。——莫诺。法国炮舰'云雀'号。"

这个可怜的小伙子该有多么焦虑不安。他肯定已经迫不及待地等着我回去，跟他一起乘"大江"号启程了。

我们成功抵达重庆后都心情愉快，我也忍不住给他发了封回电，可能不太像个军人发的："少开玩笑——武尔士。"

我派了泰里斯和蒲兰田去研究王家沱的锚地，让他们去探测并查看一下，看我们是就在那里停下来下呢，还是需要找另外的地方。我也叫他们到江北去看看。

整个重庆城的下端，流淌着一条江，嘉陵江（Kia-ling-kiang）。江的另一岸坐落着江北（Kian-pe）城。

江北城是个"厅"，换言之，是重庆府下面一个独立的区。

它被升级为厅，是为了在某段时间里流放皇室中的某位王爷，理由是他对皇上表兄不满。

流放结束后，江北厅跟后来的继任者们仍然保留了某些特权，比如说，他们出游时，要有人鸣锣开道。

江北一直都被当作个惹是生非、对外国人充满敌意的地方。

王家沱在江对面。泰里斯的报告对我们在此安顿下来极为有利。

一道岩石悬崖耸立江岸，朝向上游，"奥尔里"号可以长时间停靠在这里。在它的最前端，有一块巨大的岩石，形成一个庇护所，挡住了江流。

后来我们还发现了此地的另外一个好处。科菲内现在掌管着杜克洛先生在当地的产业（四川法国公司），得到后者的许可，让我们使用他漂亮的住宅和货仓，这些地方目前他都没派上用场。阿斯先生从他那方面也致电法国，希望这次暂住能得到批准，公司能立刻得到最大的补偿。

存放好物资和供给对我们来说非常重要。我已经打定主意，想向总司令申请在当地修建房屋，但是几个月后才得到对此问题的答复。

我说过，我以前的计划是亲自下去，指挥小艇上来，这是项艰巨的行动。

左思右想，我觉得这样做有难度。一切都需要打点，需要创造。我至少会损失掉一个月时间。阿斯先生马上就要离开重庆，要到省府成都（Tch-en-tou）去，那里有很多要务在等着他，他还会带走他的主事，其结果就是继任的领事会发现他会暂时被他所有的手下扔下了。

……

我极度困惑，不知道该怎么做才好。我跟领事谈过了，他倾向于我留在重庆。

狮子山的塔

另一方面，我也关注蒲兰田的工作，我跟踪迪·布舍龙做的事，了解到他的价值，最后，我也明白了我可以多么的信任莫诺的精力、智慧和活力。

莫诺唯一的不足之处是他不了解长江，我担心的是他太过大胆而不是不够大胆。实际上他给我来过电报："小艇试航。只在无义滩。结果：船底包板良好，速度 7 海里。安置有桅杆以分离牵引。完备。"

好极了！在无义滩用不用试航都无所谓，基本上都一样。可怜的"大江"号的船壳，甚至没用上牵引，就葬身于泄滩或是兴隆滩的漩涡，只要我没看到这个就好。更不用说，这个时段，桅杆上拴着根绳子更容易翻船。

迪·布舍龙可以代替我了。这也很正常，因为他是船上的大副。总之我并不比他做得好。

我们租用了两只小舿子①，载客用的木船。船上除了迪·布舍龙和蒲兰田，还有两个挑选出来的最好的欧洲水手，以及一些中国船员。

结束了这一轮拜访之后，我又去拜访中国地方官员，道台、知府、知县。

拜访中国人是要讲究礼节的。要先告知被拜访者，让其有所准备，换好礼服。时候一到，我们就乘轿子去，前面是穿着红色服装的兵丁，负责把人群一阵推搡，赶远点。来客越是尊贵，兵丁们越要粗暴，轿夫们也一样。"到喽！"是提醒人躲开的意思，没听到这些吆喝声的可怜虫就倒霉了（因为面对一个有手段、会报复的大人物时，中国人都会保持克制）。

中国的轿夫们同四轮马车的车夫们一样，都有一套行内的骂人话，生动别致，变化多样，使用率极高。

到了朝廷官员的门口，轿子停下来。跑腿的，中国话叫"听差"，一般穿着紫色衣服，拿着拜帖从侧门进去。

正门两旁饰有画上去的两个门神，动作张牙舞爪，意在显得狰狞。要是没让某个贵客从正门进去，那就会相当失礼。

外国人也要小心在意。因为如果遭到这种侮辱而不回敬过去，按中国的风俗，是"没面子"的事，会有失声誉。

有个领事，被人认为太听夫人的话，有天就被一个狡猾的大清官员这样嘲弄了，因为这在中国是闻所未闻的事。这位夫人陪同领事到了官员家，官员故作殷勤，请领事夫人登上为她丈夫准备好的绿色轿子。可我们明明还记得只有有身份有地位的人才有权乘坐绿色的轿子，女人从来就没权使用。

这一趣闻让城里所有的中国大人笑到现在。事实上，我们的领事在

---

① 译者注：原文注音 koa-tse，能行于渝水路的一种木制客船。

他们眼里掉了大价。

到了某个地方，轿夫停下来，落轿，负责接待的听差跑到来客面前，抬着一只手臂，举着来人的拜帖。

他就这样把来客迎进正厅，再由主人把来客让到最尊贵的座位上。至此，有教养的做法是来一场真正的拉锯战，推辞掉主人给你的座位，一边还要不停地说："不敢，不敢当。"（我配不上。）

最终勉强接受下来。

主人会从仆人手里接过一杯茶，放在你面前。这杯茶，一定要加倍小心，别碰它，否则简直有失体统。只有当结束拜访，表示想打道回府时，才能做做样子，用嘴唇抿一下茶杯。

拜会期间，会给你上些甜酒、糕点、水果。这些东西可以吃。

但是，如果想谈点重要的话题，最好不要一开始就提起。大家先交流些最无聊的话，对中国人来说，这些都是一成不变的客套话。我承认，有时候我对这些客套有理解障碍，即刻就失去耐心。

只有到了最后关头，好像是一下子想起来，对方才会跟你谈起严肃的事情，这才是你此行的来意。

如果无意识地观察一下，就会看到，正是在老传教士们身上，这些风俗才会变得非常有趣，他们已经是习惯成自然，即使跟同胞在一起，若不注意，也摆脱不了这些习惯。

来客抿一口茶，就表示想告辞了。如果主人的地位更高，也会表现出会晤应该结束的意思，告辞的礼节跟到达一样有喜剧色彩：不走在前面，拱手，鞠躬，施礼道别。

轿子停在原地，走到轿子旁，又施大礼，然后像潜水一样俯身进轿，轿夫起轿，开始晃动起来。

如果是为了要事急事前来，所有这些无用的表演真能叫人火冒三丈，但是还不能不客套，否则不仅会被当作野蛮人，拿中国话说就是"蛮子"（我们永远不可能使中国人上当受骗，让他们真以为一个外国人不值得他们看不起），甚至还会被当作最无礼的野蛮人。

有时候我差点大笑出来。我想起让·德·昂多美尔兄弟（Jean des Entommeures）的话："侍从，拿着我的软帽，拯救我的眼镜，到院子里替我许一个小时愿，以后你需要时我也会替你许愿。"

有一次，我想寻开心，就面带最为温和的微笑，口出秽言，都是些丰富的水手词汇中最粗鲁下流的话，我的翻译吓坏了。就算这样，也得承认，我们应该怀疑某些助手不懂得足够的法语来理解我的意思（大清官员待客时，应该让所有的门都开着）。

11月16日一早，"奥尔里"号点火开船，驶向最终锚地王家沱。这是陡峭悬崖下的一个真正的港口，我们觉得好极了。就在我们面前，江水退下去的时候，就可以看到城市。在重庆，有些年份，江水可以上涨100法尺多（1898年102法尺）。

杜克洛的房子在我们下游一点，有300多米远。科菲内腾空了整个二楼、地窖、仓库，以及一栋中式房屋，它在同一块地上，是整个房产的一部分。

这太适合我们了。我会让一半的人员住进房屋里，等物资到了以后也搬进去，供给存放在仓库和地窖里。

11月17日，迪·布舍龙、蒲兰田、海军下士勒·菲（Le Fée）和勒·诺雷（Le Noret）、左、一个懂几个法语词的翻译，还有莫里森、冯密，以及一个舢板上中国的船员一起乘坐舴子去了宜昌。

我跟泰里斯和医生留了下来，开始安顿起来。

20日，两艘木船到了，满载着我们在宜昌为了减重从"奥尔里"号上卸下的物资；然后21号，法国炮舰"云雀"号派出的补足我们供给的木船也到了。

随后我们所有的时间都用来整理、安置、记账、修理，船上和岸上都是如此。

11月26日，殖民地步兵中尉马基到达王家沱。我曾要求他加入到我的任务中来，目的是要他完成陆地测绘，然后要把他派往云南（Yunnan）。

他走了31天。在路上，他的船突然碰到了一些鹅卵石，有轻微损失，但无大碍。

……

我们收到了迪·布舍龙的信，他们已经平安抵达宜昌，打算乘着小艇和一艘租来的大木船于近期出发。

我们远离重庆城区，去城里需要乘坐舢板，穿过城区需要坐很长时间的轿子，种种原因使得我们与同胞们之间的来往稀少起来，这是我不愿看到的。

但是，我还是去领事家吃过几次午饭，有次他甚至邀请了一半的船员，准备了一桌真正的盛宴。

道台也请我去吃了一次中式晚餐。与人们言传的大不相同，中国菜通常说来也是可以被欧洲宫廷所接受的。著名的皮蛋只不过是把蛋长时间存放在石灰和食盐里，在这种环境下，它们跟腌制的或熏制的牛肉一样可以食用，这无可厚非。当然这些蛋确实会散发出轻微的氨水味，每次我闻到这个味道就不想去碰它们，但这个味道毕竟不比我们津津有味享用的奶酪更浓烈。

燕窝羹被端上来，样子很像木薯粉，里面的鸽子蛋确实美味。

鱼翅事实上平淡无味，就是类似鳐鱼刺的软骨，但是要软得多。

最后，还有鸭肉，放了芝麻油调料，只要油好就不会难吃。

值得一提的是烤乳猪，它被裹在烤过的肉皮里。因为它是最后才上的一道菜，最好不要去动它，为的是向主人显示你确实已经吃饱了。但是我们因为想尝尝看，就试了一下，觉得它太好吃了。

中餐的特点是上的菜品数目众多。而且感觉它们味道都一样，至少我们的嘴巴吃起来是这样。为欧洲人使用方便起见，讲礼节的中国官员给他们全都准备了刀叉，但大家很快学会使用象牙筷，把它握在右手的手指间去夹菜。

喝的是白酒，类似于葡萄酒或者用粮食蒸馏后制成的轻度酒精。要倒进小杯子里，趁热喝。味道含混，有点走了味的干白葡萄酒的味道。总之，还算好喝。

为了向道台还礼，1月6日，轮到我准备一次半欧式半中式的晚餐了。

除了要尽一些礼节上的义务，以及安顿下来，剩下的时间我就用来写报告，向海军上将告知目前的状况，向他申请我认为有用的东西，向他提出方案，建议等小艇一旦到达重庆，我们就要实施的事务。

我认为当务之急就是建造一个我们可以立足的长期居所。

……

我也制订了一个方案，以研究可通航的大江大河。

首先，研究长江上游，从重庆到叙府①（Suifou）。实际上，我坚持尽量不要盲目地去进行我们将要开始的航程。

然后，要弄清楚蒸汽船是只能航行到叙府，还是能走得更远点，远到哪里。事实上蔡尚质神父好像相信蒸汽船能一直开到屏山县（Ping-chan-hien），叙府以上60公里的地方，至于说到这个城市上游的险滩，他甚至抱怀疑态度，别人给他描绘说这些险滩很凶险，但是他没看到过。

再驾驶"大江"号和"奥尔里"号到叙府，建立第二个军需供给站，重庆仍然是大本营。

去勘察岷江（Min-kiang），或者叫它府河。它在叙府注入长江，可以从叙府把船只带到尽量远的地方，直到省府成都，如果可以到达那里的话。

在此期间，去看看嘉陵江，看看这条在重庆注入长江的河流是什么

---

① 译者注：今四川省宜宾市。

夔州附近的纤道

样子。

  最后还要尽量利用水路，与云南保持联络。
  如果我们能从整体上完成这一方案，就不会浪费时间。
  我叫马基开始测绘我们锚地周围的地况。

  在长江沿岸的好些地点都有电报局，我们在这些地方收到了迪·布舍龙的电报，他乘着"大江号"艰苦上行。最初的行程很难，但总的来说还行。12月13日，他过了兴隆滩，第三天，就从万县给我发了封电报。
  我以为，从这个时候起，他的任务差不多就快顺利完成了，直到几天后，邮差给我拿来一封信。
  21日，刚过涪州，锅炉就坏了，修不好。
  迪·布舍龙写信给我说，他要像那些木船一样，靠纤绳牵引继续航行。由于他已经走过了最难的地方，我信心满满，等着他顺利到达重庆。
  事实上，12月27日，我们看到他到了，小艇系在一只租来的木船上，被木船用绳索牵引着。

就他自己来讲讲这趟艰辛又危险的行程吧。

海军中尉迪·布舍龙就"大江"号从宜昌上行到重庆的报告节选。

指挥官：

由于我负责将蒸汽小艇"大江"号上行带至重庆，所以我荣幸地向您汇报任务的完成过程。

我们11月17日从重庆出发，11月23日星期六到达了宜昌，无惊无险。鉴于已知的长江航行的种种困难，并且为了避免任何可能的危险，我采纳了引航员蒲兰田的建议，租用了一艘湖南（Hou-nan）的大木船，它又长、又窄、又结实，用来横排拖驳"大江"号穿过险滩。

尽管"大江"号的指挥官海军中尉莫诺已经对小艇进行过多方改进，但可能小艇仍无足够的动态稳定性，以防侧翻，侧翻可能会是水流引起的，也可能会是为过滩而不得不使用纤绳，用力过猛造成的。在这种情况下，我们不得不用木船来牵引小艇。

而且，木船相对于小艇来说要尽量大，使得它们合在一起，能像一只普通的船只一样行驶，但牵引起来又明显更能抗水流。

另外，我们也不得不要一只大体积的木船，用以装载我们从"奥尔里"号上搬过来的粮食、操作器械（缆绳、复滑轮、麻缆，等等），以及数量庞大的、足够的煤炭，以供给从宜昌到夔府的行程，大概有18吨加的夫煤炭。

木船上还要有足够的地方安顿下4个欧洲人、1个中国引航员、一个翻译以及担任我们与中国官方中间人的左。

……

11月24日，在长时间的商谈后，我们接受了一个木船老板的条件，他的木船符合我们以上所有要求。

它还有个额外的好处，有足够的住的地方，而且一切齐备。

刚开始，我们提起要横排拖驳一只小艇，穿越险滩，老板无论如何也不愿听。从未有人做过这事，而且在他眼里，会有不可逾越的危险，结果肯定会船毁人亡。

后来他决定向我们要价690两白银（大约2700金法郎①）。商谈了很久，我们让他接受了540两的价格，并附以下条件：

他必须在4天的时间里，准备好一整套新的、质量一流的船上用品；

他必须给我们提供：

一只小船（厚板船②houpan），负责把缆绳和纤绳运送到岸上，并在拉纤的过程中，把纤夫们从一边江岸运送到另一边。

全船70人，是这样分配的：

2个引航员（一个在前舱，中国话说的"艄"，另一个在舵柄处）；

木船上11个船员；

厚板船上14个；

41个身强力壮的纤夫；

2个厨师。

他还应负责按我们的要求改进并布置好木船，以使木船能够横排拖驳蒸汽小艇。

11月25日至28日，"大江"号的装备工作完成，我们把物资和煤炭都转运到了木船上。

我们把小艇系靠在木船一侧，尽量减少它的摆动。

……

---

① 译者注：当时1两白银约为4金法郎。
② 译者注：厚板船，川江木船的一种。

28日星期四，4点钟，起了和风。我把握这个时机让人驾木船先走。在左的监管下，我们早就仔细检查了一遍器材和人员。

我们会在黄陵庙跟它会合，为的是验证一下，在独自航行的情况下，小艇质量如何。

11月30日，星期六。我们9点30分离开宜昌，由于起了浓雾，推迟了启航。

小艇行驶良好，速度介于6.5海里和7海里之间，压力保持正常，稳定性良好。它完全按照船舵的操作运行，但是，我们在无义滩遇到了几处小的涡流，让它偏离航道很多。

2小时后，我们出了宜昌峡谷，快到1点30时，到达黄陵庙。

木船一早就等候在那里了。

我们把小艇并靠在木船的右舷。1点40，又出发了。木船由一条纤绳连接到岸上，由纤夫们拉着。

我们慢慢把小艇拉到了正确的航向上来。虽然与木船横排拖驳，我们的速度还是大于苦力们的步伐，我们松开了纤绳。

驾驶整体上正常。"艄"可以阻止船只在汹涌的水流中偏航。为了越过上路口（音译 Chang-lou-kio）岬角，我们不得不用厚板船重新把纤绳拉到岸上去。在马屁股（Ma-pi-kou），我们没用缆绳，只花了10分钟就过了滩。

4点，炉灶要除渣，压力降了下去。我们速度缓慢。起风了，我们升起了木船的风帆，减低了船速，压力又上升了。

夜晚，我们在獭洞滩下的三斗坪（Chan-teou-pin）停下来。

我们可以在獭洞滩下，从汹涌的水流中横穿过江，也可以待在一块岬角的岩石旁，完全没有发生一点横漂。

结果非常令人满意，这样我们就有了一个确定的办法，当小艇本身的稳定性和路上的稳定性都不够的时候，也能让它逆流而上。

要担心的，是两只船在一起，过滩的时候阻力太大，或者是有水浸到木船或小艇里来。

1901年12月1日。——一夜暴雨之后，早上也下了一会儿，天放晴了，天气很好。近处丘陵的山顶覆满了白雪。

7点到8点，木船独自穿过了獭洞滩。

如果有需要，会让人安置好缆绳，但是我们决定，如果可能，就要独自穿过险滩。

将近8点，小艇启航，全速前行，锅炉压力达到了175磅。在险滩下，汹涌的流水中，它也行驶得很好；经过一个漩涡的时候，只进了一点水，船只有一点倾斜，但是不容易校准航向，舵柄满舵。

8点到8点15分，我们丝毫未作停留，过了滩。速度很慢。

我们继续在汹涌的流水中航行，但是水势已经不强了。

……

5点，我们在新滩下游一点抛了锚。

这样两船分开走，在那些难于通过的地方，我们花了很多时间来等木船。但是拖着它走还好些，因为那样的话，会比让木船单独走要快些，船在路上的稳定性也非常好。我们现在就是这么做的。

12月2日星期一。——夜间，水涨了2.5法尺深。我们不得不延迟启程，因为小艇底舱进满了水，要把它们排空。水流湍急，船身被撞击得很厉害，遇到船身是木制的部分，就无法密封。蒲兰田三年前乘蒸汽小艇逆流而上时，经历过同样的烦恼。

新滩开始变得危险了。它是由三个险滩组成的，我们要靠纤绳牵拉过去。

8点，我们接近了第一个，中国引航员想不系缆绳，直接闯过去，因为风大，对我们很有利。

我们穿过了这个对角线岬角，毫不费力。

8点25分，我们开始经过第二个险滩，它更急。我们用了条更牢实的纤绳。8点40，我们放下纤绳，横跨过江，去闯第三个，最急的一个滩，在右岸。

我们在伸手可及险滩的地方停了下来，要把小艇和木船换个方向。

在此期间，苦力们在岸上拉开一根竹编纤藤。然后9点40，所有纤夫拉着纤绳，加上大风，小艇全速行驶，我们开始过滩。

9点45分，船走不动了，我们又放了一根纤绳，增加了40个人，还安放了一根横木抵住岸边，免得一不留神撞到外面的岩石上。船在水里的速度非常慢，差不多每分钟两法尺。

9点45分①，起风了，我们把横木放到第三根纤绳那里。

10点，我们在险滩上游停下，付钱给后来增加的苦力，共3600铜钱（大概8金法郎）。

……

3点，我们到了夔州上面的莲花滩（Lien-hoa-t'an）（睡莲之滩）。这里水势险恶，一列鹅卵石长滩阻塞在江中间，岬角众多，造出同样多的险滩。

中国引航员认为可以不用拉纤，直接通过。

船穿过漩涡，朝江心驶去，等着一股湍急的逆流冲上那列鹅卵石长滩，趁机穿过险滩上方。

但是，正当我们在穿越漩涡的时候，逆流消逝了，代之以一股非常大的泉眼，它生出一股猛烈下冲的水流。

我们被冲向与水面齐平的岩石，为了避开它们，我们必须回到右岸。木船的尾部刚好停在岩石的涡流处，有利于我们快速回到左舷。

我们又试了一次，沿着最近的江岸走，想横穿江面，到达

---

① 译者注：原文如此。

崆岭滩

离大股逆流稍微上方一点的位置。逆流随江岸而行，把我们带向岸边，冲向那里的几艘木船，我们想避开，但是白费劲。

我们等着这些木船穿过险滩。

我们放置了两条缆绳，每根由一半的纤夫拉纤。我们冲向险滩，船渐渐加速，纤绳慢慢变软。水流突然变得异常湍急，我们被抛向后方；纤夫们没法承受这种冲击，被拖行一段，放开了纤绳。一根纤绳卡在了左舷的螺旋桨里，在螺旋桨翼和桨毂边上绕了四圈。我们牵了根缆绳到岸上，回到先前的位置。

我们回到稍微平静的水域，让一个中国人潜水下去，排除螺旋桨的故障。夜幕降临，我们最终停泊下来。

12月3日。——昨晚给我们带来如此多麻烦的三个险滩，今天无惊无险就通过了。我们只用了一根很粗的竹缆绳，等着这些险滩一个个的暂歇时段。实际上，这些险滩力量多变，因为就是从大股水流里分离出一堆堆威力巨大的水团，冲过来交替拍打三个岬角，才形成了这些险滩。下午，我们到达泄滩脚下，在"金沙"号上面一点下了锚。

12月4日。——早晨，我们要离开位于险滩下游的河岸。

所有的木船都退回来，用横木尽量近地抵靠在岸边，让我们从他们和汹涌的江水间穿过，并且展开我们的缆绳。

在经过了一列沙丘后，我们投下了一根纤绳。8点45，纤绳拉着我们前行。在汹涌的水流中，我们拖驳着木船横排并行，毫无困难。将近9点，我们干净利落地下了锚。

我们把竹编纤藤展开，从前方拖行了一点。我们在江岸一艘搁浅的木船旁下抛锚。

10点40分，我们把4根竹缆装上了船，它们状况很好。我们展开缆绳，撤掉撑木。

相对大股江流，我们的木船有轻微的倾斜。小艇经受着快速的水流的冲击，水流波动，使它猛烈摇晃。

当整个船体进入大股江流后，到了那艘木船搁浅的地方，大量的江水迅猛地击打着小艇的船头，甲板上积了400毫升深的流水。尽管到处都关得严严实实，小艇还是进了很多水，开始向左舷严重侧斜。

即使引擎开到全速，还有400纤夫拉着纤绳，船还是停滞不前。

我指挥船后退，重新回到先前的位置。后退的时候，木船的"艄"碰到了沉船，打坏了它的系缆耳钩，扫过它的甲板，掉进了江里，还把三个中国人也拖入水中，幸好水不深。

水涌进来，小艇下沉了4法寸多深。我们把水排了出去，用麻屑、破布、腻子把所有的开口和缝隙都堵上。我们把小艇和木船换了个位置，从内侧与木船系紧，卸掉所有无用的重量，船上只留七八百公斤煤炭。

我们在船头排出2.6法尺的水，船尾排出3.9法尺。沉箱只露出一半在水面上了。

12点半，一切都弄好了。但是起了大风，我们不得不等到它平息下来。

4点，风突然停了。我们赶快点火；4点30，我们又试了一次。

4点35分到4点50分，缆绳几乎都还没拉直，我们就毫不迟疑经过了险滩。拉纤结束了，我们拖着小艇到了锚地，5点钟到的。

我们经过的时候，离搁浅的木船只有两米远，离鹅卵石堆只有5米远。卵石堆清晰可见，其上水浪汹涌。

木船航行状况出色，没有半点偏航。

……

12月9日——我们在独树滩（音译Tou-chou-t'an）下面下锚，等着纤夫们到达，同时展开我们的缆绳。

我们利用这段时间在右舷气缸的一个气孔上浇铸一大块铅块。这个洞露在外面，横断面直径有1厘米。它以前被用锡块盖住了，只是在收到小艇一个月后我们才发现存在这个缺陷。

锡块不断地被蒸汽推出来，每天都有人把它锤打进去，后来，渐渐地，洞里就不再有足够的位置能装下它了。

2点45分，维修一结束，我们就去高滩。

3点，我们到达高滩，这是江上最糟糕的路段之一。目前，水势湍急，形成一个特别的险滩，其中一旁斜穿江面，另一旁尽是湍急的漩涡和泉眼。

我们试着走之字形。我们在左岸抵达险滩，先过到江对岸。我们航行在汹涌的江水中时，铅块弹出来了。幸好落在机械师拉福雷（Laforêt）的衣服上，而不是左舷的机器里，那样的话它就会跟着旋转，被压个粉碎。锅炉房里满是蒸汽，右舷的机器停转了。

尽管是在激流中，我们还是向岸边靠。一个中国人携着一根缆绳，跳下水去。我们正好停靠在一块岩石上方，如果刚才撞上岩石，会损失惨重。

到了更上方一点，我们好歹脱险。待在这个位置可以避开大的事故，然后我们又往前行，两台主机尽量高速地转动，右舷的那台溢出很多蒸汽，锅炉房的温度升得很高。

我们从右岸接近险滩，再驶向左岸。一个漩涡把我们冲来横在水流当中。船进了很多水，木船猛的一个横摆，在艄的作用下，艰难回直，跟小艇一起，以6海里的时速，改向驶往左岸。经过厚板船时，我们接住了一根从那边扔过来的缆绳，拽住它一起使力拉，引擎也加了速。

我们停在岸边，暂时维修漏蒸汽的地方，用颗螺栓把铅块钉进洞里去。

我们在慌张背（Hoang-tchang）上游过夜，这里刚过宝子滩，只不过是河流上方一点的一股水流，没有漩涡，也无任何危险。

……

1点45分，我们到了夔府。快到4点，我接待了知县的拜访。他同时给我送来了煤炭，这是上次我叫人持我的名片问他要的。我们利用这次停留的时间好好修理了漏气，至少是在我们所拥有的简陋工具许可的条件内。

……

12月12日。——我们将近7点出发，船后有顺风吹送着。

7点10分，左舷主机的泵上面的气压舱弹出来了，锅炉室里满是蒸汽，锅炉空了。

海军下士雅科泰（Jacotey）把两部主机都停了下来，中国司炉工熄了火，用蒸汽机辅助泵快速给它加水。

雅科泰走上甲板，几乎站立不住。片刻后，他又下去关闭蒸汽阀，打开安全阀。安全阀四周也全是蒸汽。

将近7点45分，我们立即靠岸停船。

8点05分，蒸汽凝聚在空空如也的锅炉里了，我们这时才意识到发生了什么事。

输水管的止回阀被卡在了它的位置上，在蒸汽作用下破裂了。它是由两锭铜块构成的，但本该被浇铸成一个整块。

蒸汽进入了气压舱，致使它弹跳了出来，因为它只是由四颗黄铜做的螺栓钉住，螺旋丝滑丝了。

我们把锅炉加满了水，重新点火。人们在左舷水泵的输水管上加了个完整的密封垫圈，同时校准了备用阀。人们用蒸汽机辅助泵加了水。

8点，我们又出发了。10点，风大了起来，好风助我行。
……

12月13日。——我们过了东洋子滩，它跟庙基子滩一样水急滩险。我们又加了两块横木，前面一块，后面一块，用来抵住江岸，右舷后半侧，和风徐徐。

下午，我们抵达兴隆滩，一路上水量都不大，到了云阳县以上，水量变得很大。

蒲兰田看了险滩后，同意试试看，不用把小艇跟木船拴在一起，而是直接过滩，怕的是在到达主岬角上方时，会有些特别的困难。

我们搬了些煤炭到小艇上，为的是让沉箱能平浮在水面上，并且保持最大稳定性，即是说，让它水面上有2.9法尺，水下有3.5法尺。

12月14日。——9点10分，我们乘小艇出发。一直到了前岬角，纤夫们和摆好的竹缆绳都在那里，等着把缆绳系在我们船上拉纤。我们能抵达这个岬角是很幸运的，一艘蒸汽船到这里来要冒很大风险。

一股上行的水流与江水汇聚出了一个巨大的漩涡。实际上我们要进入这股水流。如果进得太深，就会被甩入大股的下行水流中；如果太靠近岸边，就会被冲向满布岩石的江岸。

穿过大股水流的时候，我们让船往后行，为的是不会快速冲到岸边。但是，如果我们能够打个满舵，赶上冲向下一个岬角的下行水流，避免被带入大股水流，那样才正好。

为了不撞上陆地，也为了纠正错误，我们让右舷往后，但是没能顶住逆流。我们被抛向陆地，但幸运的是没有撞上岩石，而是碰到了一只系在岸边的"红船"上，它成了缓冲器，受了些损。

9点30分，我们到了上方的岬角。

两个熟知险滩的引航员上了船，木船上的两个中国船员也来了，他们是操作缆绳和撑木的行家。勒·菲和拉福雷以及一名中国司炉留在岸上。

"大江"号的艄已经备好，我们调整它好的位置。人们放下缆绳，蒲兰田守着舱面室里的舵柄；我待在右舷前方，守着他们操作，向机舱传令，手里还拿着斧头，准备好砍断绳索。

两个引航员朝着航道的方向操作，我们看着他们，准备感觉一有偏差就纠正他们，或者操作机器，来帮助他们。

10点，我们从岬角出发；行驶有些困难，两次撞到岩石。第三次，我们用前后的撑木抵住，后面的那根抵得直直

兴隆滩

的；纤绳把我们拖拽到大股水流当中，水流把船冲得歪斜，有25度倾斜度。

四周都是水：我站在右舷甲板，水淹到了膝盖，好在甲板室早就用两层厚的新布料围堵上了。

船倾斜得越来越厉害，变得很危险。我怕小艇会翻，忙叫莫诺砍断后面那根撑木，同时让左舷主机全速朝前，右舷的朝后。这让我们及时摆正了航向。

小艇避开了水流的中心线，撞到了与水面齐平的一块岩石。两部引擎开足马力前行（300转，180压力磅）。我们操作撑木和舵柄离开了。

我们砍开了船首的横木，5分钟后，我们就被纤绳拖行着来到了险滩上游。

木船在我们之后也到了。1点30分，我们行驶在了去往万县的路上。

12月15日至25日。——过了兴隆滩之后，我们只碰到了几个难对付的险滩，不得不用上纤绳。其余的时间里，我们与木船横排拖驳，基本上把纤夫们远远地抛在后面。

当我们的速度几乎降到零的时候，我们传了一根缆绳到陆地上去，一个中国人在岸上接着，我们被拉过去，一边用竹篙在水里划着。

16日，我们在过羊角溪场（Yang-ko-ki-tchang）的时候还是几次遭遇困境，在试了三次，徒劳无功之后，终于过去了。

头两次，我们试着尽可能上行到左岸的最高点，但是被那些刚露出水面的岩石给挡住了，无法行驶到足够倾斜的对角线上，过不去。

第三次，我们用了一根500米长的纤绳。船的阻力很大，再加上水的力量，它被拉断了。

最终，第四次，我们用了根粗缆绳，再额外加两只舢板把它托出水面。这次搞定了。

17日早晨，我们冒着大雾，沿着河岸减速航行。

18日，我们一下午都待在忠州，往船上搬运煤炭，这是航行到达重庆所必需的，有12吨多。其间我们接待了一个法国传教士葛神父（P.Got）。

……

21日，我们经过涪州。在龟龙滩（Koei-long-t'an），锅炉水位管里的水突然消失了。

锅炉内部的刻度阀一直显示有水，所以我们没去怀疑会漏水。我们费力地用蒸汽机辅助泵全速加水；我们除了渣，试图把压力加上去。

水位再次急速下降，炉灶深处的火渐渐熄灭。

我们看着火熄掉，打扫了管道后，发现管子都干了。

可是我们进到锅炉里面，才发现炉膛顶部已经膨胀起来了，有条裂缝漏气很严重，加固角铁的螺杆也一样。

12月22日。——这个故障无法用我们已有的工具就地修复。我决定用木船拖驳小艇，继续赶路。因为在到达重庆前还有好几个地方水势都很急，我派翻译和左到涪州，带着我的名帖去拜见知府，请他再派30个纤夫和一只舢板来。

我们出发去石沱场（Si-tou-tchang），他们会到那里来与我们会合。我们卸下了木船上的6吨煤，这样可以尽量减轻重量。

……

12月23日。——一整天，水势都很大；船速很慢，走了12个小时才勉强行了10到12海里。我们得不停地把小艇换来换去，放到木船这侧或那侧，要把它一直安放在外面一侧，因为在尤其是在磨盘滩（Mo-pan-t'an）及其下面，有两个地方，行船操作都既漫长又艰难。我们花了3个小时走了半海里。

……

12月27日，我们过了野鹿子（音译Yé-lou-tse），它是个岬角，水流大，而且起伏不平，拉纤的苦力们站立不稳，所以我们走得很慢。

3点钟，我们到了重庆的锚地王家沱。

虽然行程的最后出了事故，让我们历尽艰辛，忧心忡忡，但是幸好没有人员伤亡，我们的第二艘船终于上水行驶到了重庆。

年轻的军官们再一次证明了，从法律上讲，今后他们可以不负众望。

几天时间里，驾船上溯长江的种种插曲成了我们的热门话题。对于旅行者们来说，不得不挤在一个狭小的空间，处处不便，并非事事美好。最初，再没有比吃饭问题更让他们感到难受的事。实际上他们本来找了个所谓的厨子，但是每次当他们到了锚地，又疲劳又激动，饥肠辘辘，却通常是什么东西都还没准备好，没法填饱肚子。

每次停船时，莫诺只好自任美食教员，给厨师出些即兴的"难题"，想确认次日的餐饭可否准备好，但经常是白费劲。

中国人，他们嘛，在木船上，舒舒服服地弄吃的。一整天都可以看到他们拿小锅煮饭，里面加上蔬菜和猪肉或是鸡肉。有时候船员们只好到苦力们那里蹭饭，用以补充他们太糟糕的陋食。

在难以航行的江段，船员们给江神祭献公鸡，不要相信祭品只是给江神享用了。这只是走个过场。船老大站在木船船头，砍下鸡头，在他身后站着厨子，一脸漠然。船老大下跪伏拜（叩头）的时候，他灵巧地把鸡身部分掩盖起来，偷偷扔给厨子，厨子拿走。这样一来，"龙王"什么都没看到，船上的人也不是什么都没得到。

和中国的神灵打交道，就跟和中国人打交道一样，通常只需要会处事。只要外表光鲜，"面子"就保住了，什么事都好商量。

迪·布舍龙带来的翻译，或者说是假翻译，是个天主教徒。在要求基督教徒们参加宗教仪式的问题上，传教士们非常严格，他们在这点上可能并没有做错。因为，必须承认，再没有比基督教的伦理和中国人的内心情感更对立的东西了。这里要上溯到某种潮流，我想，要从根源上解决这个问题，要靠几代人持续的教育。所以传教士们仔细区别"老基督徒"和"新基督徒"。前者是最早几批皈依人员幸存的后人，逃过了迫害；后者通常是为利益所驱使，想要得到一个建议，或是得到保护，免遭满人掠夺，或者是想从苦海中得救。

中国人是世界上最迷信的人，也是最不信神的人。他们奉行超自然的法则，无限信奉好运和厄运，好神灵和坏神灵。

但这从来就不是一种完整的信服："单纯的人的朴质的信仰"在他们那里是不存在的。他们在信仰上各行其是，却又言之凿凿："如果这没什么好处，那至少也不会有什么坏处。"从中可见中庸之道，得以三教并存：婆罗门教、佛教和道教。如果有人愿意相借，他们也乐意再添加上天主教、新教，甚至是伊斯兰教；若能靠着信仰，接近在这六种宗教里德高望重的人士，那更是合算。

第五章　在重庆的法国据点

1902年初——"大江"号的修理和改进——蒲兰田到宜昌接他妻子——蒲兰田夫人——英国女人和法国女人——为什么说英国人是殖民者——漂亮的礼物——我们的工程——任东山——尝试嘉陵江逆水行舟，未果——我分派了一个水文测绘任务——过年——中国人的敌对态度——牛脑驿场的口角——马基处境危险——王家沱殖民地——夫归石——容易张冠李戴的语言——海关关员的"可怕"故事——龙灯节——"大江"号的叙府之行

重庆的街道

1902年开门大吉。我们的两艘船都到达了目的地。确实,"大江"号损伤严重,但经仔细检查之后,确定它可以修复。

我暂且偷闲,不去管它。此间,人们几经修复,让锅炉更方便适用,恢复到可运行状态。

船头的房间里添了两张折叠床。我加宽了前甲板,弄出个平台,以便人们能更好地操作竹篙和横木,不让船撞上岩石;最后,我安上了发电机和"奥尔里"号的小型探照灯,好让我们能在船上使用。

不管怎样,我们在王家沱滞留了几周,蒲兰田趁机向我提出要求,想下宜昌去接他妻子,想让她来重庆跟自己待在一起。

蒲兰田夫人是最为勇敢的女人。她曾经两次陪同丈夫乘"肇通"号航行。

她是"勇敢的英国女人"一词最好的诠释,跟随丈夫四处奔波,处变不惊,如影随形,给他鼓舞,她知道怎样给他营造一个舒适的家,一

抬石头的挑夫

个"home"，让他在艰辛和疲乏之后重获家的温馨。

我认为，与其大书特书"盎格鲁-撒克逊人的优越性"，不如研究一下"盎格鲁-撒克逊女人的优越性"。

我们法国也有女性旅游者，我们也有女性已经适应了殖民地的生活。

甚至可以注意到，在这个角色里，有少量的法国女性勇气十足，无所畏惧，她们过人一等。还可以说，她们在尝试了这种生活以后，可能比法国男性更乐在其中，回欧洲待上一阵后，她们会对那广阔的世界满怀乡愁。

但是在英国，在美国，这是常情；在法国，哎！这只是例外。

我想起在印度军队里的一个英军上尉，在中国战争后期，负责塘沽铁路路段。

他本来把他妻子留在了孟加拉（Bengale），一天早晨，他的妻子从天而降，到了他那里。为了来跟他团聚，她乘坐过十几种不同的交通工具。

他跟我们所有人一样，住在丑陋的中式茅屋里，屋里重重叠叠堆着箱笼，当家具用。在 24 小时内，茅屋焕然一新，认不出来了。

她在这里铺上条丝巾，那里摆上盆从山里带回的植物，用幔帐把床遮挡在后面。因为夫妻俩都是好客之人，一有空他们就会邀请我们去喝茶，或是掺了苏打水的威士忌，我们欣然前往。地方虽然简陋，但是散发出优雅和舒适的气息。

我还记得有一天我对这位英国同僚说："无论如何，你们谈起殖民地的时候，自诩在你们的帝国上永不会看到日落，这真是又自大又不公平。这个功劳应该归于英国女人，而不是英国男人。要是有朝一日法国女人也如法炮制的话，你知道，我们会完胜你们。"

蒲兰田夫人就是这样一种女人。在上海，她第一次到"奥尔里"号上来参观时，第一眼注意到的是我们的绞车，看到它很结实，她放心地说了声："好绞车！"是个好兆头。

蒲兰田告诉我们，在他第一次航行，要穿越险滩时，他没有放置缆绳，险滩看似过不去。他想朝岸上发射一颗信号筒，上面绑上一根绳，靠它来求救，让人送根缆绳过来，好拉纤。船上的所有人，白人也好，中国人也好，都搞不懂他葫芦里卖的什么药，所有人都觉得这个点子愚不可及。这时候，船只已经危在旦夕。是蒲兰田夫人拴好绳子，把信号筒发射了出去。

我同意了蒲兰田的请求，他要离开我们一个半月。

不久，我收到了海军上将鲍狄埃的第一批来信，他对我们赞不绝口。

他同意我们所有的方案，包括修建仓库和住所。

印度支那总督杜美尔（Dumer）先生，以眼光独到，行事敏捷著称，他从预算中拨给我们 10 万法郎，这在印度支那殖民地算是很富有了。

现在我可以把计划付诸实施了。作为开始，我通过科菲内牵线，在我们锚地的正对面买了块地。

这是唯一一块待售土地。遗憾的是它在陡坡上，是黏土质的，遇上发大水就会有危险。我不得不修建一座真正的、庞大的堡坎。我到处去搜寻石材，正对江面，建起了一座近10米高的巨大的石块垒成的高台。

好在中国的劳动力很便宜。我很快跟一个石匠工头联系上了，不久，峭壁上就此起彼伏，响起大锤敲凿石块的叮当声。

采石工具极为原始。用一个装了手柄的凿子，先在石头上凿出条纹路，插上钢锲子，再用木柄的大榔头锤击钢锲子。

中国人竭尽耐心，就这样一点点把大石头凿开，把尺寸不一的石材都凿成1米长、半米宽、半米高的石块。

但是中国人无时无刻不在想办法蒙骗你，要想法识破他们千变万化的诡计，这是多么时刻不懈的斗争啊！

如果我们跟工人按日计费，伙计会干得很好，但他们尽量少干。对中国人，如果不是许以好处，我真不知道有谁能比他们干得更少。

所以我尽量留心工程进展。

但是如果不想听任他们弄出些粗制滥造的危险事出来，就需要分分秒秒都不懈怠。我让马基去监管工程，他还带了两个船员去，一个是木匠，一个是管缆具的。凡是水手能想到的招数他们都用上了。他们很快成为出色的监工。

我的工头名叫任东山（音译，Jen-tong-san），是个壮汉，脸上有麻点。有句中国谚语说，一个麻子三个坑。就此而言，谚语说的都是真的，但是任很快就会知道他在跟谁过招。

"大江"号修好了，也布置好了，我想试试。

我以前说过，有条壮观的河流经重庆，那就是嘉陵江。它注入长江，两条河流从两面环绕着重庆城。

虽然水位已经很低了，我还是决定逆流而上，在嘉陵江上航行几海里。

一日清晨，寒气袭人，内格尔第医生与我和冯密一起登上小艇，中国引航员和一个年长的木船老板同行，木船老板见多识广，给我们指路。我们先绕城一圈，所经江岸停泊着上百艘木船，看热闹的人挤作一团；然后，拐个弯，重庆就消失在视野中了。

刚开始一切顺利。我们小心前行，穿行在偌大的岩石间。因为已经11点了，我们就靠岸，找个小沙滩吃午饭。

但是，从这个地点往上，就像我们要将在府河长期亲眼目睹的那样，水性变了。

这是些堆积成滩的卵石，往前一直深入到江道。水量变大，逼得我们只得紧靠着卵石滩前行。

木船老板看似并不知道该怎么做。我们先是擦挂了一下，然后他不再慌里慌张，而是引着我们，直直地往着淹没在水下的卵石滩而去，这下挂得更重些了。

小艇从一片卵石堆跳向另一片卵石堆，螺旋桨轻微碰撞了一下，一部引擎停转了。

我受够了。我才不会这样盲目坚持前行，直到非得弄坏什么东西不可。

我们费尽力气掉了个头，顺水而下，2点钟，有些狼狈地结束了未竟的征程，好在总的来说还没什么损失好惋惜，本来有损失也是常事。

这件插曲在我脑海里烙下了更深的印记，提醒我不要驾驶着蒸汽船，尤其是"奥尔里"号，只靠一个当地人的指引，就行驶在不熟悉的航道。当地人行还是不行，只有试过才知道，况且他也搞不懂蒸汽船的操作，只会惊慌失措。

我认为，就算不是为了我们这些常常只能听从命运之星安排的人，即使只是为了让我们的继任者能更容易地完成任务，最好也应该有套多多少少有些粗略的草图。

1月20日，我派出泰里斯和马基，给了他们个任务，要他们绘制出一份准确、严谨的，从重庆到叙府的长江上游水文地理图。

麻烦的是我们现有的工具极为有限，气候特性和当地的特殊环境让这一行动有很大难度。

通常情况下，是要建立一个很大的三角测量网，网络覆盖长江，再在三角锁网中建立第二层三角网，然后绘制地形测量情况和水文测量情况。但这对我们来说是不可能的事。

工具么，我们只有航海用的小小的经纬仪罗盘。

而且，天气一直阴雨绵绵，河谷里常常大雾弥漫，厚薄不匀，汇聚成堆。只有在很近的距离内才能辨识出标记。即使我们想方设法，在山丘顶上设立醒目标记，也通常是从江岸深入内陆几公里远，没法保证中国人不去乱碰它们。

至少要有一定的兵力去保护它们。把我们的人派到离江岸那么远的地方，做些中国人无法理解的事情，再没有比这更不谨慎的事情了。中国人可能对此有些危险的解释，认为是魔法，或是伸向他们国家的黑手。

我最终决定采取以下步骤：我们的军官沿着江岸走，从一个地方到另一个地方设置测量标杆，观测范围呈三角形网状，覆盖沿江地带，并在经纬仪罗盘显示出其角度。

我们回到法国后，从任意一个测绘好的基线网开始，先画出最终的图纸，确定好三角网；然后，再参考三角形顶角的位置，绘制出大小和方位。

但是这会是一项漫长的工作。重要的是要留下一张地图，即使达不到严密精准，至少也要有个大致的概况，可以供"奥尔里"号在航行时使用，它常被派去到这些河段上航行。我命令两位水文地理技术人员一个地方一个地方地测量，用已知其高度的标杆，取 60° 的角，确定这些三角形侧边的真实长度。

我让泰里斯和马基乘一艘木船出发，另外给了他们两只厚板船，好把他们更快地运走。

我再三命令他们要加倍小心。已经有不好的风声传来。四川自古以来就是强盗出没之地，秘密社团猖獗。我们的领事阿斯先生在成都，我请他传话给总督，我自己也会去拜访道台，向他解释清楚我们在做什么，请他下令告知各地的百姓们。

我马上就可以说明，我们的人所到之处无不受到欢迎、令人满意，除了在合江（Ho-kiang）和泸州（Lou-tcheou）出了些事，差点引出大乱子。

我们的年轻军官先是遇上了浓雾阻碍，而且起初也有点欠缺经验，这个好解释，此外他们还不得不忍受中国人的极度好奇，如果没有亲身经历过，根本不会对这种好奇心有任何概念。

快到中国新春了，"过年"要持续好几周，其间所有事务都要停下，空闲无聊的时间太多，有时候没完没了地吃吃喝喝，拖得让人烦闷。

但是，1月10日，我收到泰里斯一封信，让我很是不安。

在松溉场（Song-ki-tchang），他们在镇口一家茶馆坐下歇凉，遭到一帮中国人大肆辱骂。他们对人群说，军官们是来偷他们的财宝，侮辱他们的女人的。

王家沱

有几个在场的天主教徒站在欧洲人一边，中国人之间打起来了。其中一个伤势严重。

泰里斯非常谨慎，想知道那些天主教徒是不是另有他图，想趁他在场的时候解决些棘手的纠纷。他告知了地方官员。官员确认几个肇事者有罪，让人把伤人的那个打了五百板子。

即使这次官府出面干涉，对我们有利，我还是忧心忡忡。2月23日，我又收到泰里斯一封信。我担心的事情还是在牛脑驿场（Nieou-nao-itchang）发生了。

这个大场镇一直都对外国人水火不相容。几年前出了件大事，有个苦力，叫余蛮子（Yu-man-tse），自称有神灵附身，在此煽动造反，差点就占领了四川。

泰里斯沿着右岸走时，马基正穿过乡场。

一看到他，一群五六百人的人群就聚集起来，高喊"杀！杀！"中国人手里拿着棍棒和石头，其中一个胆子大些，冲上来想抢夺马基斜挎在身上的双筒望远镜，他一定是把它当成了左轮手枪。他可倒霉了。马基身手敏捷有力，先动手的人挣扎了一刻钟时间，忍痛从马基手中挣脱出来。就这一下子，人群就散开了。

但是，在场镇上方百米开外有个陡坡，道路正好在下面。

正当马基拿着他的测量板走到那里时，悬崖上方乱石纷纷砸下，落在他周围。

情况危急。进攻者躲在山脊后，没什么好害怕的，也没办法对他们施以拳脚。逃跑有危险，会引来众人穷追不舍；在中国人面前永远不能退却，否则他们就会以为对手害怕了，就会化恐惧为凶残，人群后浪推前浪，我们的人就只得面对他们的冲击。

马基叫人喊话，说如果他们再扔石头他就开枪了，然后他朝悬崖的泥土上开了一枪。投石加倍落下，一块石头砸在了马基大腿上，幸好只是轻伤。

马基旋即决定让进攻者听听子弹从耳边飞过的声音，他开了两枪，留意瞄准得高一点，不要打中了人。这就够了。

就像我命令过的一样，泰里斯小心留意，把他要过路的消息通知了合江县令，牛脑就隶属于合江。他请求县令告知各方民众，自己的任务绝对是和平性质的，而且是经总督大人首肯的，他还请求县令在必要时采取措施，给予保护。县令没有派一个兵，也没有告知任何人；他明显是漫不经心，或者说串通一气。

因此，泰里斯在通知我的时候，也给他写了封信，内容如下：

> 法国军官呈合江知县大人阅：昨日，牛脑驿场的民众羞辱了一位法国军官，并向他投石寻衅。
>
> 我请求合江知县大人查办凶手，严加惩处。
>
> 如果类似牛脑驿场事件再有发生，而我们又无法得到当地警力的保护，我们将不得不自卫，或将导致意外事变。
>
> 我已致函重庆的法国上级指挥官，请他将所发生的一切告知总督大人。"

说实话，我同时得知还发生了一件事，在某种程度上，此事可以表明，或者说证明，牛脑的人进攻我们，有多么愚蠢和野蛮。

几乎与我们的军官们同时，两个中国海关的欧洲职员也从重庆出发，前往叙府。

他们说此行纯属消遣。但是后来我却听说，他们听从英国炮舰舰长差遣，有要务在身。舰长才清楚所谓的清帝国海关实际上是什么。海关关员们大部分都是最好的在华英国势力先遣队，他们若是在最乏味的季节里旅行，就会找个其他的借口，而非体育运动。

不管怎样，他们的木船里总是装满了威士忌和其他烈性饮料。

其中的一个海关关员在泸州做了件蠢事，可能正是由于这一影响，才连累我们付出代价。

这个 boy 在一家店里跟老板发生了争执，结果大吵一架，小伙子被痛骂一顿。

海关关员于是跑到道台那里去告状。到此为止，再好不过了。但是过分的是，他借口自己受到了人身侮辱，要求补偿，并获准坐在老爷的绿色轿子里，被抬回到木船上。

我曾讲过轿子的颜色意味着什么；对道台所受到的侮辱，没有一个泸州百姓能够熟视无睹。永远也别拿中国人的"面子"开玩笑，他们集多种缺陷于一身，其中之一，就是尽可能怀恨在心。

再者，实际上，这个无足轻重的职员只不过隶属于一个中方机构，挣的是中国人给的钱，却冒犯了一个高官，如果我是个"天之骄子"的话，也会感到受了莫大的侮辱。

实际上，乡下人把欧洲人一律叫成"洋人"，不辨国籍，把他们混作一团。我这样说并没有错。确切说来，就是这个给英国人做事的瑞典人捅了娄子，却让我们来背黑锅。

得知原委后，我写信给阿斯先生，详细陈述了事实，再次列举了我以后想完成的大事，记录如下：

先让"大江"号，再让"奥尔里"号，航行到叙府，探察江流，直至蒸汽船不能到达之处。

乘船在府河航行，直至嘉定（Kia-ting）①，然后尽量靠近成都，对总督作私人拜访。

与步兵中尉马基一起，走陆路，与云南取得联系。

如有可能，探察嘉陵江。

牛脑冲突事件的结果是，很久以后，合江县令被调任。至少是听人这么说的。我承认，就我的"面子"来说，我宁愿没有去核实消息的真伪。

至少，结果是总督下达正式告令，禁止再发生此类事件。3月15

---

① 译者注：嘉定，今四川省乐山市。

日，泰里斯和马基畅通无阻，到达叙府。

这段时间，在重庆，我们继续建造房屋，维修船只。蒲兰田和他夫人一起回来了。因为在岸上找不到合适的住所，就住在木船上，生活设施应有尽有。杜克洛和他夫人也回来了，我们王家沱的小移民团体扩大了；结果是我们跟在重庆的同胞们一起，建立了一个联系紧密的小圈子。

遗憾的是，我们很少能挤出时间互访。要逆流而上，还要经过"夫归石"（Ou-koui-tse）这个小滩，这完全就是一趟旅程。我们以前以为这个名字的意思是"乌龟石"。实际上这里有块略圆的石头，形状隐约有些像龟壳。但好像它的意思是"等待丈夫归来的石头"。

传说中，在三皇时代，皇上领兵出征，皇后留在重庆，每天领着宫里的人站在石头上，远远眺望，盼着丈夫的船队从江上扬帆归来。

中国的名字就是这样的，如果不知道是什么字，确切表达意思的那个字，人们几乎是随心所欲，想怎样解释就怎样解释。

众所周知，中文是单音节的，即是说，每个字只发一个音。

在俗语中，为了区别起见，常常把两个相同意思的单音节字组合起来。其中每个字，单独使用时都指四五种东西，或者更多，但是两个字合起来就表达一个明确的意思。

还有音调：它们或高或低，但是记音符号都一样，在发音的时候调子会升上去或降下来。

重庆话只有四声，在其他大部分省份里还有第五声，鼻音。

欧洲人的喉咙发音不够柔顺，中国人编出各种张冠李戴的误会故事，数不胜数，让人开心逗乐。

下面就是一个经典笑话：问题出在"piao"字上。按一种调子读，它的意思是瓢，按另一种调子读，意思是……一个放荡的女人。在饭桌上说起这个字，没一次不引起小伙子们哄笑的。它还有票的意思，指商业票据。

有个海关审计员，是个英国人，动不动就发火，周围的中国人没理由不害怕他。有一天，他问秘书要一份账目票据，但是把声调搞错了。

看他紧攥双拳，听到一声高过一声的"piao"字，接连三四次，年轻文员大惊，决定打发一个职位更低的职员，去找这个东西回来，这在中国城市里很容易找到。

当一个轻佻的本地美人被夸张地带进行政机构的神圣殿堂，也算是个不小的丑闻。

有个领事，这次是个法国人，去拜访总督。他把礼帽放在一旁，一个仆人认为最好该把它挂起来。

会谈完毕，领事想表示事情已经结束，问帽子在哪里。

但是，换个音调，"mao"（人们常说茅房），通常指的是我们用两个大写字母标注在地图上的生活用建筑设施。

总督有些诧异，但仍然保持面色庄重，这在满清官员是不可或缺的。他对两个手下低声耳语了什么，这两位也是职位稍低的官员（李鸿章 Li-hung-tchang 的鹦鹉的特别侍卫，还是中国水师护卫舰的舰长呢）。我们这位领事，一直没拿到帽子，却在一队高级随从的陪伴下，被毕恭毕敬、点头哈腰地带进了大人的专用厕所。

为了试用一下我们的探照灯，也为了给中国人制造些惊喜，我们趁舞龙灯之际准备了一次庆祝。每年，在中国农历的固定日期，都有人舞着透明纸糊的龙灯，里面放着照明用灯，串街走巷。

我们的小艇后拖着只舢板，我们就在舢板上扎了条龙。

我们缓缓逆流而上，直至英国人的锚地。小艇探照灯的光束打出去，照亮了城墙。

全重庆城一半的人都挤在城墙上，每当有灯光快速闪过，照亮他们，人群就发出一阵哄叫。

11点，我们回到岸上，还带了一队中国的乐曲班子，他们要求一

王家沱的石匠

路跟着我们。

到了三月初，水位降到了最低。蒲兰田要在这个季节去考察长江重庆至叙府一段，他还要按时回来加入"奥尔里"号的行程，再加上牛脑驿场又出了事，鉴于这些原因，我决定让莫诺指挥"大江"号朝上游进发。

蔡尚质神父的地图并未涉及这段江流在4米以下水位的情况；另一方面，对我来说，完成水文地理测绘任务也不是多大的航行难题。是的，要是一个半月以前出发，在"大江"号即将经过之处，水位会高好几法尺。但是目前，我并不知道此次旅程会如此漫长而险恶。

马上就会看到，又要开始搏斗了。

3月8日，莫诺出发了。航行伊始，就困难重重，再后来，各种事故层出不穷。

海军中尉莫诺就"大江"号从重庆逆流而上至叙府航行报告节选。

3月8日——从锚地到龙门浩，虽然压力一点点降低，但航行看似轻松。"大江"号的吃水线无论对于航行还是方向都极为有利。

我们给锅炉加热，从"丘鹬"号旁经过。压力下降至125磅。

这个时候，我认为压力下降的原因是新手操作不惯，以及刚开船有些慌乱。我还查看了一下，炉灶干净，燃烧充分。

这时候我们靠右岸行驶，侧面看来它是一列卵石滩，缓缓伸入江中。此处水流很大，压力降至100，继续尝试徒劳无益，离得太远，没办法传送纤绳过去。我打算抛锚，检查锅炉。

我们靠向对岸，也有一股大水冲下来，沿岸停泊着一排大木船。正当我们把缆绳的一头送到岸上去的时候，右舷后部重重地撞击了一下。舵柄操作出了问题，船头又被撞得摆向右舷，如果没人在岸上帮我们，很容易搁浅。这时候，压力只有75了。尽管位置不好（在海关的位置之上再无其他地点），我们还是抛了锚，压力太低，没法去别处。

水位管浑浊不堪，明确显示水已经沸腾。我们把浊水排了出去，从"大江"号上卸下了一些沉重的货物，再次启程，逆水驶向乱石滩。

我们开船，先等它后退，然后偏左舷，靠向另一江岸。

距左岸约200米远，无任何征兆，船尾发生了擦挂。

右舷的机器在撞击后两次停转，我们根本没来得及去关阀门。我们直偏左舷，顺水而下，又回到了右岸的卵石滩边。

我们出发时压力160磅，到达这里已经非常艰难。其间我们解开了横排拖驳的舢板，让它自己逆水上行。我们再次停船，正好在法国领事馆前下锚。

全部检查完毕，船身无任何损伤，不过右舷螺旋桨有损坏。

我认为水沸腾是炉膛的原因，就叫人清除了三次。

下午2点，我们又出发了，希望这次好点。行驶了20分钟，压力从125磅下降到100磅。

没法再走远了。我们在一个小江湾的沙滩停泊下来，熄了火。

我派人去买些薄砖回来，换掉现在炉灶外层那些，我觉得它们太高了。这样改动之后，就打开了个燃气通道，火苗和炉顶的接触更直接了。再者，如果此举并无结果，我大不了付点代价，拿定主意重回王家沱，开这么慢的船还想尝试这次航行，确实胆大包天。

3月9日——8点，我们出发了，船员们从2点开始，已经工作了一晚上。

走了一个半小时，炉膛情况不妙；即使现在还能保持120磅的压力，我们还是再次停泊在一个锚地。

这次试验下来，我得出结论，必须完全拆掉在重庆筑好的砖砌台面。

其实，此举如果说并未完全降低直接被加热的水面，至少水层在被照射加热以前已经降低了35厘米。

……

我重新砌好了以前的台子，把砖头砌得矮一些，烟灰匣下面留出一块活动板，好每天清除落在台子后面未燃尽的煤屑。

3月10日——一夜修理，早晨7点准备周全，9点才出发，一场浓雾迫使我们推迟了出发时间。我们停泊在九龙滩（Kiu-long-t'an）下面，离锚地不远，就是险滩。

这是条很长的水流，两岸收窄，右岸是两列卵石滩，左岸是个岛。

就在下方，有个突出的拐弯，水流改道，那里冒出许多漩涡，船只能沿着右岸，紧贴着岩石穿行。

压力轻松保持高度。

我们顺利到达沙质岛屿的岬角，在此地试了几次，最后放开了舢板。小艇慢慢前行，不断左拐右拐，终于到达右岸。

此前江水一直只有 8、9 法尺深，到这里深度增加，水势变小。

突然，探测器不显示深度了，我们觉得只有 5 法尺深。舵柄打了右满舵，我们还没来得及停船，后面就重重地撞上了。左舷遭受剧烈震荡。

四周并没有深水，我们检查了底舱，又往前行；除了猛撞了一下，没什么不正常的。

我们在险滩上方停了船。凭触觉，感到好像只是叶片过度运转，导致螺旋桨吃不消。

……

下面，水流变得平缓，我们到了虾子背①（Hia-tse-pei）。

江水在这里被两道笔直的石堆隔开，岩石高 5、6 米，中间是一条狭窄的航道。

好几块岩石滚落到了这里，与水面齐平；对面是淹没在水下一两法尺深的暗礁，一直延伸到左岸。

江水到这里分成了三股。第一股从两道石堆的出口处涌出，垂直通向河床；第二股顺着石堆，流速极快；最后，第三股被暗礁挡回，与前两股一起，汇聚成了真正的、唯一的一个漩涡。

一侧有岩石，另一侧有暗礁，致使这里变得棘手甚至危险。

经过几次令人担心的偏航后，我们操作小艇，矫正了航向，顺利开到了一道石堆前，离开两三米，寻找水流少的地方，顺着它前行。

行进了三刻钟以后，船走不动了。还好，岸上来了个人，

---

① 译者注：原文注音为 Hia-tse-pe 和 Hia-tse-pei，虾子背，实为同一地名，位于今重庆市巴南区。

我们把纤绳扔给他，他把它拴到岸上。除了下面的机械师和舵柄旁的蒲兰田，我们所有人都拉起纤绳，齐心合力加把劲。

情况实际上很危急，因为一旦后退，落入这种漩涡，后果不堪设想。如果偏航，也不能保证有足够的地方，让我们不落到水里，或者撞上岩石。

5点15分，我们在上面的村子旁的避风处靠岸停泊。

舢板赶上了我们，我们继续赶路，在磨盘滩下面停泊过夜。

……

从鸡心石①（Kin-sin-che）开始，江水汹涌，我们不得不放开舢板，沿着数不清的卵石滩，艰难航行至夜间，这些地方水深只有八九法尺。

在这段江道，水流外表呈"密集"状，像是有几股小泉流从水底冒出，汇聚壮大。

螺旋桨的叶片转动吃力，木船行驶得比我们快很多。

大家清楚地感觉到发动机的功率不够。

夜晚，我们停靠在石牛滩（Che-nieou-t'an）下面。

3月12日——7点30分出发。我雇用了120个纤夫和一条舢板，帮我们过滩。

险滩由几个沙质的或是鹅卵石的岛屿组成。它们多少有些紧挨着，一个接一个，在两岸间绵延起伏。

就在下游，左岸地表满布石子，连绵成平台，骤然往下伸展。

拐角处漩涡汇集，汹涌不息，溢出一股逆流，沿小岛而去。

两道暗礁都延伸成浅滩，刚好被江水覆盖，正对左岸一个高大的乱石堆。

---

① 译者注：原文注音为Kin-sin-che和Ki-sin-che，鸡心石，实为同一地名，位于今重庆市巴南区。

纤夫们从右岸拉纤。为避开水流，我们冲入直接往右去的几个漩涡。

先是遇到多处深水，然后进入主流，水深10法尺。

舢板试着把纤绳传给我们；第一次被水流拖住了，没成功。

眼看拿不到缆绳，我们靠近了小岛的右岸。

这时，船只遇到了逆流和一个漩涡，小艇被冲得横漂在水流当中。

我把船往后倒，调正航向，我们重新操作，完全成功。

机器提到全速，我们慢慢前行，跟着航道，离下面的礁石只有5法尺。

可我们现在已经进入了主航道，木船从此沿江而下。

突然，上面的水流豁然平静，我们松开纤绳，只靠船的动力前行。

这时，水面没显露出任何征兆，探测器探出水深4法尺。虽然机器马上停转，我们的右舷还是擦挂了一下，还算轻微。

实际上，本应在此处经过两列没入水中的岩石。但是中国引航员并不熟悉蒸汽船，通知得太迟了。

"9点30分，我们到了江津县（Kiang-tsin-hien），在此停船，采购了些东西，11点出发，前往油溪场（Iou-ki-tchang）。……

3月14日——出发前，我又雇用了纤夫，去过金刚沱（King-kan-touo）和它上面的两道险滩。

满清官方不得不派兵力来护送苦力一路拉纤，这还是第一次。

我们8点出发，一路通畅。纤夫们刚开始有些不适应，后来做得出乎我们意料的好。

长江岸

……

莫诺的报告拖拖拉拉，没完没了地讲述些艰苦的操作、搁浅以及危险的拉纤。

到了牛脑驿场附近，没有任何人来寻衅滋事。但是当地居民害怕打击报复，都逃走了，或是躲到附近，没有纤夫，航行更加难办。

江水沿着卵石滩不停息地"奔流"，江底远不是蔡尚质神父的地图上标记的那样。莫诺在来信中说，看着蔡尚质神父的地图，觉得只有靠探测器显示的水深有多少法尺，才能明确知道实情。

一时间我开始担心小艇的安全。我写信给莫诺，告诉他，如果他过于害怕这些层出不穷的事故，我听任他决定停船或者返航。

但是返航可能比前进更危险。泸州以上，江上稍微好走些了，或者至少难以经过的地段没那么多了。

但是这段时间里，筲箕背（Siao-che-pei）可能是重庆——叙府这一段江上最危险的地带。3月22日，"大江"号从这里穿过去了，没出事，但也没少费力气。

终于，3月23日，抵达叙府，莫诺写信给我说，船绝对走不动了。

螺旋桨已经扭歪了，舵也损坏了，几乎不再听使唤。

但是目的还是达到了；只是我们需要大修一场，好让小艇恢复原状，继续执行任务。

在此期间，我委托莫诺立刻到叙府找个锚地。就在附近，找个可以建仓库和住房的地方，当然会比重庆的要简陋许多，但是可以用来让我们的人员稍事休息，清洗船只，并在我们不在当地的时候存放一些供给品。

第六章　从重庆到叙府

海军上将拜尔的电报——他派来了普莱西指挥官——"奥尔里"号顺水而下到盘沱——石尾滩——兴隆滩低水位的时候——舰长到了——回到重庆——美国人在中国——麦卡特尼医生——艾丁格医生——内格尔第在叙府——不太礼貌的海关关员——清帝国的海关——行政下属机构——罗伯特·赫德①先生——海军上将孤拔②的陈年轶事——重庆海关税务司想跟我们作对——开始涨水了——我们出发去叙府——与阿斯先生的会面——盐业垄断——"屠夫"——水流和疾流——我们在叙府的农场——勘察金沙江——蒸汽船的终点——我的箱子被偷了——云南考察队方案

---

① 译者注：罗伯特·赫德，曾任清帝国税务总司达半个世纪之久，并曾负责长江各口关务。
② 译者注：孤拔，海军上将，法国远东舰队司令，曾促成印度支那的建立，并打败清帝国南洋水师。

重庆附近的大佛寺

这时候，我收到了海军上将拜尔的一封快件，海军上将鲍狄埃回法国了，拜尔临时代替他指挥中国舰队。

上将告诉我，他将派遣副参谋部长，海军中校若绍·迪·普莱西（Jochaux du Plessis）来重庆，"亲自到现场"看看，对我们进行一次年检，这是原则上每艘战舰都必须经受的，再实地了解一下我们的需求。

他还要我乘"奥尔里"号顺水而下，到尽量下游的地方去见他。

以前我曾反复思量，想稍后做一项常规研究，这下子事情来得比我预计的要早。

在低水位的时候（我们现在正好处在枯水期），是否可以在重庆下游的江段航行？能航行到哪里？

首先，别想行驶到兴隆滩以下，这明显不切实际。

在这点上，蒲兰田也并不"先入为主"地认为这绝对不可能。但有件事却让我满心狐疑：英国炮舰来重庆两年了，船身吃水不到3法尺深，为什么他们却没有尝试过做这事呢？

我觉得很可能的是，英国军官们未曾打算一试，不排除是因为去探测了之后，事先就肯定这事毫无胜算。

但是，在跟引航员冯密以及其他木船老板多次聚会商议之后，我还是下定决心要试一试，要谨慎前行，每到一处不易通过的地方都先探测一下。

4月25日，我们从重庆出发了。江上的航行看起来比我预计的要容易得多，这真叫我惊喜万分。

所经之处，水并不深。就算这样，水深也不少于7法尺。我们经过的唯一一处真正危险的地方，是石尾滩（音译，Che-ouei-t'an）。

一块岩石形成的尖岬伸展向前，与一列卵石滩汇合，右边，水流突然改向，形成近90°的拐弯。很容易理解为什么当航道变窄，对于大吨位的船只，这类状况的通道几乎都是危机重重的。

船只一旦进入水流，就会保持航速和航向，一直顺水撞到岸上去。

需要眼睛都不眨地紧盯着，才能"预测"和"预知"这种事情。

26日，我们停泊在盘沱，我们的老位置，等着若绍·迪·普莱西指挥官来，带他去参观岩窟的庙宇和治病的佛。

兴隆滩很恐怖。眼下，漩涡威力十足，翻卷出一个真正的大旋流。可是众多的木船还是继续行进。

我们到了两天以后，副参谋长的舿子到了。

被称作舿子的是一种只用来载人的小木船。船身三分之二的长度都是木质的舱面室，用活动隔板隔开成几间。普通木船上只有一间大的席棚，只有在船尾才有个专门留给老板用的木板小间。

舰长乘坐的舿子是一种叫"麻秧"的船，两边船舷的舰桥一直延伸到甲板。对要去长江上游的人，我都推荐乘坐这种船，没比它更好的了。

只从舒适度来看，就更好理解，再加上它还有个好处，很低，所以更平稳。

中国木船上的木板都拿桐油上了一层清漆，呈黄色，看起来通常都非常雅致。当然，我并不是说欧洲人会觉得极度舒适，但是有席子，有顶棚，坐在上面基本上可以算过得惬意。

我们事先做了周密准备，为的是指挥官的木船可以平安无虞地穿过险滩，事实上他们一行确是畅通无阻。

要尽量少冒危险，穿越这些险滩，或者说得更广义些，在长江上游航行，最为根本的事，是要坚决要求船老板使用状态良好、足够结实的竹缆绳。

无论在哪里，概括说来——这是他们的性格特征之一——中国人在做事的时候，从不会第一次就想好足够的办法。他们一开始总是不得力。需要经历，有时候是残酷的经历，才能使他们改变做事的方法。

通常说来，如果过滩要准备三根缆绳才算谨慎，他们只会准备两根，更别提还不够结实。

为了节省几个铜板而在长江里损失上百万钱财的事，不可胜数。

花了3天时间，我们到达了重庆。比起11月，长江上的航行容易多了；只有湖心滩（音译，Hou-sin-t'an）需要花大力气拉纤。

我们到达前一天，涪水涨水，经过浅滩地带更为容易。5月1日早晨，我们到达王家沱的锚地。

不管我们的航行多么轻松，还是了解到些情况，某些地方水深只有7法尺，吃水线高于我们"奥尔里"号的蒸汽船是不能航行的。在这种水流中，龙骨下还需要有2、3法尺深的水才能保障安全。

在路上，有艘木船靠近了我们，船上载有一个美国传教士家庭。他们的孩子病了，在发高烧，他们让我们捎个口信给他们的教友马克·麦卡特尼（Mac Carteney）医生。

马克·麦卡特尼医生用其同胞的捐赠，在重庆建了座医院，现在正在进行收尾工作。他同时还是卫理公会的负责人。

美国人开始有条不紊地在中国定居下来。尽管为时不久，但对欧洲人来说，他们是不容忽视的竞争对手。

我们也弄不明白，美国领事馆在重庆已经建立好几年了，为什么美国政府会把它撤掉。

我们跟马克·麦卡特尼医生的关系一直都好得很。在我们的医生因公或因事不在当地时，他还来照料我们和我们的人。

内格尔第常去看他，还参加过一些手术，因为前者就是个很好的外科医生。

确切说来，目前我们就很可能需要他的友情帮助，如果我们这边年轻的法国医生，艾丁格（Erdinger）医生，既是领馆的正式医生，可能去又要领导天主教堂的医疗工作的话。

仅靠手中已有的工具，莫诺无法在当地修好受损的小艇。因此，我决定在他们完成绘制水文图的任务后不久，就召他回来，另派内格尔第到叙府去替换他。

万县的桥

我曾说过想在叙府建立第二个中心。先是泰里斯和马基，后来又是莫诺，都做了一些研究，让我联想到，我们可以在右岸，城市最上方的下游一点，找个有利位置。

一片方便下锚的沙滩，一处高水位时可以停泊的江岸，一块待售的土地，上面已经建好一栋中式房屋，只管按照需要买回来，这一切，让我感到好像都是专为我们准备好的。

只需要着手把这块地搞到手，不要引起中国人和其他欧洲人的注意。要找到正确的渠道和方法。我知道内格尔第坚定、谨慎又周密，我至少要让他承担这件事的初步工作，只把最后的方案留到"奥尔里"号到达叙府以后再确定。在此期间，迪·普莱西指挥官作全面视察；建筑群已经初现轮廓，巨大的立方体石块已经堆砌起来，基座已经筑好。

5月6日，指挥官走了。

在他逗留重庆期间，英国官员们都争先恐后来拜访他。只有一个官员装作根本不知道法国远东舰队的副参谋长莅临。

这人就是海关的英国税务司，沃森先生。

除了想把装载普莱西指挥官的木船扣留在王家沱海关，他是否已经想不出更好的办法了？

在"奥尔里"号到达长江上游之前，任何炮舰，以及他们派出的任何船只，都不需要填写货物报关单，这简直不是个问题。

从去年年底起，沃森先生和他的宜昌同事昂温（Unwin）先生，也是英国人，"在同英国领事们商议之后"，搞出了一种什么通报，既没有得到北京方面的法律认可，甚至也没有海关总税务司罗伯特·赫德（R. Hart）先生的签名。通报全面规定，在长江上行驶的欧洲船只都要申报他们货物的内容，还要求他们悬挂一种特别的、蓝色的旗帜，被称作海关小蓝旗。

我看到过有关这个决定的通知，但它并未引起我的重视。按照治外法权，战舰应该不在此列。

但是这要么关系到他们，要么关系到我们，就像我才听说到的一样。

为了知道此事到底对我们以前或者现在有多重要，以及对其他的英国以外的列强有多重要（德国、美国，等等），不让中国海关超越权限，需要回顾一下它从开始到现在是个什么样的行政机构。

在第一次中国战争之后，一方面，为了确立有规律的税收，监管战争赔款的支付，另一方面，也是为了对欧洲人与中国人的贸易往来提供安全保障，各国要求中国建立海关行政机构，只针对向欧洲开埠通商的口岸，并由欧洲人来领导。

机构的最上层安排了一位代理人，很快展现出其天才，他就是罗伯特·赫德先生。

他所创立的机构，建立在军事基础之上，一开始就显得完美无缺。

在他的命令下，在每个开埠港口，都设立一个税务司，由欧洲或中国职员协助工作，应欧洲人或中国人的要求，集中管理税收实施事宜，这些人的航行也都是在为欧洲人做事。

可是这些地方行政机构的上司却是中国道台，但他不能直接干涉，只能监督海关工作。若有争议，必须到北京解决。

相反，只有道台才能按应征税额收税，税收份额由海关核定。从此，满清高官再也不能不向北京全额上交税款；在这个机构建立以前，他们一直自行设立、抬高或减低征税，现在再也不能那么做了。

英国和法国曾联手进行了中国战争，在海关职员人数中占有一半人，是比例最大的，其他列强所占职员人数与他们的贸易额成正比。

在罗伯特·赫德先生的有效推动下，应该承认中国大清海关做事卓有成效。沿江安装了灯塔和航标，此事应归功于他们，干得漂亮。

如果法国看到大清海关一直严格保持这种立场，既中立又国际化，那就再好再公正不过了。但事实却并非如此。

罗伯特·赫德先生循序渐进地让海关变成了英国人开的。原则上，各种检验本可提供大量职位，现在只留给英国人了，而且附上最特别的待遇。他们已经忘了，在法国，也有大量青年，希望找到又体面又有优厚报酬的工作。在这个行政机构里，罗伯特·赫德先生拥有绝对权力，所以最终从根本上随心所欲安排行政职位。

如果他不像这样，为己国之利，殚精竭虑，就算不上一个好英国人了。

为了不过于引发众怒，他也留了些职位给法国人，但大都等级低下，既无权也无责。

重要职位顷刻间都揽入囊中，几乎全部，要么给了英国人，要么给了瑞士人、挪威人，等等。这几个国家的人在中国很少被招聘，正好要求他们处处按英国人的政策行事。

一切都做得很巧妙，可以说是拔光了鸡毛还让鸡没法叫屈。罗伯特·赫德先生外表上很会做样子：他常让我们吃亏，但是非常有技巧，每次都配得上自己荣誉勋位团中要员的身份，人家是其中的外国显贵。

我甚至可以举出一个海关关员的例子。当海军上将孤拔（Courbet）进入岷江时，这位职员登船做了全面检查，甚至还告诉中国人，等待着他们的是什么……

另一方面，海关的欲望变化无常。只要它的收税行为都只针对欧洲人，或是欧洲人的财产，都无可厚非。但是有一天，有人发明了"航运公司"。

这个词的意思是这样的：一个欧洲人，就算身无分文，也能在宜昌定居下来，比如说，开家"航运公司"代理行。

从此，所有想在长江上行船的中国人，只需要交钱，就可以让人给他开张证明，说明他们属于该公司，这样，他们就可以改像欧洲人一样交税，转而逃避真正的中国地方税务机构，"厘金"局。

显然，这一行业得以出现，首先错在"厘金"过于贪婪。厘金在全中国都征收，搞得怨声载道。

可就算总督廉政且有效率，也满足于该收多少税就收多少，同样不会让收入中最为重要的一部分白白流失。

然而，在中国，财政开支归地方管；北京收钱，但不拨钱。可是总督们也需要有收入来养军队，来完成公共工程等，更别提还要送厚礼保官位。

要想摆脱困境，他们只有提高内地税收，对生活必需品增开新税种，却又引发全国的不满情绪，中国各地发生的暴乱里有不少是这个原因造成的。

还有，海关关员们面对中国人也越来越趾高气扬。我要为罗伯特·赫德先生说句公道话，在海岸码头，一切都明朗化，他坚持要亲信们不要去触怒中国官员们。

但是在中国的腹地四川，情况却不同。我已经讲过那个不起眼的小职员的故事，他要道台满足自己，让人用道台的绿轿子送他。在重庆的中国官场，沃森先生远非受欢迎之人，他染指练兵场，与英国领事馆达成默契，好处对半分。官员们虽然表面上什么都不流露出来，但不会轻易原谅他。

中国人很记仇，正是这些职员们对中国人如此的态度，点燃了他们燃烧不息的仇恨。

有人告诉我，罗伯特·赫德看到他在北京的住所首先被疯狂毁坏，大为惊讶。他没料到，自己对中国人有益无害（这点是真的），他们却对自己无端怀着如此的深仇大恨。

那是因为他没有明确意识到，他的机构给地方带来了麻烦，他的某些职员行事不公，举止粗暴，却让他来承受苦果。

至于我呢，对海关所为，我既不赞同也不反对，但绝不能忍受它的间谍服务，它整天双眼圆睁，紧盯着我们的一举一动。

嗯，我知道海关税务司每隔半月就要给北京寄份报告，汇报欧洲人的行为举止、事态动态，以及他们运送的货物，等等。

我认可总税务司确实严守中立，另一方面，我又忍不住去想，沃森先生除了英国领事外没一个挚友，每顿饭都跟他一起吃，从海关去领事

重庆附近抬棉花的挑夫

馆还不走外面,而是要人建了条秘密通道。这么样一个人,可能会无意识地,但愿如此吧,对他那形影不离的朋友透露好多事情,而这些事,我宁愿只在我们之间解决。

我跟迪·普莱西指挥官推心置腹地交谈了一番,给他看了海关通告,并请他将情况转告舰队总司令。

不需要再等更长的时间,他自己就会判断出,他在我们心中播撒了什么样的情感。

迪·普莱西指挥官对王家沱海关的告令未加理睬。在他的授意下,我给税务司写了封信,内容如下:

海关税务司先生:

　　在得知您向宜昌方面申诉,控告法国政府所租用木船未悬挂海关小蓝旗之后,在得知您于1901年11月1日和12月13日直接向"奥尔里"号通告的各项规定之后,法国远东舰队参谋长①、总巡视员、总司令海军准将②之代表，委托我荣幸地告知您，对于法国战舰和法国政府完全租用的本地船只，依照国际法，海关的特别规定仅在下列情况下有效：凡货物申报、获取货物免税通行执照、悬挂特殊旗帜，等等事项，必事先通过正常渠道告知我方总司令，并由其向下属下达相应指令。

他回去后将向海军上将提交该案，以期达成规章，既能为清帝国海关提供方便，以警告和制止被征用船只的中方人员走私之忧患，又能在实质和形式两方面，均不损害一个大国既得承认之权利和利益。

在本案得以解决之前，我要求继续坚持在法国炮舰到达重庆之前的惯常做法，1901年11月1日和12月13日的各项规定中，有多项条款并未在外交协议中提及，我们要等待指令，以决定其实施。

当然，也请您相信我们的诚意，我们无意阻碍海关执法，以及它对于被我方所征用木船之监视，特别是它对有损中国政府的走私之严惩，走私涉及的只是被偷运的物品，因为中国政府所有物资均已免税。

我觉感到了沃森先生的不满。他给我回了信，隐约有威胁之意。信中建议，为避免"事态激化或复杂化"，暂时实施海关规定，直至最终解决方案出台。

这种雕虫小技，一眼就能识破。我才不能听凭他开这个先例。

我回了封信，坚决拒绝接受，并写道：

关于此案，在我们双方的上司拿出最后解决方案之前，我

---

① 译者注：上文提到若绍·迪·普莱西指挥官为法国远东舰队副参谋长，此处写成参谋长，疑为笔误，或故意拔高。

② 译者注：上文提到，若绍·迪·普莱西指挥官被海军上将拜尔派来视察，此处写的是总司令海军准将，内情不详。

强烈希望我们不要再找任何机会，再做尝试，按照你们制定的规定，强制悬挂法国国旗。这些规定中的一些条款，对于您的机构打击走私活动无任何直接益处。

然而我认为必须以我之最大克制，光明磊落、清楚明白地向您声明，我保证，如有必要，我会在我权力范围之内，千方百计保证我的命令得以执行，这是我作为军人的起码职责。

我冒昧地希望您能权衡目前情况，以免让事情发展到极端状态，造成令人遗憾的冲突，直至此案得到最终解决之时。

后来，实际上，在总税务司、法国驻北京公使和海军上将之间，达成了一项协议。

最终出台的规定，虽然细节上远不能让我满意，因为它还是认可了监视和间谍行为，但至少得出结论，清楚认定了，海关规定在得以实施之前，必须经上级官员签字。这样，以后就不会再看到下级官员以防范敌国为乐，制定这类规定，损害一个国家的利益。我觉得这样做对大家都有好处。

随着初夏炎热的到来，江水开始上涨。长江及其支流涨水有两个不同的原因。最初，高山和青藏高原冰雪消融，引起缓慢而规则的水位上升。然后，七、八、九月间，暴雨倾盆，骤然涨水，退得也快。长江上游的河谷，土质多由砂岩和黏土构成，不太渗水，致使几乎全部的雨水都流向河床和支流。正是在这段时间，航行变得真正艰苦和危险。每场暴雨后，大股的水流疾奔向江口，水势汹涌。但现在还没到那个时候。天气晴朗，水位1法寸1法寸地上涨。

水位的最低标记差不多在0刻度，我们下了决心，一旦水位线达到8法尺，就离开重庆。实际上，5月14日下午，我们出发时，水位有10法尺。

我把马基和另外四个人留在了重庆，泰里斯也暂时留下。马基监管建筑施工，泰里斯刚测绘好一段江流，要继续完成他的草图，然后走陆路到叙府来跟我们会合。

14日晚，我们停泊在大渡口（Ta-tou-keou）。

15日6点半，我们又出发了。我们穿过了虾子背，这地方船行下水很危险；在小南海（Siao-nan-hai），我们测得水深8法尺，这是我们在航道上所遇最低水位。

过珞璜石①（Lo-hang-che）不是很难，右边航道的水流不很湍急，但鸡心石却很棘手。船只全力往江中心的岩石上冲。只要错把一下舵柄，或者机器稍微出点问题，船就完了。

4点，我们路过江津县，未作停留。6点30分，我们在油溪场上游停泊。

我们以前在这个镇上存放过煤炭，但是这个锚地太糟糕，或者说根本没办法上货，我只好叫了几只舢板把煤炭送上来。

这天很热；司炉工和机械师们更觉得热。

当"奥尔里"号在长江上游破浪前行时，锅炉几乎要一直保持旺火。在船只经过水流湍急之处时，炉火要旺，煤炭燃烧要充分，所以偶尔经过水流平缓地带时，要利用时机，清扫炉膛，这个活计比加炭烧火更累人。

我们的两个司炉工已经完全筋疲力尽了。一个全身酸胀，四肢疼痛；另一个腿上严重静脉曲张。机械师们也是头晕眼花，肠胃痉挛。但是正是后者必须保证余下航程里炉膛的燃烧状况，全都靠司炉工是不行的，他们的工作仅限于监视润滑剂的效果。

16日，为了稍事休息，我们8点才出发。运气很好，天空布满云层，下午还下了雨。

---

① 译者注：珞璜石，位于今重庆市江津区。

我们连续经过了两个不好对付的地方：老鹰石①（Lao-in-che）和几子坝（ki-tse-pa），5点45分靠岸停船。

17日7点，我们启程前往合江。10点到达。用了8吨煤。

马基曾在牛脑遭遇过风波，总督曾保证要调换当事的县令，现在那县令还在任上。

我拒绝接受他派人送来的名帖，也没有回送我的名帖过去。

6点，阿斯先生从成都过来了，乘的是舼子。我对他讲了海关的事，还告诉他，在合江知县一事上，有人骗了他。

这一晚和第二天早晨，我们都是一起度过的。

18日，我们往前行进了一小段，在牛脑驿场对面一个很好的锚地停泊了下来。

我不想寻衅滋事，只想向这个村子显示一下，我们不费吹灰之力，就可以将其置于炮火之下。

19日6点，我们启程了。10点，经过了平坝子（Ping-pan-tse），这个地方不好过，比较危险。3点45分，我们在泸州停泊下来。

我要去拜访道台。我在他面前忿忿不平，抱怨合江县令并未被调任。他对我保证说下一任县令正在路上（?）。

我听说这个官员有个大后台，一个居住在泸州的"盐茶道"。

四川的一大贸易就是盐业。在很多地方，人们用绳子、滑轮和支架来操作钢质钻机，让它不断下凿，打出盐井，从里面汲出盐水，加热沸腾，熬出食盐。

以前，食盐的价格由生产商和一些中间商议定。后者负责把食盐运

---

① 译者注：老鹰石，今重庆市合江县老鹰岩。

往市场。

有个人从北京宫廷得到了垄断贸易权。从此，无论是买进还是转手卖出，他都随心所欲定价。除了他以外，所有人都吃亏。但是他获取的暴利是个天文数字，足以让他出钱摆平所有的影响，以至于四十年来，他都坐拥这块富有的田产，没人能打败他。

有人给他设了个道台的职位①，他的机构成了一个真正的王国，独立于地方当局之外。

需要有非人的底气才能保住他的位置，他让人砍掉的人头数不胜数。泸州人称他为"屠夫"。

为了确保能得到地方上的支持，他会向想当官的人预支一笔钱，帮助他们买得官位。欠钱的人就靠压榨民众偿还债务，并且利用职权为他效力。未经这块田产的主人雁过拔毛，中国人不得开采、运输、贩卖一丁点的食盐，实际上就是每天间接给他交税。

确切说来，合江知县就是这么个向盐茶道借了钱去买官的人。盐茶道自然会千方百计保住买官者的职位，否则，他花出的钱就收不回来。

泸州的传教士古尔丹神父（P.Gourdin）来到船上。他已经65岁了，在中国待了40年，一直没回法国。他最为遥远的记忆，是他还是个小男孩时，在杜勒利花园（Tuileries）与皇子一起玩耍时的情景。

5月20日7点，我们出发了。我们经过了小米滩（Siao-mi-t'an），11点15分停泊在纳溪（Na-ki），1点30分再次出发。

26日，我们经过了新滩子（Sin-tan-tse），9点30分，又经过了江安县（Kiang-gan），未作停留。3点，我们到了筲箕背，目前长江航运重庆至叙府段最危险的地方。

在与激流艰苦搏斗之后，要几乎垂直地穿过夹在一列卵石滩和一块岩石之间的水流，一股强大的水流把船只冲成横漂。我们安然无恙地通过了，只是刚好通过，要让一艘比"奥尔里"号更长的船在这个季节里

---

① 译者注：清朝设盐茶道，1910年四川改为盐运使。

中国农家

航行穿过这个地方，我觉得并不可能。

从这里开始，直到叙府，长江变得易于航行。我们在国公山（Kouo-kong-chan）对面的沙滩找了处很好的锚地过夜。之后，22 日 8 点，我们到达叙府。

我们立刻停泊到以前选中的位置，小艇已经在那里了。

重庆上游的水况实际上和它下游的水况大相径庭。

难于通过的航道几乎是一样的。一面江岸是凹陷的绝壁，下方堆满了崩塌下来的岩石，根本不可能靠近。

对面江岸紧靠一列卵石滩，岬角就在那里，朝着这岸悬崖的方向伸展，水流的横断面立刻变窄。

结果就是，岬角处水位猛涨。下游卵石滩，江水拍岸，倒流涌回，可能水位涨得更高。

除了水流的这种状况，我前面已经说明过什么是真正的激流险滩，但因为没有解释性的、可令人接受的现成词语，我们习惯上把这种水流叫做"密集水流"。

出于某种我所不了解的动力学的原因，水流速度会滞后，会比任何预测的速度都慢，以至于给人的感觉是，船是在黏稠的液体里航行。

这些地段并非真正的激流险滩，但是会带来不少千奇百怪的麻烦，蒲兰田用了个英语词"races"来表达，我们也找不到更好的说法，就翻译成"疾流"。

如果卵石滩完全并入江岸，航道上没有突起的岩石，航行就毫无危险。就算情况再糟糕些，难道"奥尔里"号就不能战胜困难了吗？就不能借用其他辅助工具了吗？比如说，用绞车或苦力拉纤？

可最危险的地方，莫过于水道不够清晰，或者卵石滩与江岸之间，被航道隔开，水流过浅。

遇到后面这种情况，船只一过去，水流就会把船冲向卵石滩。

无论如何，如果水流太急，又需要用绞车拉纤，会有很大难度，因为江岸上难以找到牢靠的固定点。

我想出个主意，叫人制作出扇形的网兜，网料多层折叠、缝边，即是说，把网料周边都用根绳子缝合起来。再用另外的绳带在里边交织，形成很多网眼，所有的绳带都系在网兜顶上的圆环上。

我盘算着，在既找不到树木，又找不到岩石的地方，拿几个这样的东西装上些石头，就可当作拴缆绳的固定物。

还需要说明，在重庆—叙府段，还有个难题就是凸起在航道中间的暗礁，不过这个情况不多见。

主流比下游的更急，平缓的江段既少见又短促。相反，漩涡少了，除了少数的几个以外，也不怎么凶猛。

总之，重庆以上江段的特点是，并没有真正的险滩，只有"疾流"。航行比起宜昌—盘沱段来说，没那么危险，但也算棘手。如果全年航行，船身入水不应超过3法尺，船身长度不应超过30米。

由于内格尔第医生的活动，以及叙府的传教士们你追我赶的努力，我们在叙府的住所情况进展非常顺利。目前，他们暂时的头领是助理主教光若翰神父①（P. de Guébriand），因为叙府的主教正在法国养病，处于康复期。

雷松神父（P. Raison）是房子的建筑师，负责施工；穆托神父（P. Moutot）精通有关地产的所有问题，在按照我所提出的条件，完善房屋买卖事宜。

我们在叙府有很大一块地。有栋中式平房，正在修缮和配备设施，以供我们居住。指我们和其他的人，至少是那些没必要留在船上的人。

有栋小屋，用来安置招聘来的中国人。

最后，还有个农场，有个农户住在那里。这块地在卖出之前，一个勇敢的中国人租种了它，后来它成了我们的地产；他当时花了十五串铜钱的租金，差不多每年30法郎，这在中国相对算贵的了。

我从他那里要走了临江一大块长形土地，用作演习娱乐场地；作为回报，我不收他租金，只提出一个要求，要他用竹篱笆或是荆棘篱笆把我们的地产围起来，每年都新栽四十棵树，其中一半是果树，结的果子可以吃。

不用说，对方高高兴兴接受了，这堆杂事快让他成了个地主。而且，种树也不会没完没了地种下去，过几年，种树这事对他肯定就成了一纸空文。

我们维修了"大江"号。船舵受损严重；出水的地方已经完全坏掉。螺旋桨歪斜了，我们只有小心翼翼把它掰正，一不留意就会折断扇翼。

岷江的真名是府河，现在水位不够高，没办法把小艇"大江"号送往嘉定。

我一边等着水位上涨，一边派莫诺用测量平板测绘江水状况，直至

---

① 译者注：光若翰（1860-1935），曾任天主教川南教区主教，后任广州教区主教。

屏山县。旅行者们说，在城市的上游，有些险滩过不去，我让蒲兰田去查看一下。

蒲兰田妻子来与他会合了，乘的是他们在重庆居住的那艘木船。俩人一起乘船出发了。

直到屏山，虽然水流还是很急（蒲兰田花了30个钟头上行，只花了8个钟头下行），水位足够高，没有蒸汽船确实过不去的江段。

但是从屏山开始，水流突然变窄，江岸越来越高，越来越陡峭。两边的江岸到处都是碎裂开的岩石和崩塌下来的石块。

在45里（1里大概有400米）的江流上，激流和疾流此消彼现，轮番交替，江流变得很窄，只剩下两股疾流中的水团，混杂着漩涡，冲向两个险滩，子滩（音译Tse-t'an），再下面一点，石岗子（Che-kan-tse）。

当地人一般都会在这两处险滩的下游把货物卸下来，到了上游再装上去。

过了子滩，有一段河道长达近20里，水域宽阔笔直，穿过洞洞矶峡（音译Tong-tong-gi），径直流向一条水道，峡口就是新开滩（Tsin-kai-t'an），紧接着就是江北滩（Kiang-pei-t'an）和小纹石（Siao-ouen-che）。

穿过这些险滩，会遇到两股湍急的疾流，再过15里就是副官(Fou-koan)①，江右岸的一个大集镇。

还有50至60里，密布五段疾流和两个险滩，然后就到了吕人祠（音译Niu-jen-tse），这大概就是本地6月份能够抵达的航行终点。

江流立刻向南而去，途经不少风景如画的峡谷。

江流变得更加狭窄，两岸巨石成堆，生成绵延不绝的疾流和漩涡，达20至30里远，直到石牛滩，它看起来是两道险滩，也很危险。尽管中国人说，水位低时，沿着江岸的岩石，会显现出一条纤道，轻型的舢板就可以过去。但是在这个时段，没有船敢去一试。

---

① 译者注：副官，今云南省绥江县内。

他们还说，以前，有种轻型竹船，船身不沉，入水只几百厘米深，这种船可以穿过石牛滩，从上游下来。

太多的船只出事，结果大清官员们下令禁止在这段过于危险的江段航行。

尽管有中国引航员相助，蒲兰田乘坐的舸子也只能到达子滩。他只好回到屏山，租了只舢板。

船走下水，险象环生。舸子几乎难以操控，会被漩涡和水流往四下里乱冲。

蒲兰田靠当地的舢板到达了石牛滩。

从屏山到石牛滩，逆水上行走了22个小时；顺水3小时。

所以石牛滩是可航行江段的终点，就算是中国船也一样。从这里起，处处是险滩、崩塌的岩石、激流和漩涡，完全无法航行经过。

至于蒸汽船，则无任何可能航行越过屏山。

长江叙府上游的这段，中国人叫做金沙江（Kin-cha-kiang）（有金沙的河流）。

不几天前，"丘鹬"号也停靠在了叙府前。据它的指挥官所言，丰水期，江水已经上涨了很多。

几天后，泰里斯在我们的人克雷默尔陪同下，经陆路到达叙府。他们一路小心防范。这地方越来越不安全，四川一直以来都有强盗出没，现在越来越胆大包天。

不久前，我自己的几个箱子就被强盗抢了。从重庆出发的时候，因为船上太挤，我不想把它们带上船，就委托给了中国的货运商家，他们运送包裹和货物，价格低廉，信誉良好。

在纳溪附近，光天化日之下，一伙强盗抢走了我的箱子。

他们把箱子里的一些东西丢弃在路上，但是抢走了最值钱的，其中就有些必需的办公用品，我平时都很爱惜，因为那是我在离开鱼雷艇"警报"号，不再担任其指挥官时，我的手下们送给我的纪念品。

"丘鹬"号停留几日，然后去了屏山，到达那里后，又安然无恙地回来了。

这时，我给海军上将写了份报告，提出建议，完成到云南的考察任务……

我在当地了解过情况，很多欧洲人和中国人提出了各种意见，供我参考。在中国，有个省份，目前还没有人想到要去占领，我们可以考虑合法地考察它，这可以为我们控制印度支那提供有效的帮助。我们应当认清局势。我感到，这个时刻已经到来。

在此，请允许我从借此机会所写的报告中，引用最为突出的段落，不加评述，以便各位更好地理解。

金沙江及云南考察计划报告

叙府，1902年6月10日

四川长江上游地区炮舰数量不足。仅一艘双层法国炮舰漂浮在长江上游水域。

我们可以一直悬挂着国籍旗，从兴隆滩到叙府，甚至到屏山县和嘉定。航行或多或少有些困难，别处在特定的时期是这样，这一段一直都是这样。还有可能做后期研究，以说明如何才能简捷地进入到嘉陵江和泸州的河流。

这些船只很可能很早以前就被加了一层。操作更加方便，更能施展威力。

对于已经取得的，或将要取得的成就，我不想视而不见。我将这些成就列举如下：

在中国，杀戮和抢劫都被归于所谓地方斗殴，它们是使国家陷于阻塞的最常见原因之一，我相信，在长江上，炮舰所能到达之处，这些现象都将销声匿迹。我认为，官府也好，民众们也好，他们都深深明白，一旦发生这种情况，而官府又不能及时有效维持公道，那么我会替他们做这一切。

我们已经证明，而且皆人尽知，我们有能力，也有权力将战舰开到这里。

我们在陆地所建立的机构，或许再加上我们的战舰，已经向中国证明，我们已经明确决定，努力顽强，坚持到底。面对各国列强，它们才是可以面对面争执的基础，如果有争执的话，因为我们已经取得无可置疑的所有权。

我们的出现，以及我们与天主教传教会的关系，对于教会的影响，都是有力的后援，我不是指传播福音，而是指文明教化。

问题无关宗教信仰。在四川，天主教徒必然是法国人，新教徒必然是英国人。一个英国天主教领事或指挥官（有例可证），不得不坚持新教的政策，否则就是背叛国家利益，反之亦然。

另一方面，我们有时候指责一些传教士，说他们的理念有些过于地方主义，他们在中国的某个角落里传教，一心一意，只以传播福音为重，浑然忘却既然法国承担着捍卫他们、保护他们的重任，他们就应该认为自己对法国还负有某种责任。应该看到，这是因为他们已经完全入乡随俗，生根结果，缺乏跟祖国母亲的联系。

他们久居中国，长达20年，甚至25年，一旦跟他们有所接触，就会自然而然、毫不费力地认为，不能过于指责他们有时候难以让人理解。

……

以上皆为正面成就。但是从逻辑上，也应该注意到，这些都是原因，而非结果。或许收获季节即将到来，可还要等多久？在收获果实之前，还得做到不让它被毁于一旦。

让我转而谈及一些清楚明显的事实，我并不认为，直到现在，对于加大法国在四川的扩张力度，在工业、政治和贸易方面，"奥尔里"号的出现已经取得了唯一的影响。

"奥尔里"号在10月13日到达重庆,12日,总督和威灵顿领事(Wilton)已经签订了矿业开采协定,让我深感震惊。一旦协定得到北京方面认可,英国就会取得采矿垄断权。

但是,可以说,幸好"金沙"号出了事,我们才掌握了长江上游的军事优势。

此后,除了马尔托采矿权,我们没有得到任何好处。即使是马尔托采矿权,是以前就授予了我们的,也使得英国受益,而我方纯粹被剥夺了利益。

对此我并不感到特别吃惊。中国人的灵魂在千变万化的生活环境中,可能是好奇和复杂的;但一关乎外国人,他们的情感却是清楚明了的:他们怨恨外国人,不惜一切代价。

这不是仇恨。只要他们觉得旅行者并无冒犯之意,后者可以安然无恙,走遍整个中国,比同时代的欧洲更安全。

当中国的皇帝们不害怕,就算引进了新的信仰,他们还是"宗教"崇拜的对象,这点不会改变,传教士们就受到了热烈的欢迎。

主要是蔑视。野蛮的外国人可以在清帝国里自由自在地生活,但是他们企图靠宗教、艺术、科学、工业、行政,等等,带来某些变化,这就是骄傲的中国人所不能接受的。这种骄傲,可以让最下层的苦力坚信,自己比任何一个别的国家的人都更为高贵。这种骄傲,成了唯一跟我们的爱国主义相近似的情感,因为这是"天之骄子"们唯一共同的、能将他们都联系起来的东西。

公正地说,还应该加上,鉴于中国巨大的人口密度,其社会处于长期的不稳定状态。

很大一部分人终其一生,只为糊口,身无分文余钱可用。一块西瓜可有三个人来接连分吃。第一个人吃红瓤,咬过以后,瓜瓤又被放到菜市场卖铜钱(谁都能在北京看到),白瓤吃过以后,绿皮还会被乞丐捡了去。

这种情形下，欧风渐来，它引起的最微小的震荡都会带来灾难。

在叙府，裁缝们无权使用缝纫机，这是制袜厂专用的。只要这里建了家置于欧洲人的保护下的工厂，整个行业就毁于一旦。

要是在主要的险滩都安置绞车，成千上万的人就连日常养家糊口的铜钱都挣不到。

大清官员们任期两年。他们几乎不会考虑做出创新，福泽后人，这可能会导致不满和骚动。

想要不显得与众不同，"没问题"一词至少表达得淋漓尽致。一个想有所作为的好官，众人都不会去谈及他。大家都知道，他只是经验不足，随着时间的推移，他唯一的愿望，就是什么都不改变，把问题推给下一任。

至此，我无比敬佩那位外交家的耐心和恭顺，他据理证明，希望能够说服大清高官，为了其最大利益，他应该特许由欧洲人来开采矿藏，兴办工业，等等；应该让大量的欧洲人进入他的省份；应该简化工程师、建筑商、商人的工作。但我更为敬佩的，是这种坚韧不拔的天真，以为没有任何直接动机、恐惧或利益，他的对话者就会听信他的花言巧语，被他卖了还替他数钱。只靠口若悬河，请君入瓮的故事很难重演。

……

这就说明为什么"奥尔里"号的出现既未带来前者，也未带来后者（恐惧或利益），我们在挺进四川的道路上仍然驻足不前。

我说过，"奥尔里"号会阻止长江沿岸的屠杀和抢掠，因为它可威慑匪徒，而中国却一味否认匪徒的存在（目前状况即是如此），任何欧洲国家都不会认为惩处匪徒的罪行是坏事。

……

如果我们把在四川的行动仅看作是重庆和叙府间一两艘炮

舰的事，我们已经明显不可避免地落后了，我们只有在中国大量增加海军力量的投入，或可补救，除此之外，别无他法。"奥尔里"号可能会挽回面子，给我们的同胞或受我们保护的人以慰藉，增强他们的安全感，成为值得关注的水文地理研究的借口，但是若对"奥尔里"号寄予更多的希望，无疑是自欺欺人。

我们不得不自问，是否应该只甘心于这一点点成果，还是通过别的渠道、别的方法，得到更好的结果，或者是有助于更好的结果。

……

在此，我们再回头看看那个最强大的国家，那个让人不得不退避三舍的国家，因为不论是清帝国的军事力量，还是其他列强心怀敌意的反对，对它都无能为力。在同样情况下，总是中国在让步，它甚至是微笑着让步，因为这样可保全面子。

面对他们所取得的硕果，如果我们还要加以理智，谨慎行事，不去抢夺陆地上的合法占有权，简言之，不去攻占，而仅仅是附和他们的进攻；如果我们想方设法与英国人寻求一个协商的基础，公平合理地划分我们的势力范围，那么只有在将来我们的巅峰状态下，这个基础才易于找到。我相信，我们目前的努力，都将被歌功颂德，当作丰功伟绩。

铁轨铺设的进展每提早一天，都是在战胜英国人的影响，如果我们足够幸运，足够能干，无须太大损耗，就可等到铁路铺设到叙府的那一天，我们就能提出我们的合理请求，并要求得到承认。

上将，貌似我喋喋不休，谈论了一个纯属政治范畴的问题，本来海军并无权过问。

这只是因为，我想显示，对考察一事，我并非一时头脑发热，而是做过严肃思考。

正因为如此，在未接到任何指示，从未获知该以何种行为准则指导我们在此的政策,甚至怀疑除了"见风使舵"外别无办法的情况下,我必须进行思考,争取从观察中得出某种看法。鲍狄埃上将曾指示我与云南方面接洽,我只是照此指令行事。

但是我不敢妄称不犯错误。此事主要涉及云南领事弗朗索瓦(François)先生。因此,我荣幸地向您汇报,我已经向他去函,展示了我的方案。从我们的通信交流来看,我认为双方意见完全一致。如果有不同的看法,应该是出于他那方面。对于我们的政治行动,他心怀忧虑,负有责任。我们越是应该帮助他努力行动,就越是应该避免给他招惹麻烦。

……

在有任何行动之前,首先应该确认:

1. 金沙江上游确有可航行江段;
2. 有足够通达的陆路或水路通道,可确保我们运输拆卸后的小炮舰部件。

我要求去查看的其他事宜。只在实地核查后方能展开有效

纤夫

讨论。

"任务的实施"。要得知金沙江上是否适合航行的确切情况，并非易事。其江流并不完全适合航行，无法成为贸易通道。以下是我搜集到的情况：

木船可整年航行到屏山县。

在上游，直到蛮夷司①（Man-i-se），金沙江上，蒸汽船已无法航行，但是当地的内河船可以通行。

在蛮夷司，有个急拐弯，终点处是险滩和窄道。据中国人说，以前竹筏可以去到更上游的地方，这也是事故频出的原因，最后官员们禁止在此段航行。这都是真的。

然后是一段险滩重重，险象环生的江段，很可能直到巧家厅（Siao-kia-tin）②，都是这样。

从这里到龙街③（Long-kai），我没有确切的资料。龙街是金沙江和马河④（Ma-ho）的汇合处，马河又是从云南府周围径直下行的河流。在金沙江的这段找到可通航的江段，我并非不抱希望。不管怎样，没什么证明不行。

相反，从龙街到马上⑤（Ma-chang），光若翰神父曾走过水路，他并不认为有多大问题。

最后，从马上到金江街（Kin-kiang-kaï），我们察看了"德·沃克塞（De Vaulxerre）⑥先生的地图后，得知他曾借道水路。大理府（Ta-li-fou）周围有条支流过来，其河口就是金江街。

总之，这一切让我们相信：

1. 在250公里长的江段，即，从龙街到马场，以及更上游

---

① 译者注：蛮夷司，今四川省宜宾市屏山县新市镇境内。
② 译者注：巧家厅，今云南省巧家县。
③ 译者注：龙街，今云南省楚雄州元谋县江边乡龙街村。
④ 译者注：马河，今龙川江。
⑤ 译者注：马上，位于今四川省攀枝花市格里坪镇经堂村。
⑥ 译者注：德·沃克塞(1853—1941)，著有《云南行记(*A travers le Yun Nan*)》。

的一百多公里，在金沙江上，当地船只可以航行，很可能特别建造的蒸汽船也可以航行。

实际上，在必要时，我们可以设计一种蒸汽木船，若水道过于危险，难以行进，就使用缆绳牵引，在水流平缓的地方，就靠船的推进装置航行。

2. 有可能这类航行可以延长下去，到达龙街下游一百公里的地方。

小炮舰的部件可拆卸，全部重量不到 25 吨，可用木船运载至蛮夷司，毫无困难。要是认定从龙街到蛮夷司途中，没有任何一处可以走水路，那么运送这些部件最多要走四百到五百公里。

比起把炮舰"魔术师"号和"尼日尔"号送到尼日尔河，或者把它们从费德尔布大桥①（Faidherbe）送到刚果河（Congo）盆地和尼罗河（Nil）盆地间分水线上，此行并不更为艰巨。

我有幸向您介绍考察队的目的，那就是，勘探金沙江，直到大理，快速地从水文地理方面了解其可通航部分，寻找从哪里起就不能航运。

无论是关于金沙江上的炮舰，还是关于今后要坚持的政策，此次考察都丝毫无法预见其后要采取的干预措施，这些都是无法"一下子"就决定的问题。

我们将于八月底从嘉定回来，所以我请求在九月出发，并将留迪·布舍龙先生暂时代为指挥此地，他绝对能够胜任。

我预计此行将持续两月左右，在此期间，"奥尔里"号留在叙府待命。如有意外情况，我需要延迟归期，迪·布舍龙先生、我的军官们和蒲兰田完全有能力驾驶"奥尔里"号回到重庆，以免水位下降时被困。这毫无难度。

---

① 译者注：费德尔布大桥，位于今塞内加尔，为纪念一位法国将军而用其名。

我随行带走三人，以及步兵中尉马基先生。如果有劫匪和土匪，这支小型武装力量已经足以让他们保持敬畏，这是唯一要担心的危险。这条线路，除了考察河流这一特殊目的以外，并非新鲜事；众多的旅行者都曾全部或部分地走过这段，从未出过事。

我们将采用中国的交通方式，以减少需运输的行李。如果地势允许，我们就坐轿子（更确切地说是滑竿）去，或者步行去，但只要可能，就不会离开江岸。

……

到了龙街，马基先生会转道云南府。在这两地之间，实际上有条路，可分六段走，光若翰神父曾走过几次，他认为道路可作简单修缮。一旦火车能通到云南府，它就将成为炮舰的供给线。

马基先生会考察此线路，在条件许可的情况下，以及在同弗朗索瓦先生商议之后，还会考察金沙江最南段与云南首府之间这片区域的地形地貌。

这个工作一旦结束，马基先生将提出回国请求，要么经长江，要么经东京湾①（Tonkin）。

……

结束之前，我再补充一点，现有一新情况，实属大幸，它为考察任务的成功提供了保证。

光若翰神父明确表示，他有意在今秋走访教区内的传教会和基督教社团，它们散布在金沙江沿岸的教区。我毫不怀疑，靠着他的爱国热情和献身精神，他定会决定与我们同行，虽然这会让他自己的工作延缓期限，增加难度。

光若翰神父智力超群，品德高尚，极具价值，并熟知当地语言及风俗，凡此种种，将使之成为我们最好的合作伙伴，同

---

① 译者注：东京湾，指越南东京湾，今北部湾。东京指越南河内。

时，有他同行，也保证了我们可与遍布金沙江沿岸的当地基督徒协作。

　　再无可能找到更好的帮助和顾问。

海军上将鲍狄埃的继任者，海军少将马雷沙尔(Maréchal)，刚刚上任，指挥法国远东舰队。

　　他告知我，已收到我的报告，他认为，我的方案是经过深思熟虑的，他会将其提交海军军部。

　　方案未获批准。它们是否应该实施，后来发生的事情会揭晓。

　　……

第七章　从叙府到嘉定

我们在叙府停泊——古墓——在中国，死人与活人争食——天主教传教会——教法语——通往印度支那之门——叙府和成都开埠通商——让人担忧的消息——国际礼节的缺陷——我派"大江"号前往嘉定——泰里斯的航行报告——启程——虎头蛇尾——"奥尔里"号搁浅——湍急的河流——糟糕的航行——犍为县——叉鱼子——嘉定的洪水——在西坝镇停泊——猛烈的暴雨——到达嘉定——一次成功的疯狂行动

木船

　　我们开始在叙府安顿下来，被我们称作农场的地方已经初具规模。有个角落风景独特，这里有些古墓，巨大的石头雕像已经被时间侵蚀得遍体鳞伤，但大多数依然屹立不倒。那些倒下的雕像被荒草所掩埋，蜥蜴在上面晒太阳。雕像中有和尚、马匹、狗，还有细长的圆柱，柱头上的图案已难以辨认。雕像下方有些依稀可辨的说明文字，一下子把我们拉回了弗朗索瓦一世①（François Iᵉ）的时代。旁边的家庭可能没那么有钱，就是一些小墓穴，上面覆盖着泥土，用石板封好。这等于占用了同样多的耕地，因为它们属于那些被埋在下面的人的后代，而后人不可能将这块土地卖掉。这里最气派的坟墓属于一个叙府的乞丐。

　　可以这样说，在中国，死人与活人争食，我认为，这块良田的四分之一就这样被浪费掉了。

　　中国的老传统是，在改朝换代的时候，要毁掉上一代的坟墓。但明朝灭亡后，现在的朝廷为了赢得民众好感，没有坚持这种习俗。

---

① 译者注：弗朗索瓦一世（1494—1547），法国国王，其统治时期，法国文化高度繁荣。

我们一行人常去叙府北边的一座天主教会。它坐落在一栋中式建筑里，但让我们感到再舒适不过了：一个大庭院居中，外面走廊环绕，走廊上的石柱还是雕花的。

旁边就是教堂和学校，这里指城内的教堂，因为郊区还有两座。学校由刚来中国的神父们管理，目前已经在教几名学生说法语。

我以前经常批评这些天主教传教士，觉得他们没有在国外传播我们自己的语言。他们的回答不无道理，他们说，在最后一刻，我们才似乎不紧不慢地来到四川，驻扎下来，叫孩子们劳神费力地去学，还真不能肯定用不用得上。

然而事情并非如他们所料。叙府天主教会已开了先河。在往返云南的火车上，他们安排了些学生去做翻译，哪怕他们只懂片言只语的法语也行。至于我，在需要的时候，从来没有找到一个哪怕勉强可以给我当翻译的中国人，有时候真是受够了。

幸运的是，教会似乎已经填补了这一空白。现在，在重庆和叙府，大量的法国传教士已经积极投身于法语教学中。

弗朗索瓦先生在东京、四川和上海之间设立的邮政服务终于运行起来。

印度支那邮政总局派人在重庆设了个办事处。直到重庆，业务都再简单不过了，在各个天主教会之间穿梭即可，如此这般，一直到宜昌，邮政包裹才需船运。

而这种新式服务却倍遭他人冷眼，一方面是中国海关，他们垄断了邮政运输，直至此时；另一方面是汉口和上海的邮局。

我们派到重庆去的这个邮局代理人很有干劲和魄力，不过面对可能会遇到的重重阻挠，他还需要使出浑身解数才行。

中国终于宣布成都和叙府成为欧洲的永久性通商口岸。

至少，我认为，不管总督有意如何反对，事情已经定了下来。他从这两座大城市得来的直接税收很快就会从眼皮子底下溜走了。

同时，在这两个城市，通过他们的官员和安插在海关里的人，英国也会加大其影响。

想到这里，我就特别遗憾开放通商口岸。另一方面，如果我是中国人，眼看着别人一点一点吞噬自己国家，这种做法我也不能忍受。

之前北京大乱的时候，四川还一片平静。而现在他们为了支付战争赔款，不断提高赋税，而且还把总督的俸禄扣了很大一部分，这些俸禄，总督的前任们都是领取了的。

我当然知道民众怨声载道。之前在重庆的时候，我们遇到过一次杀猪匠的集体罢工，最后差点演变成了骚乱。有些人敌视外国人，煽动人们对我们的仇恨，声称他们的皇帝是欧洲人的阶下囚，他是不情不愿，颁布诏书，加征捐税的。这一切给我留下极坏的印象，实际上，如果我们得罪了那些能够呼风唤雨的大清高官，那我们也不会有好果子吃。

坏消息不断从成都和嘉定传来。在叙府的传教会，人们好像觉得这些说法夸大其辞，我却觉得事情并非完全是他们想象的那个样子。

而且幸运的是，6月24号，江水开始上涨，"大江"号可以准备开始继续前进了。我暂时把"大江"号的指挥权交给了泰里斯，他和蒲兰田两人一起出发，依照惯例，用一只大型舢板与"大江"号拖驳而行。

21号，下了一场大雨，导致了第一次江水疾涨。

涨水过后，长江水位明显再次下降。府河盆地降雨不多，所以水质清澈如旧，水位上涨不大。但是，由于长江水倒灌，到了府河，水流量虽然减少，水位却稍微升高了一点。

出发的最好时机已到，如果航行中不再涨水的话。

在"大江"号出发后的5天内，府河的水位依然在缓慢有序地上涨，24小时内上涨了两法尺左右。

叙府和嘉定之间距离大约95海里，木船下行时，船的自身时速为2海里，12小时可到达，这说明这条河①水流时速大约在6海里，跟

---

① 译者注：作者在提到府河，即岷江时，有时用"河"（la rivière）一词，有时用"江"（le fleuve）一词。译文同此。

"大江"号的航速差不多。

"大江"号需要不断寻找水流小的河段，然而这些河段也是最浅的。在鹅卵石河滩上，水深4.5法尺，螺旋桨造成的漩涡会将这些卵石卷起来，打在船身上。卵石对螺旋桨非常危险，会把叶片打歪。

而且，在浅水中航行，稍微一点偏航，或者很小的漩涡，都会立刻导致船体前方或后方搁浅。另一方面，要继续前进，就算再慢，河底距离船底也必须有5至7法尺深的水。

实际上，小艇"大江"号溯水上行时，所遭遇到的困难和棘手的状况，大都是因为需要找浅水的地方导致的。

到达以后，泰里斯给我寄来"大江号"的航行报告，我在此节选如下：

海军中尉泰里斯就"大江"号从叙府溯水至嘉定报告节选。

8点15分，我们进入府河，水流较急。一直到杨家滩（Yangkia-t'an）下游，我们都靠右岸走。我们经过了两座寺庙之间的江段，然后沿着河的左岸，以较快的速度通过了这个险滩。

经过险滩之后，水流较急。在绕过一个小岬角时，下方出现涡流，把我们的船直接推向大块的岩石堆，我们用船篙才勉强停住。我们两次避开，又两次被推回去，最终避开了。因为这个小岬角，我们只得用船篙撑着河底，才通过了这小段航程。

将近9点40分，我们到达了慈母坪（音译，Tse-mou-pin）下方。船员把细小的竹编纤藤抛到岸上，让岸上的30多名苦力拉着我们的船前进。

这个险滩刚好在一个山崖下面，苦力们在山崖上面，拉纤非常吃力。缆绳在岩石上摩擦，被割开，断掉。我们送过去一根更粗的缆绳。为了减轻重量，我们松开了舢板。10点15分，终于通过了险滩。

……

将近 12 点 45 分，花了两个小时航行了一海里以后，我把锚固定在大卵石上，就在卵石堆停泊下来①。

其他木船也围绕着卵石堆抛锚。其实他们最好用竹绳和竹席，编织一种卵石滩专用锚，在找不到固定点时使用。

但是很遗憾，为陈规旧习所限，人们并没有采用这种简单有效的完善办法。晚上，有些鹅卵石堆会坍塌，所以木船移位漂走的事并不罕见。

6 月 25 号早上 6 点 15 分，我们再次上路。将近 7 点的时候，遇到一股比较湍急的疾流，是打到左岸卵石滩的江水快速退回导致的。

江流冲刷出窟窿，江水涌来，在此汇聚，形成一股可怕的回流，占河面宽度的 1/3。

……

我们在 10 点左右进入了关刀峡（Koan-tao-hia），峡谷内水流平稳，少有险滩。我们沿着左边的河道航行了大约 5 海里后，在中午到达了石鸭子滩（Che-ya-tse）。

经过测量，在右岸的岩石和我们这一岸之间，有足够水深，大约 7 法尺。左岸的险滩看上去水流不是特别急。我们没有借助缆绳就通过了。水位低的时候，卵石滩露出水面，水从卵石滩和右岸间流过。

……

第二天早上 7 点 15 分，经过一天 24 海里的航行后，我们在右岸停泊，正对着干柏树（音译 Kian-pe-chou）。

6 月 26 日，出发时间：早上 7 点，我们沿着右岸航行，不久后便到达了肖家湾（Siao-kia-ouan）。

沿岛一线，水流非常湍急。我们在 5 法尺深的水中缓慢前

---

① 原注：前文提到过，用我设计出的扇形网兜，上面系上绳子。"奥尔里"号逆水去叙府时，我让人做的。

进，其中有两处疾流困了我们很久，用了很粗的船篙在水底撑着，船才通过。

内河湾水流湍急，很难通过，因为河湾里水很浅。

……

4点45分，我们到达了猪圈门（Tchou-kuen-men）。在第一处疾流，我们借助船篙通过，然后把缆绳抛到镇子前的岸上，准备过另一处，这里水流要急得多。

拉纤很吃力，目前的水道，大船要过去比较困难，不容易在岸上找到一个可以拴缆绳的地方。

通过险滩之后，左岸的河水就变得平稳许多了。

经过一天大约20海里的航程后，我们在第二天早上7点半到达了河口镇（Ho-keou）。

6月27日，出发时间：7点45分。在第一股疾流，我们首先以较快的速度通过了锁龙过江（音译，Tso-long-ko-kiang），通过第二股疾流的时候，我们从同一险滩上把缆绳端头抛到岸上，靠十二个苦力拉纤通过。

锁龙过江紧接在风仁滩（音译，Fong-jen-tan）后面，在这里，我们用了一根长250至300米的粗大的竹编纤藤和60多名纤夫才通过，整个拉纤过程极其艰辛，花费了一个小时。跟之前的猪圈门一样，这种河段适于快速通过，对于我们这种不够快的小炮舰来说特别困难。

苦力们一直跟着我们到了朱石滩[①]（Fou-che-t'an），此处拉纤就比刚才容易多了。岩石上方，水深大约5法尺。11点半，我们通过了朱石滩，一个小时之后我们就到达了犍为县（Kien-oui-hien）。

知县得知我到达，立刻出来迎接我，给我带来了一些士兵、一艘炮船和几只红船。

[①] 译者注：从上下文看，此处应为朱石滩，原作疑注音有误。

这些给我之后的行程节约了很多时间，因为每到一处不易通过的地方，都有士兵和苦力准备好纤绳。

我们往船上装了3吨煤，以防万一，我还让后面再跟一艘小船，上面再装上了2吨。

在装煤过程中，我去拜访并感谢了知县。4点15分我们再次出发。

尽管犍为县距离嘉定仅有14海里，但在当地，仍被船主们看作是叙府和嘉定之间的中点。

这是因为，在航行的第二阶段，有为数众多的疾流和险滩。

将近5点，我们在叉鱼子（Tcha-yu-tse）附近遇到了特别凶险的疾流。悬崖的岬角下的河水翻卷盘旋，形成疾流。我们沿着右岸前行，到达岬角后横穿到对岸。

沿着左岸是卵石滩，水流平静许多，我们成功通过。

我们到了叉鱼子，这是本河段中最危险的一个险滩。

下行的水流被左岸的卵石滩和岩石挡回，冲向右岸，撞上一处悬崖，沿着悬崖，形成多处漩涡，要穿过去很危险。河中间还并排着两列岩石，浅水季节，岩石清晰可见，让这个险滩显得更加危险。

我们沿着左岸的卵石滩前行，水深刚好（6法尺），足以让小艇从卵石滩和岩石中间通过。由于水流比较急，我们穿过去也不容易。

经过那些岩石后，我们被一段疾流困住，用船篙都无法通过。我们过去了。河心水流很急，猛烈撞击着小艇，刚好助我们从离河床几米处通过，到达右岸岬角。

尽管水深只有4法尺半，但我们依然被水流的力量带着往前走。好在岸上有几个苦力，抓住了我们扔给他们的缆绳端头，他们拖住缆绳，等待增援。全靠他们，我们才成功通过。如果没有这几位纤夫的出现，我们就可能掉进漩涡，那可是最危险的状况之一。

6点，我们通过了险滩，由于水流平静，我们得以继续前行4海里，然后在左岸找了一个好锚地，水流平稳。

今天大约航行了18海里。

6月28号——出发时间：7点。我们继续沿着左岸前进，在石板镇（Che-pan-ché）前方，遇到一股湍急的水流，夹带着河流拐弯处的窟窿形成的漩涡。

我们借助缆绳通过三仁寺（音译，San-jen-tse），这里水流很急，有很多"泉眼"，但并不旋转。水从下往上冒，在河面形成了一朵朵蘑菇的形状。其中一些在小艇经过时被撞开，带来了很大的颠簸。

……

6月29号——出发时间：早上6点半。河水似乎在夜晚上涨了1法尺半左右，流量也明显变大了。

我们经过林家峰（音译 Lin-kia-fong）之后沿着右岸航行，一直到杜家场（Tou-kia-tchang）才停泊，在危险的大佛寺（Ta-fou-tse）河道以下，这里是距离嘉定最近的锚地。英

重庆到成都路上的牌坊

国的"丘鹬"号去年曾在这里停泊了一个月左右。涨水厉害时，这里真的很难通过。

雅河①（Ya-ho）是在嘉定注入府河的一条支流，水流不怎么湍急，我们轻松地通过了乌尤寺（Oui-oui-tse）和狭窄的大佛寺河道。

这里到处都是汹涌的漩涡，但河水反而平静。我们停泊在蓖子街（Pi-tse-gaï），然后派人前去测量城市下方两列卵石滩之间河道的水深（这条河道在浅水期只有2法尺深）。

水深5法尺，我们立刻继续上行，停泊在右岸，正对着嘉定城的东北角。

中午的时候，一切就绪。

就这样，尽管途中随时有这样那样的危险，但是对于小艇来说，航行状况还是相当好了。

我有理由认为，"奥尔里"速度相对较快，如果是它来走这段路的话，可能会比现在还要好。

莫诺现在还对重庆到叙府那一段糟糕的航程耿耿于怀，他预言的不错，他说我们的船各有各的运气，如果一艘船在江河上的航行四平八稳，相反的，另一艘肯定会领教到江神的恶意。他说得对。我当他就是个不祥之兆。

实际上，如果我们7月8号出发，跟我之前承诺的时间一样的话，我们还真不会遇到什么困难。可是看到夏季的暴雨倾盆而下，砸在光秃秃的两岸，变成滚滚洪流的时候，我才真正看到这些中国河流本来的面目。

在我准备出发的时候，泰里斯不断来信告诉我一些令人担忧的消息，就在嘉定城里，由于他的出现，大规模的骚动已经减弱，下层民众

---

① 译者注：雅河，今青衣江。

中悄悄流传的谣言已经平息。

另一方面,他去拜访了嘉定的知府后,后者并没有回访他。我知道眼下这位嘉定知府嗜酒如命,而非保持理智。但是这种不礼貌行为,这种不理不睬,至少在表面上,与大清官员的中国人性格是大相径庭的,我大为震惊,立刻写信跟我们的领事抱怨。

对我来说,这是无视礼节,国际性的礼节。

英国的"丘鹬"号之前从屏山县返航回来,停泊在叙府城墙下。我们与他们的军官们建立了特别友好的关系。

"丘鹬"号的船长松维尔曾告诉我,他想在7月11号前往嘉定。我回答说我们8号就要出发。后来我觉得这个回答可能会让他觉得我是想刻意赶在他前面,于是我就把出发日期推迟到了同一天。

我们7点从停泊点开始准备出发。城市上游,之前露出江心水面的岩石现在已经被水淹没,说明此时府河非常适合我们这样大小的船航行。果然,我们离开城边岬角30米的距离航行,毫无阻碍地驶入府河。

岸上挤满了群众。就在岬角上有一座塔,塔底精细制作的门洞正对着河。我们在此愉快地喝起了中国茶,望着江水汇合处的景色,这实在是这条江上不可多得的美景。

府河还是非常清澈的,配得上旅行者给它取的"岷江"这个名字)①,我不知道为什么取这个名,因为当地大多数人都不知道。

我们看见了英国的"丘鹬"号,它虽然比我们早出发1小时,也不过多走了三四海里。整个上午它都在我们的视线范围内,忽远忽近,距离全凭我们两艘船下江水的流速。

不过,看到这艘英国炮舰似乎有些加速的时候,也刺激了我们船上的机械师和司炉工,这些勇敢的人们雄心勃勃,想要去"玩玩英国人"。

整个航程相对轻松,其间时不时会遇到一些需要缓慢上行通过的疾

---

① 译者注:疑为作者把"岷江"的"岷"误当成"明"。参见本书P40注释①。

流。10点10分,我们到达了牛喜碥①(Nieou-che-pien)。

11点45分,我们从关刀峡的红色悬崖下掠过。嘉定的这种红色岩石相当易碎,而且碎后的颗粒比河底的沙还细。从这里到成都的一路上,在河岸的陡坡上,到处都可以看到这种岩石。

关刀峡的两岸,全是高达60多米的陡峭山崖,表面光滑,近乎垂直竖立,构成了一幅奇特而又美不胜收的图景。或这或那,偶然闪过一丛绿色的植物,突起在一片红色的砂岩外,显得耀眼。还有一条蜿蜒的小路,被一道低矮的石墙围着,看似通向某个暗道。这一圈大石块是如此规则,一时间,我甚至怀疑这是不是某个防御工事,我还专门让船开到对岸去,想看得远些。

不是,这不过是大自然开的一个玩笑。在这样一个地方建造一个位置极佳的碉堡,拥有这段河道的绝对控制权——纯属没事找事。

到达子石(音译,Tse-che)后,河水重重地撞击在山崖的岬角上,形成了一个巨大的漩涡,我们小心地避过,因为一旦进去,即使是"奥尔里"号这样的船也得花大力气才转出得来。

6点过5分,我们到达了小石湾(Siao-che-ouan)。

这是江流右岸的一段狭长险滩,从悬崖上落下大块大块的岩石,散落在滩上。左岸,险滩收窄,成了一股汹涌的激流。

我们艰难地溯流而上。在长板坡(Tchang-pan-pa)下,有条支流,分隔出一个小岛,形成岬角。大家都盼望能在岬角下停泊一会儿。

锚地看起来容易找到。岬角下水平浪静,几乎没有流动。螺旋桨快转了几圈,船只往前开,顶住水。岬角上的土看似沙地,船员等着找到固定点,准备把缆绳传到地上,好把锚钉进沙地里,暂时稳住船只。

如果我们足够聪明,就应该预料到,每次事情"太过顺利"时,接下来肯定会转而倒霉。而霉运,我相信,对于生命中历经过多次冒险的人来说,留下的印象就是,一个会思考、推理、窥探的生灵,总能帮你铺平一条通往深渊的道路。

---

① 译者注:牛喜碥,今宜宾市宜宾县喜捷镇。

究竟为什么，我那天会如此相信运气，而导致一时疏忽呢？——在这样的航行中，要一直保持清醒，即使是一丝懈怠，也足够酿成大祸。

我承认这是我 18 个月中唯一一次注意力松懈，但就这一次已经够我们受的了。

岬角上的地面看上去是沙地，但实际上，下面是鹅卵石，上面仅有一层细沙覆盖，锚是没有办法钩住的。前面发生走锚①后，我叫水手把锚拿到岸上更远的地方，去找个位置固定下来。

但是，就在这一步操作中，我承认，我没注意到，我们离江岸更近了。而这里刚好有一股表面上看不出来的逆流，它把我们的船推向前方，突然一下，船离开了岬角下可以避开江流的地方，船头一下扎进支流的水流中，船体朝左舷倾斜。

为了避免水流把船冲走，掉进前方 500 米河水咆哮的小石湾，我让船往后退，回到岬角下方的静水中。

河湾里有两处没入水底的卵石滩，水面上看不出来。船尾轻轻擦过其中一处。

我重新前进，但是由于支流对岸有礁石，船无法前行。

船尾再次碰到了河底的鹅卵石，这次是重重地撞上。

船舵歪了，船跟着打转，舵柄左满舵，无法操控。水流把我们带进了支流。

然而，有一会儿，我们再次接近了河岸，那里有一丛小竹林，是河岸上唯一一处固定点，我又萌生出希望，想在竹林边抛锚。

我们的中国船员抛下锚去，但那是所有缆绳中最细的一根，断掉了。

我们不断往右打方向，一时间，船停在水中不动了。因为船舵已经失灵，我尝试用引擎，再次让船靠近那片竹林。

---

① 译者注：船舶走锚是指锚的抓力不够，船舶的位置也随之发生移动。

第一次，接近了，但太靠下方。船再次后退，再试一次。有那么一瞬间觉得快要成功了，可水流把船冲得打横，一下子打到了鹅卵石岸上，右舷重重撞了上去，船搁浅了。

我试着让引擎推船前行，想让船从岸边挣脱，没用。鹅卵石落进螺旋桨里，打在船身，一阵乱响，警告我，要是运气不好，有一颗卵石卡在船身和螺旋桨中间，推进器就要报废了。

我们试着把撑木和船篙撑在河底，用来推船，我很快明白了这些办法纯属徒劳。水流把船紧紧抵在卵石滩上，想要脱离搁浅，需要一股巨大的牵引力才行。

夜幕已经完全降临下来，而我们在天亮前束手无策。这样下去，我们很有可能被困在这里，毫无进展，或许境况会越来越艰难。

我派人拿着缆绳到岸上去，需要的话，想办法撑住船体。就是说，用撑木抵住一侧，以防船身倾斜。

但是，在船底下，河底却非常平坦，没有倾斜角度，目前也没什么危险。

我派冯密到纳石场（音译 Ne-che-chang）去，让他带回两条小木船。既是为了把船上的东西卸载到小船上去，也为了把缆绳带上岸。

这是我这辈子度过的最糟糕的夜晚之一。一小时前我还信心满满，觉得我们已经克服了这么多困难，只要有足够宽、足够深的水，就可以驾驶着我的"奥尔里"号到处航行了。

一个不留神，搞得我又笨又蠢。我们被困在野外，船舵也坏了：到底有多严重？我也不知道，可能是螺旋桨哪里坏了。

我们现在到底要怎样才能离开这个地方呢？我甚至已经开始想象我们可怜的船被钉在卵石滩上，成为中国人和英国人的笑柄。

以后，到我们成功脱困以后，这种悲观失望可能会显得幼稚，可但愿说幼稚的人不要碰到这种事。

7月12号的黎明，我在漫长的等待中度过。

我一夜未眠，反复思考脱困计划。首先，河对岸全是鹅卵石，连一棵树一块大石头这样可以固定锚的东西都没有，我们需要建个锚固定点，用来拴住缆绳。

一旦固定点牢牢地建好了，我希望，我们就可以用它连接绞盘，从前面牵引，把船拉到航道中间去。

我们把一只主锚运到了岸上，幸好，它非常坚固且沉重；然后我们用三节粗硕的锚链（共90米）压住它，再往上面覆盖上几吨重的鹅卵石。

现在要做的就是从支流上横拉一根钢缆过来。此时河水流速至少有6节，操作非常困难。

镇上来了两艘小木船，我派了一艘到上游一海里处，正好在岬角那里，希望它能给我们带回一根竹缆绳。

木船回来的时候，由于水流的作用，缆绳断掉了。

我们又试了一次。这次，尽管中国水手拼命划船，木船却还是被水流带往下游。这下又得重来。第三次尝试，终于成功。

我们拿出船上一根1.5法寸粗的缆绳，轻轻地、缓缓地，把它跟竹缆绳的端头接在一起，它之前曾陪我们通过了所有的险滩，泄滩除外。然而，在转动绞车的时候，我们还没怎么动，它就断了。

接下来又断了两根缆绳，而且每次重试，都要费很大的劲才能把缆绳扔到河对面去。

这种工作本来就累人，在阴凉下都有40°的高温里，更是累死人。莫诺原本在河对岸，守着操作，把锚埋好，这时也一时糊涂，站到了水里去。他在太阳下暴晒了几小时，回到船上时，双脚难受得厉害，想脱下袜子来透透气，肉皮已经跟袜子粘在一起，就好像连袜带皮一起掉到滚水里煮过。大家只好给他打上厚厚的绷带，直到到达嘉定才取下来。

终于，晚上7点，经历了无数次尝试，折断了无数根最好的缆绳后，船终于动了一下。

但是马上又来了另一个问题：现在已经是晚上，我们的船舵还是坏的，根本别想起锚出发。

我想过靠着牵引让船先往前走，至少先到达竹林那里，不过黑夜让我放弃了这个想法。

要记得船还被缆绳拖着，如果这个时候我们突然脱离搁浅，不能好好稳在左岸，就会遇到危险，这次，强劲的水流就会立刻把我们摔向右岸。

我们把能派上用场的东西都拿出来加固：木桩、轻锚；但它们能不能稳得住船，我可没多大把握。

伴着脚下船底碰到河底的每一次嘎吱声，我们又度过了一个辗转难眠的夜晚。能感觉到开始涨水了，但最好还是希望保持搁浅状态，天亮再作打算。

13 号凌晨 2 点，河水开始猛涨。5 点的时候，"奥尔里"号已经在河水中漂浮起来，5 点半，缆绳轻轻动了一下，整艘船彻底脱离搁浅。我们要往上游靠一点，找个好地方。我们把缆绳固定到岸上所有可以固定的地方，把之前卸载的货物重新装回船上。

船已经漂浮了起来，这是真的，但船舵还是坏的，意味着我们一步都走不了。

三名船员用尽全身力气，把船舵扳回 15°，但由于水流太快，虽然潜水下去能看得见船舵，却看不清哪里坏了。

不过，这反而让我抱了一线希望，觉得可能只是舵轴有些偏左，也就是说，使船舵运转并穿过船体的铁轴，把船舵抵在了船体上。如果我能把这一大块都往下扳几毫米，应该就可以让船舵转动起来了。

当然这只是期望而已。一般情况下，在需要时，船舵本来是可拆卸的。但好像在"奥尔里"号上，人们太有创造性，千方百计把大大小小所有的东西都造得不好使用、不合逻辑、没什么效用。

因此，没有一定数量的够长、够细的工具，我们现在拆不了船舵，也没办法装回去。

不过我还是决定一试。我们在支撑船舵的柱环上切下9毫米，然后高兴地看到，我的猜测是正确的：船舵现在已经跟以前一样灵活运行了。实际上，上次回重庆的时候我们拆过船舵，发现舵轴在水平方向偏离8°，垂直方向偏离6°，这次蒲兰田亲自潜到水中去观测，反复跟我说，船舵的偏向也没有之前那么严重了，如果有偏向的话。

第二天是7月14号，法国国庆节，海军的法定休息日。天知道在连续两天的劳累后，我们可怜的船员们是多么需要休息！

我就决定留在船上，吃一份双倍的每日定量餐。由于没有时间更没有力气去挂那些彩旗，我就简单地在桅杆上竖了一面国旗。

在经历过各种的操作之后，从叙府出发时原本干净漂亮的"奥尔里"号现在看上去又脏又丑。我开始不那么有把握了，我下到岸边卵石滩上，踱来踱去，看到船这个样子，也没找回信心来。

笨办法。不能再这样下去了。国庆节这天，江水上涨了2米多，想想看，在浅水时特别危险的叉鱼子，目前也难不倒我了。

但是有一件事我不知道、没料到、并且马上就会体验到，那就是，当河水突涨时，会变成迅猛的急流。

如果我之前有关注气压计的读数的话，就会发现，在叙府到嘉定95海里远的距离里，有超过100米的落差。

我很清楚在我们现在所处的季节，气压计读数非常容易受到频繁的暴雨影响。就算承认目前的读数被夸大了一半，但读数还是呈1/4000的斜率，这个数字值得关注。

知道在我们旅程中，嘉定的河水在几个小时内上涨了5米多，就可以想象，如此大量的河水沿着峡谷奔腾而下的样子。

如果把像泄滩一样需要拉纤通过的大险滩排除掉，可以说，相比宜昌—重庆段的航程，"奥尔里"号在叙府—嘉定段的航程中不断遇到了更多的急流。

然而，在不到一个月以前，比"奥尔里"号航行速度还慢的"大江"号却没遇到什么困难就通过了这段航程。如果我们自己提前几天出发的话，也会如此。

7月15号，我们早上7点15分出发。沿着河边的悬崖，整个河的右岸，就是一片巨大的、翻腾着白沫的险滩。

我们沿着河岸滩涂滑行，有些惊奇于眼前的变化，我们尽量靠近岸边，有时候停下船来。

在长板坡的河道拐弯处，我们花了45分钟才前进了30米。9点15分我们到达了泥溪场（Gni-ki-tchang），停泊在小镇旁边，把缆绳拴在吊脚楼的柱子上。

整个小镇建筑的底柱都淹没在水中，看起来就像一个小威尼斯。房屋都建在木桩上，以预防涨水。不过这并没有让我们感到惊奇。几个月后，在回程顺水而下的时候，我们还看到，岸上坐落着一些被支撑起来的民居，窗户只有我们甲板的高度。

1点10分，我们重新上路。我让人从犍为县带来的煤已经消耗了5吨了。

我们要逆水而上的路程还很艰辛，为以防万一，我写了几封信，要求运送更多的燃料过来，免得燃料不够，路上出问题。

在小镇上游，有个河道拐弯处，是小岛的尽头。我们发现这次完全没办法通过了。往后退一段路程后，我们驶进了右边的一条小支流，找到个可以抛锚的地方。我派人去探查了出口，水深8法尺。蒲兰田以前乘木船到过府河，从我们出发的第一天起，他就展开一张地图查看，但由于这张图是在低水位时候绘制的，对我们目前来说没什么用。上面标注出的航道，本可以通航，现在水流却过于湍急。我们只能靠着探测，再加上一点小运气，不断在旁边的支流中寻找出路。

4点20分，我们通过了月波（You-po）；6点过5分，到达麻柳场（Ma-lieou-tchang）；最后，6点40分，终于到达了沙湾（Cha-ouan），这里有这条河中罕见的细砂河底，而不是常见的岩石或者鹅卵石河底，有利于船锚抓稳。

7月16号，河水缓慢下降，这让水流的湍急程度大大降低，否则我们就没法通过前方的河段。

第一个要通过的是猪圈门。我们提前派了一些纤夫到前方岬角处的村庄，带了根竹编纤藤过去，以备不时之需，也让他们届时可以帮我们一把。

但就算船只全速前进也没用，没办法靠近到可以足够牵引的距离。

我们只能穿过被淹没在下方河中间的暗礁群，到河的另一岸去，然后，跟着探测器，沿着一片藏在水下的、非常危险的卵石滩前行，因为，与通常的情况相反，卵石滩既不规则，又起伏不平。不过我们行进得够远，终于回到左岸，湍急水流的上方，继续赶路。

在朱石滩的时候，我们也派了纤夫到前面去，但我们却没有办法通过锁龙过江。在这里，我们成功通过了第一个稍微有坡度的水域，但在过第二个时，却遇到了麻烦。

我让人把船锚埋到岸上的卵石中，上面压上石头；船离岸边几米远，完全处在疾流中，被锚抓得稳稳的，船轻轻前行。

我们并不经常使用这些工具，因为在整个旅程中，卵石滩通常都完全被河水覆盖，没

红船

有露出一点在水面或草丛上。

我们派人去找纤夫，把一根大缆绳给他们送过去。船开到最大航速也过不去的地方，区区十几名纤夫的力量就足以让我们通过。

我从来没有像现在这样明白，对于蒸汽船在险滩上的航行来说，那些理论家们闭门造车、刻苦钻研出的长篇大论是多么的徒劳无用。

经过锁龙过江后，我们费了些周折，在朱石滩下面找到了一只舢板，上面载着为我们准备好的竹编纤藤，缆绳的另一头套着60名纤夫。

舢板上的船夫生怕被大船撞翻；他不停地靠向岸边，到了一处"奥尔里"号无法进入的浅水中，我们又是破口大骂，又是恶狠狠地威胁，才让他下决心靠过来。

接下来我们顺利通过了一些小股的疾流，在4点45分到达了犍为县。我们把船停泊在县城的上方，正对一座塔，塔周围是茂密的树木。

知县来拜访我们，表现得极为友好，还坚持让一艘"炮船"来给我们护航，这是艘小型的中国炮舰，上面有个低职位的官员。

为了不得罪知县，我只好接受下来，虽然我很怀疑这艘小炮船对我们到底有没有用。

7月17号——8点半，我们再次出发，1个半小时后，到达叉鱼子。

这个险滩目前正处在最危险的时候，河床上布满了岩石，只在河床和两岸中间留下了一条狭窄的航道。

右岸河水汹涌，到处都是危险的涡流和漩涡；而左岸则需要沿着一片卵石滩滑行；然后，一旦水流速度过快，如果船的位置不够高，如果船的引擎力量不够，全速通过的前景，就是船只被冲到河中间的石头堆中去。

蒲兰田对这个险滩忧心忡忡。所以他一看到有条支流，在枯水期水不深，沿着左岸的陡峭悬崖滔滔不绝地流动，就满心欢喜。

我们驶进了这条支流，一直到上方的端点，虽然水流湍急，但一切顺利。

但是就在这里，突然，我们看到前方出现了一个险滩。

这是我们在府河上首次看到一个经典的V形险滩，两边布满了漩涡。

虽然小了些，但它使人想起泄滩，不同的是，左岸布满岩石，岩石下散布着暗礁；一片卵石滩则顺着缓坡延伸到右岸。

我们试着开足马力强行通过，进去很深，然后就再没办法继续前行了。

随着压力的降低，我们没办法继续顶住水流，只能船尾在前，往后退。

幸运的是，靠近卵石滩，在岬角下面一点，我们找到了一处水流稍微平静一点的地方，避开了涡流甚至是险滩。我让人将大船锚扔到卵石河底上；它的重量可以稍微把船稳住一点，然后我们又把另一只锚送到岸上，我们叫它"小锚"。

没有别的办法，只能通过缆绳来牵引船前进，就跟在长江上一样。

只是这一次，不像在那边一样有舢板和苦力相助，我们根本没办法直接拿起钢缆，于是只好尝试另一种办法，这个方法在船搁浅时成功使用过：我们先让人运来根竹编纤藤，用它来拖拽钢缆。

但就在我们开始布置的时候，河水迅速上涨。水流增大，放置小锚的小岛被淹没。岛上的泥土造就了水道，现在水流却把泥土冲成一片泥泞。

因此，当舢板载着竹编纤藤的端头，靠近并钩住大船时，缆绳还拖在水里，撞击以及水流加在缆绳上的力量，把小锚扯了起来，划过泥泞的地面。

而留给我的时间刚好够开动引擎往前行，并保持船速，好让船稳在原地不动。这时，一名中国船员跳进水中，恰巧有棵小树，他成功地把一只锚固定在树上，幸好树没被拔起来。

如果我们被冲进大股的水流中去，情况就危险多了。而且我并不想松开这根缆绳的端头，怕放开就再也抓不住了。

我们好歹停泊了下来，不够稳当，要加固一下。我们向岸上的纤夫们传送去越来越沉的钢缆，让他们接在竹编纤藤上。

但不幸的是，我们离他们的距离实在是太远，他们只接住了第一根，一根1法寸粗的，完全不够牵引我们的船。

而还有根2法寸粗的钢缆掉进了水里，被水流往后冲，落在大船后好远。

钢缆拽着船，纤夫们一使劲，船就往后移；我们要顶着流水，稳在水中，本身已经够不容易了，这样一来，就面临着危险，船会被冲走，锚会被拖出，树会被连根拔起。

最后我们决定切断缆绳，花点力气从头再来。

这次，载竹编纤藤来的舢板错过了大船。然后，竹编纤藤掉进了河底，卡在了岩石缝里，没有办法再将它拖上岸。

现在只剩两个选择：要么掉头回犍为县，要么重新尝试用蒸汽动力通过河道。

此间，河水继续迅速上涨。小岛的岬角已被淹没，河水涨到锚地，船快稳不住了。

但是我忽然发现，河水上涨，使险滩位置下移，倒让我觉得是不是反而有另外一种可能性：小岛的尽头是淹没在水下的河滩，我们沿着河滩走，稳稳地避开水流，到足够上方的位置，试着过到河对岸去。

我们下定决心放手一搏。接下来的20分钟里，我们一点一点，慢慢抵达左岸，几乎擦过岸上的树木和岩石。水流终于小了一点，我们避开了再次被拖向下游的危险，刚好避开。

我们来到了一条支流的河口，它夹在两岸高耸的悬崖间，水流平静。3点半，我们靠在陡峭的河岸边，成功停泊下来，拿出所有可以用作缆绳的东西，拴在树木和岩石上，试图在流速为5—6节的水流中稳住船。

在伸手可及的地方有座小茅屋，原本是船员和纤夫喝茶的地方，现在已被水淹没了一半，里面的人把他们为数不多的家具搬到了高处的大岩石上，然后，抱着中国哲学里淡然处之的态度，注视着涨水的河面，如果河水继续上涨，不久就会冲走他们不堪一击的房子。

7月18号——昨天，整个晚上河水都在继续上涨，河上漂浮着奇奇怪怪的物件，甚至是整座的茅屋，连屋架和茅屋顶都在。

河流完全变成了一条泡沫四溅的巨大激流，想要投身进去，既不谨慎也根本不会有用，于是我们继续停泊在岸，等水退去。

昨天太过艰辛，我们用最大马力，花费了3小时15分钟，才走了4海里的路程，结果从犍为县带过来的煤炭消耗殆尽。

之前我就有所预备，给在嘉定的泰里斯写了信，因为嘉定有我们的补给仓库，让他分期分批，派人在沿途给我们送补给。

我们见到了他的第一只运输船，船上的人还带来了嘉定的消息，嘉定涨水也很恐怖。城市的一些低洼地带已被完全淹没，岬角处形成了一个漩涡，许多船都沉没了。他千辛万苦，许以重金，才找到一只舢板，同意冒险来给我们送煤。

仅靠开动引擎全速向前，抛下两只船锚和所有能抓在岸上的东西，"丘鹬"号也没能稳得住。夜里，船长以为这下完了。

第二天早上，"丘鹬"号试图逆水而上，回到嘉定城脚下，那里可以避开水流，不像在这边一样遭罪。

在穿过府河的支流——雅河时，水流汹涌可怕，船差点撞到岸上去。

7月19号，河水稍稍下降，水流也没那么湍急了。7点，我们出发了。

8点，炉灶通风机上的一根连接横楣断掉了。通风机的作用是向炉灶送风，需要一直保持全速运行。

好在，吉星高照，出事的地方，水流并不是特别湍急，我们得以在小粮仓（音译，Siao-liang-chang）下面找到一个好锚地。

我们把断开的两块焊接起来，修好了横楣，中午，重新上路。

在三仁寺，水流又变得湍急起来。大家决定从西边的侧流通过，因为另一边航道礁石阻塞，非常危险，要避开。

结果我们进入了深水迷宫，差点搁浅，不得不退了出来，走西边的侧流。

这条测流面对磨子场（Ma-tse-chang），我们需要穿过没入水中的两列礁石，才能横穿河流。河道里的水流本身就是横向的，河道大约只有三个"奥尔里"号宽，舵柄操作稍有闪失，就会导致船只搁浅。我们花了一刻钟时间，几乎是立在水流中，缓慢过河。

我们最终脱险，安然无恙，在铁蛇坝（Tié-che-pa）抛锚。

7月20号早上8点，再次启程，很快就通过了道士观（Tou-tse-koan）。

这是一个非常危险的地方。在右岸岬角处，大股水流汇聚成一股急流，汹涌澎湃，打在陡峭的悬崖上，碎开来。一座宝塔矗立崖顶，悬空俯视着深渊。

中国船员有个习惯，在通过这个地方时，要扔块石头到水里，免得"宝塔掉进河里"。

急流打在崖壁上，然后猛地掉转了方向，形成无数漩涡，白色的浪花四下里飞溅。

一部分河水继续沿着之前的方向前行；另一部分沿右岸上溯，形成逆流，与后面的疾流汇聚在一起，形成一个巨大的漩涡。

蒲兰田操控着"奥尔里"，动作灵巧，令人赞叹。尽管偏航，他也能让船行进在几股方向相反的水流中，不逾越界限。他抵达了岬角。

然后，一股疾流困住了我们。早已等候在此的纤夫帮助我们穿了过去。

10 点 25 分，我们在西坝镇（Si-pa）①抛锚，补充煤炭。

一场瓢泼暴雨来了，从 20 号晚上 5 点一直下到 21 号早上 7 点，雨量简直前所未有。这是些真正的瀑布，从开了口的天空向我们倾泻而下。夹杂着电闪雷鸣，不断袭来。这种暴雨，只有非洲凶猛的龙卷风能与之相提并论，但非洲的龙卷风最多持续几个小时，而这里，暴雨肆虐整个晚上了。

由于甲板上的水实在是太多，上面的"泄水孔"本来有很宽的开口，用于排出浪头打上来的河水，现在已经不够用。

我们只好叫人拿着木桶去舀出甲板上的水，结果房间也进水了。

同时，雷声和闪电也愈演愈烈，有些响雷就在我们头顶炸开。"奥尔里"号没有装备避雷针，而且桅杆就是最高点，竟没被雷电击中，这简直就是个奇迹。不过，只要摸一下金属物品，就会有被电击的感觉，而且每次当炸雷轰鸣，闪电划过的时候，大家都会非常清晰地感受到冲击力。

我们现在已经非常确定，这场暴雨停了之后，要面对的是什么了：紧接而来的涨水。而我们还得继续前进。

接下来的一天，我们都待在锚地，忙于加固船锚，以防船只被河水带走。同时，水流还带来很多杂物，掉到船上，要用船篙和撑木扒开。

巨大的树干打着旋被水冲走，树枝和树叶在水里时隐时现；一堆堆的草丛顺流而下；整栋房屋都被水流卷走，只看得见框架上光秃秃的房梁。透过瓢泼大雨的雨幕，我们还看到一艘木船漂下来，似乎缆绳早已断裂，已被人抛弃。

我们后来才知道，河流上游的两个村镇已经整个地沉陷，村镇原来的位置陷落成了一个堰塞塘。

---

① 译者注：西坝镇，今四川省乐山市五通桥区内。

在嘉定，有人还看到过河上漂过一些尸体，他们因为犯了什么罪，身上都戴着枷锁，来不及打开，人也没法逃脱。尸首泡在河水中，已经开始浮肿。

冷凝器被杂草和泥沙堵住了，我利用不得不停船的时间，让人清理了一遍。

7月22号，水流依然很湍急。7点出发的时候都还特别艰难。

在到达竹根滩（Tchou-ken-t'an）的时候，从疾流开始的地方，我们就不得不使用牵引。好在一条绕丘陵而行的河道涨满了水，水流不急，我们可以靠着船只的力量通过。

到达大滩（音译Ta-t'an）后，河道惊心动魄。右岸是险峻的丘陵，我们费了九牛二虎之力才勉强沿着右岸前进；然后又行驶到左岸，再回到右岸，那里有一处静水河湾。

此地也一样，只要有最小的错误，最小的操作失误，都肯定会导致船体撞在岬角的岩石上散架。

继续行驶了半海里后，又遇到一处难以通过的疾流。我们的"炮船"和纤夫们都远远落在后面，忙着通过险滩。

我们回到小港湾停泊。

3点，我们再次启程，带着准备好帮我们拉纤的纤夫。不过由于水位下降了一些，疾流没那么湍急了。没用上拉纤我们就通过了。

5点15分，我们到达观音场（Koan-in-chang）并停泊下来。小镇前面的河水异常湍急，甚至在小镇上方半海里远的锚地附近，水流都还相当猛烈。

7月23号，标志着我们这段艰苦旅程的结束。疾流强劲，从一出发我们就不得不求助于纤夫，此外，它可能还是整个岷江上水势最汹涌的，我们穿过了锚地上方的岬角。

但老康坝（Lao-kang-pa）上游的支流对我们来说完全无法通过。英国的"丘鹬"号在此折断了一片螺旋桨叶。

幸运的是，西边的一条支流过得去。我们在经过一些阻碍后逆水而上，2点半再抛锚，这是到嘉定前的最后一个锚地。

"大江号"和"丘鹬"号已经停泊在嘉定。而我们要到达嘉定，还需要穿过雅河。雅河的水流垂直汇入府河，撞击到右岸，让航行变得非常棘手。

此外，在嘉定南部的岬角，还横亘着一片巨大的卵石滩，就算在水位中等的情况下，也只留下一条狭窄的浅水航道。

尽管杜家场的锚地既不方便也不稳定，我还是决定"奥尔里"号暂时不要出发。

我预感到似乎有严重的事情要发生，所以决定让炮舰保持行动自由，不要冒险让它被困住，哪怕我们再多待几天都可以。

我数了一下在长江上游行程中最为艰难的日子，就是这次府河溯水而上。我们花了13天时间才航行了95海里，小艇"大江"号只花了5天。

最开始的搁浅，对于我是沉重一击。在此以前我们运气太好，并习以为常。但这只是暂时的厄运，因为我们很快脱离困境，挽回了荣誉。

但是我们每时每刻都在跟狂野的河水搏斗，每经过一个地方都无休无止地焦虑，每个瞬间都在不断采取预防措施，以应对困境，直到此时，战胜最后的困难。凡此种种，真是连最坚强的神经也会被摧毁。

是的，如果我不认为要不惜一切代价，到达嘉定，不认为我们必须出现在那里，不认为我们的行动终有一天会变得必不可少，那我的理智早就会让我放弃这一被视为疯狂的行为。

我们这样一艘炮舰，航行速度过慢，人员过度劳累，机械装置时不时会出事故，如此强力运转后让人提心吊胆，更无任何时间去检查和维修，尤其是船舵又让人放心不下，我们的才智仅够让一切恢复正常，哪怕花费力气，从头再来。

其间我还犯了一个错误，在某些人看来不可饶恕，如果叫他们来评判我的话。

我既不能、也不愿告诉他们我的预感和预见，当作借口。但就是这些东西促使我无论如何也要勇往直前，虽然它们看似一种不理智的偏执。

然而，如果我有理由退却，那才是他们可以评判我的地方。

佛龛

第八章　从嘉定到成都

四川暴乱的开始——义和团土匪和秘密社团——一项不慎重的政策——中国的特许权——总督的绝望——我乘"大江号"前往成都——王道台的任务——成都来信——两封来自领事的电报——王道台试图阻止我，但没有成功——嘉定上游的府河——中国护卫队——额恩和李大人——坎坷的旅程——成都传教会助理主教蓬维亚纳神父的最新来函——同胞告急——不惜一切代价到达——经过牛坝子——去成都前的准备——神甫的另一封信——希腊字母有什么用

运盐船的船头

我们在几乎消耗了船上所有的煤炭之后，终于到达了嘉定。现在当务之急就是补充煤炭，以便让我们可以随时移动。

此外，全部船员都疲惫不堪，还有些人病了，最大的需要就是补充物资，我们需要休整。于是我租了一艘木船，靠在"奥尔里"号旁边，让一部分船员先行上岸。

现在我们可以重启开往成都的方案了，我从来没有放弃过它。

上文说过，"奥尔里"号在嘉定上游差点搁浅，因此我决定让"大江"号去试一下，至少要走到小艇过不去的地方为止。

大家还记得，是阿斯领事要求的，同时也应这边四川总督的邀请，然后海军上将鲍狄埃批准了方案。

海军上将的临时继任者，海军上将拜尔，仅仅是简单确认了一下前任的命令。

但是在嘉定，每天都传来令人担忧的消息：

四川省自古以来就是土匪出没之地。整个村镇，主要是山区县城里的村镇，根本不理会省政府，全靠抢劫和掠夺为生。四川人被看作是粗

"奥尔里"号上的水兵

暴和掠夺成性的人。有些人是在武力胁迫下被逼入川，也有些是经缓慢的迁徙融入四川，除了这些真正的中国人，还有原住人口和很早以前就在此定居下来的人，他们数量庞大，其中有些类型的人特征明显，与邻省的人没有丝毫相同之处。

"四川蛮子"一词，在中国已经成了一个广为通用的词。

所以，这些匪帮的煽动者们一直以来都人数众多，每次在地方掀起暴动后，他们都能毫不费力地拉很多人入伙。

我之前说过，上一场战争以后，赋税过重，早就引起民众的不满和私下里的抱怨。

这个时期，四川总督头脑清醒，盼望安稳，避免了让四川省卷入到北方的反洋人运动中去。

在重庆也是这样，我们的领事邦斯·当迪（Bons d'Anty），就是刚刚在阿斯先生后继任的那个，他就坚持待在城里，而海关的所有工作人员和其他国家的领事们则已争先恐后逃命去了。

重庆知县①的表现可谓智勇双全。他装扮成乞丐的样子，偷听到了有人策划煽动民众暴动，这次运动的几个主要领头人被砍了头，计划流产。

因此，在北方暴乱四起的时候，四川看来还是一片平静，但是形势很快就发生了变化。

北方义和团有两个不小的头目，被各国列强赶走后，流落到四川。

他们随行还带了一帮亲信，煽动当地民众参加"义和团"，这个"义和团"我下文还会提到。

另一方面，像天地会、白莲教等秘密会社，在全国都有分支，开始大规模在四川集结。

在非帮会成员眼里，它的目的并不太清楚明了。有些就纯粹是土匪帮会，专去威胁那些达官贵人和商人，收取保护费，保护他们的财产和家人。

而其他的"会"则有一个政治目的。

不管怎样，"会"是社团的中心，我们也知道，建立社团是中国人精神的一个特点。

因此，一旦公开成立了"会"，各省市的居民们就有了自己的社群，要有专门的会馆，安排庆祝活动。

而秘密社团的"会"，无论是哪里的，都有一个共同点：仇视外国人。

义和团，秘密社团，靠做土匪为生的人，再加上众多对欧洲有明显敌意的大清官员，共同构成了连续不断的动荡的背景，时时刻刻催生出公开的敌意，以及抢劫和屠杀的队列。

这两次的排外运动期间，一直都是由北京宫廷授意，由达官显贵们施压，支撑着一切。宫廷知道，他们有时已经心急火燎，想解开锁链，

---

① 译者注：此处疑原文有误。清末，重庆的地方长官应为知府，而非知县；又或为重庆府下辖某县的知县。

放出风暴。

然而还得知道的是，不能太损害这些人的利益，不能把他们逼得走投无路，转而做出极端的决定；不能把他们变成公开的敌人，更不能要求他们公开声明站在我们一边：一旦发生最后这种情况，民众就会觉得被出卖了，同僚们也会把他们当成叛徒。

我觉得，在中国的大多数时候，尤其是在四川，我们（我们指的是欧洲列强）一切的所作所为，都是为了激起民众的怀疑，为了把达官显贵们放到一个骑虎难下的位置。

那就是，争相抢夺各种特许权。各国列强的领事们正在明争暗夺，相互排挤，无休无止地想从总督手里夺取矿山、铁路和各类开采权。

然而，多年来，四川与文明世界联系的唯一水上通途就是长江，以后很多年也会如此。我想，对于这条道路上的危险、困难和它的长度，我已经有过不少的描写。

这里有一片土壤，在将来会带来巨大的财富，对开发它的欧洲各国来说是如此，对能参与开发的中国来说，也是如此。再正确不过了。

但这是在将来，一个比较遥远的将来；要想简单、方便、有效地把四川同海洋联通在一起，无论是从南边，还是从东边，仅仅几个月或者几年时间都是不够的。

在此期间，要是人们可以拿定主意、探测、勘察，肯定可以找到各种财富，还可以确定后期开发的可能性。那就完美了。

而此间，有人所作的则完全相反。他们一刻都没有去想过，在这个有着煤矿、锑矿、金矿以及石油的地方，要首先向中国政府请求探测权，通过这些初步的活动，确定了矿床的情况后，再请求当地矿产的开采权。

完全没有。在做出任何研究之前，或者说在只做了马虎的、不足的研究之后，他们就只去请求在整个县，或者整个府区域内的煤矿的开采权。

……

当然，我也不想打击法国人的创业热情，我知道你们会理解我，你们不会让我说自己不想说的话；因此，我总结一下我的几个观点，它们是我所知的真实情况，我觉得应该让人了解这些：

1. 四川的自然资源确实丰富，但这里并非遍地黄金，只需弯腰去捡。无论如何，在采取任何行动之前，要认识到各种严重困难，及其漫长的运输线。这是要首先考虑的问题。

如果只凭目前了解的情况就贸然行动，那就只是在赌运气。

2. 如果没有大额资金，专门用于真正的开发，那么当前的各种图谋都无法带来一文钱的收益，反而会白费金钱。它们只会被当成夫归石①，只表个空态，而无结果。

3. 目前这种模式，建立在单纯的地理和行政区划基础上，只要求得到特许权，是令人失望的、盲目的和危险的。

……

欧洲的领事们为了获得四川某地可能的开发权不惜激烈一战，你争我夺之后，他们的同胞却从没能开采出一公斤矿石。如果猜想当中国人看到这一切之后，却不去找出其中的缘由，还相信中国人，那就太蠢了。

叙府和成都这两个城市是战略要地，但却没什么办法解决货运问题，当我们要求他们向欧洲国家开放这两个通商口岸时，是怀着极大的诚意相信他们的天真的，认为中国人并不觉得政治问题比经济问题更重要。

但是，最奇怪的是，就此而言，在最后一件事上，他们错了。我坚信，提出开埠请求，在我们这方，是出于无知，没有好好计算。因为真正的商业重镇，可能应该是嘉定，它是从雅河出发，通往西藏之路的门户。早就该知道这一点。

---

① 译者注：参见第五章内容。传说中涂山女站在这块石头上等丈夫大禹归来。此处作者引用了这个典故。

不管怎样，我在成都听到过一件小事，很好地说明了我下面要讲到的事情的缘由。

在一个全省要员齐聚的会议上，总督带来了一张长长的单子，上面全是欧洲各国领事申请垄断权和特许权的请求。

"如果我答应他们这么做，那这些蛮子们不久就会成为中国的主人了。"

然后，总督跌坐到椅子上，哭了起来。

民众对沉重的赋税滋生不满，各种秘密社团和义和团煽动组织闹事，以当土匪为生的人盼望着烧杀抢掠，本来只有高官们镇得住那些反洋人分子，但他们却对欧洲人怀着深深的恐惧和厌憎：当中国的一个省份处于这种状况时，迟早会出大事，我们马上就会看到。

奥尔里"号靠岸停泊在了离上次锚地稍微靠下的地方，这里的河岸很高，不管水位变高还是变低，我们都能毫无困难地通过。全体船员被送到了租来的木船上，我和蒲兰田带着三位帮手登上了"大江号"，它就停泊在嘉定城墙对面的锚地。

这里的风景很美，河岸树木枝干斜伸，几乎低悬于我们头顶；河对岸有一个红砖的兵营，里面是一支小型驻军，每晚都听得到吹号的声音。

小艇上住不下我们所有人，因此我又租了一艘小木船，我和"奥尔里"号上的人手都住在那里，还把煤炭和补充的钢缆纤绳也搬了上去。

小木船要跟在我们后面，而且由于我们航速并不快，因此每晚小木船都能赶上我们。小船的吃水很浅，"大江号"不能走的支流它都能通过。

从这时起，由于我在嘉定了解到一些信息，我怀疑这条通往成都的河道可能不够深，小艇无法通过。

毕竟，我此行的目的，是乘木船对这条河道做个彻底的了解和水文探测，顺便去拜访总督。

我们正准备出发时，5艘挂着舰旗和大清小军旗的中国炮船来到了嘉定，带来了四川总督为我们此行而派出的使团。

这些人包括：四川省洋务总局副督办王道台（Ong-tao-taï），佩红珊瑚顶戴官员①、管理嘉定到成都所有船只的李大人（Li），还有一位来自北京法语学校的满族人，叫额恩（Eune）。

王道台上船来拜访我，他说他们一行人是被派来向我"表达敬意"的。会见过程友好至极，无与伦比，我觉得都快招架不住了；打扰了这样一位高官，让他来见我，我感到飘飘然了。

而这个时候，我的翻译常，则提醒我说，在他听来，其实王道台的真正目的是来劝我不要再继续前进了。

因为如果总督十分直白地告诉我，会让我觉得太尴尬。

成都教区的助理主教蓬维亚纳神父（P. Pontvianne）给我写了一封信，这样说道：

> 目前，成都郊区和东北方向的县城都在闹义和团，每天都有城镇失守。
>
> 金堂县（Kin-tang-hien）下辖的舒家湾镇（Sou-kia-uan）曾经无比美丽，现在成了一片废墟。

但是，他并没请求我去成都，而是让我耐心等待事态稍有缓和。他似乎很信任总督的诚意。

我的同胞们没有提出要求，要我提供保护，这一点需要特别说明。很难强迫总督，让他接受一次光荣的拜访，又不怎么让他为难。

过多的微妙细节有损于中国外交。

我又收到了重庆领事邦斯·当迪先生的电报，电报经叙府送过来，因为嘉定城还没有电报局：

> 一些大清官员告诉我，有人再次造反，民众发生大规模骚

---

① 译者注：清朝，佩红珊瑚顶戴的为二品官员。

动，资阳县（Tse-yang-hien）尤盛，他们请求我，在此关头，让炮舰暂停前行。

我回答说，如果您遭到攻击，您有办法自卫，但请允许我提醒您谨慎行事，尤其是如果您非要去成都，而又不乘炮舰去。

我将请求公使团许可，到成都府来与你们会合。望告知你们出发的具体日期，以及到达成都的预计日期。

嘉定的大清行政高官目前正在经受考验。据说他不会接受我方军官的拜帖。他已接到急告，以使他能够向您解释并请求原谅①。

两天后的早上，王道台来了，装出惊奇和慌张的样子，跟我说他刚收到总督的来信，信中反复重申希望与我会面，同时说总督甚为担忧，说在目前民众骚动的局势下，我光天化日下一路去成都，怕是会遭到辱骂甚至是暴行。我听到后毫不吃惊。

两天前，王道台还回答我说天下太平，眼下却给我描绘了一幅现状极为黑暗的图景。显然，在他的中国式思维里，想吓到我，阻止我前行。人们总是以己之心度他人之腹。

"总督大人是想让我推迟行程吗？"

"当然不是，他特别希望见到您。可是这些叛乱……义和团……还有民众……"

"相信这就是针对我目前安全的唯一威胁吧？这些试图伤害我的人都是不法之徒，是些跟总督和皇帝对着干的叛乱者，对他们不需要心慈手软吧？"

"当然是这样的。我们国家与你们国家之间只有友谊和和平。"

---

① 原注：我曾就泰里斯遭受不礼貌待遇提出过抗议，此处与该事件有关。这位大清官员所回复理由后被指认造假；他受到了斥责，我接受了总督的道歉。译者注：参见第五章牛脑驿场事件。

"甚好！请大人向总督转达我诚挚的谢意，请他不用担心我们。没什么好担心的。我们船上有防御的办法，足以对付匪徒和叛乱者。在应该为本省最尊贵的大人尽职尽责的时候，如果我退却了，那才是不可饶恕。"

王道台不再坚持了。即使他坚持，我也有别的办法来对付他，实际上我毫无选择。此时我又收到了领事给我的第二封电报：

> 如果您想乘小艇去成都的话，最好现在就出发。我跟总督说过，您早已得到了我的许可；但是如果大清官员不能保证你们的安全的话，你们千万要待在船上，不要改走陆路，因为某些大清官员诡计多端，一旦下船，你们就会中了他们的圈套。
>
> 留在船上的话，我想你们的防御力量应该足以应对敌意行为。我想在大概10号出发去成都，目前我还有些急事，脱不开身。还有些大清官员断言，说我去成都就是冒生命危险。看来有人已经给我设下了圈套，要看我的笑话，或者看我涉险。怎样看待大清官员的态度，我跟您看法一样。邦斯·当迪。

前面我说过，满人额恩法语口语和书面表达都完全正确，因此在最近的几次交谈中作了王道台的翻译。他看上去倒还诚实，对我们有好感，至少是中国人能表现出的最大好感。

后来他就一直负责陪着我们；王道台没有告辞就消失了踪影，按照常的说法，他是有负使命，丢了脸面。

额恩告诉我，接下来，五艘中国炮船将会与我们同行。

"为了保护我们吗？"我问道。

"不，船长，只是向您表达敬意。"

实际上，在这样一段旅途中，从来没有任何一个国王、帝王甚至暴君能够像我一样让人亮出这样多的武器。这些炮船既然没办法拦住我们，于是就向我们频频致敬，这就是中国方式：每一次，不管出于什么原因我需要下船，脚才一沾地，每艘炮船就对天鸣炮三次。我回到船上的时候又鸣炮三次。

我们8月6号出发。木船在后面跟着我们，没有拖驳。此外我们还带了40名纤夫，好跟着我们一直到行程的终点。

出航后，一阵倾盆大雨，接下来又一阵闷热潮湿，一直这样。就像先前乘"奥尔里"号在嘉定以下的行程一样，不得不一路停船。但是我天生就是干这个的，最后决定，凡是遇到不可抗之事，就逆来顺受。一旦能行船了，就以最快速度赶路，但碰到突然涨水时，还是要停船。

有两条河在江口镇附近汇聚，形成府河，中国人在这条支流上开凿出运河，从那里引了些水到嘉陵江来①；另一条支流叫南河（Nan-ho），是从北边流下来的，我们另外还看到，雅河也在嘉定汇入府河。

南河和雅河这两条河流，给府河带来西部山地水系汇聚的大量雨水，相反，府河到成都沿途，都是平原。

从四月开始，嘉定以下，出现了一种正常状态。实际上，初夏的炎热，造成雅河和南河流域的雪山融化，带来有规律的涨水。

"大江号"初次航行时，府河就是这样。这是航行的有利季节，有规律的涨水不会使水流变得凶猛异常。

但是最终汇入府河的其他支流上，地域宽广，水网密布，经常下大暴雨，导致从7月开始，江水会出现突然的猛涨。

这个时候，就会突然出现各种湍急的水流，给航行造成危险。

如果能够理智地选择旅行的季节，从某种程度上来说，就可以减少航行到嘉定途中的困难，就不会发生上述的那些事情了。

除了像鸭蹼滩（Ya-pou-t'an）一样有水底岩石的险滩，或是在岩石岬角附近出现的急弯，实际上人们还会遇到水道极为狭窄、蜿蜒，同时还是浅水的河段。

---

① 译者注：原文如此，疑为作者笔误，从上下文看来，此处应为岷江（即府河）而非嘉陵江。

险滩和急弯在涨水的时候非常危险；而这种狭窄的河道，则需等待江水上涨到一定高度才能通过。

看起来是难上加难，最好的航行条件却可遇而不可求。需要在中等水位的时候出发，再祈求有个好运气，好让船只在涨水时通过浅水河段，在浅水时通过险滩。

还值得一提的是雅河，在嘉定，它在夏季的流量超过府河，垂直注入后者。

当雅河这条洪流遇到大涨水，它就会阻塞府河的流动，使府河水位慢慢抬升。

所以在雅河刚开始涨水的时候，就是出航的好时机，尤其是在府河本身还没涨水时。

我们在8月6号出发的时候，情况正好是这样。但不幸的是，出发的第二天起，府河就开始涨水，我们不得不停下来，等待它的支流停止涨水。

在府河上游，从现在起，每到一处，面对河道的不同状况，我们就不得不等着涨水，或者等着水退下去。如果"大江号"航行速度能再快些，航程就有望更容易些；可正是因为它太慢了，就需要我们去战胜很多困难。

第一天，一路畅通。我们经过了龙顺子（音译Long-tsuen-tse），这里，河水盘旋，河道呈S形，两边都是卵石滩。如果船只比我们的更长，这一段就不容易通过，但对"大江号"来说没什么危险。

4点，我们在观音庙（Koan-in-miao）附近的一个小河湾抛锚停泊，小河湾伸展出去，形成一道壕沟，沟上长着些大树。

很多人围上来看着我们，但我们没有听到任何恶意的喊声。

7点，木船赶上了我们。蒲兰田、三个帮手和我，采取了各种警戒措施，细致嘱咐了其他人，万一有人进攻，他们该待在什么位置，然后我们几个就睡觉去了。

"大江"号上的两门速射炮已经准备妥当，只在防护盖上面蒙了块布遮着，弹药就放在近旁，可这一切都不易察觉出来，如果人们不知道……

我觉得李和额恩对此有所怀疑。额恩还上船来同我们闲聊，问我晚上是否有所防备。我说不用，反正我们白天黑夜都是战备状态。

夜里下了一场暴雨，河水上涨很快（12小时就涨了5法尺）。我们的船停得很稳，岸上有两棵大树，我们用铁链拴在了树上。

然而，在锚地，水流在头天晚上还不易察觉，今天早晨7点，却变得异常湍急，因此我叫人把小艇开进小河湾，好躲避一下。小河湾现在已经俨然变成海湾，成了一条较大支流的河口。中国炮船都停在那里。

直到早上10点，暴雨才停下来，下午将近4点，水位开始下降（夜里降了3法尺）。

没办法，我们只好不走，安静地待着，等情况好转。

8号早上，我们再次出发。

早上10点到达了赤崖子（音译，Tche-ya-tse），左岸沿线，水量很大，我们没法前行。一列岩石几乎伸展到河心，这是些大小不等的石

"奥尔里"号在王家沱

块,从这个高度,测出水深4法尺。我们沿着这列岩石穿过了河。

左岸很安全,比"大江号"稍微快一点的船,如果能穿过疾流,就能毫无阻碍地通过。

接下来我们到达了风景最为壮丽的峡谷。两岸的峭壁上凿满了佛龛。还看得到古时的穴居人在岩石上雕刻出的门窗,树木盘根错节,缠绕在岩石上,枝繁叶茂,悬挂崖间;有些树已经露出一半树根,马上就会被大雨冲走,而且时不时,我们还要注意避开漂浮在河面上或是钩在河底的树干。

1点50分,我们到达了神针渡(音译,Chen-tsen-tou),右岸的大片卵石滩被淹没在水中,只看得见顶上的几丛灌木。水深9法尺,我们经过了卵石滩;然后我们穿过河去,抵达了左岸,沿着高凸出来的沙岸慢慢前行,还经过了一个漂亮的寺庙。

靠岸停泊时,水位13法尺,水流中等。

尽管"大江"航速慢,但船体小,比较容易操控。

有疾流的时候,我们没法只靠主机动力前行,经常需要用竹篙撑住河底,用力把船往前推,一跃而过。

船员里有个人是干这个的一把好手,他就是海军下士蒙雅雷,小艇的守护神,一个真正的大力士。

他可以把我们最粗的竹篙都撑弯,蒲兰田很欣赏他的力气,给他取了个绰号,叫third propeller,第三推进器①。

夜晚,江水降了1法尺半,所以我们在第二天9点就到达了鸭蹼滩,正是越过这个险滩的好时机。

这里的河道被一列岩石分隔开来,石块体形巨大,且不规则,形成一处堰坝,河水难以流动。

而河水接下来又迎头撞上悬崖峭壁,这样一来,河面上就布满了短促而密集的波浪。

---

① 译者注:这里是相对于蒸汽轮船的左、右两个主机而言。

我们沿着左岸继续前行，经过了一个小岛。一条浅水的支流，把小岛跟陆地隔开。河水涨得很厉害，船可以驶进水道去，过滩难度大大降低，几天后"丘鹬"号也会经过这里。

河的右岸则是很高的岩石，我们只能系上根竹编纤藤，拉纤通过，直到上方的河段。

接着我们加速通过了中岩寺（Tchong-uen-se），之后，河水平静，水也很深。经过了青神县（Toin-chen-hien）之后，4点，我们到达了赤子滩（音译，Tche-tse-t'an）。

河水越来越浅，河道也越来越曲折，我们的船轻轻碰到了一处卵石滩的岬角。6点，船才在津滩子（音译，Kin-tan-se）停靠，这块锚地很糟糕。

夜里，水位又下降了9法寸。

8月10号早上8点，我们再次出发。这里的河道完全变了个样子。不时会有泥土和水草覆盖着的水底滩涂，但是看不到滩涂边缘高耸出来的地方，它们预示着有险滩，至少是个征兆，表明在这些高点之间，会有深水河段。

从鸿化堰（Hong-hoa-ien）开始，我们第一次看见了灌溉坝。

堰坝用柳条筐筑成，里面装着卵石，堆成一列，拦住了河道宽度的2/3。它横着堆在河道上。堰坝斜插进水流中，喇叭口朝向上游，迫使河水涌入堰坝和河岸之间，在堰坝快碰到河岸的地方，形成一个很窄的缺口，河水快速流过。

人们在这里安置了一部水车。水车只由木头和竹子制成，大约6至8米高。闸门的边框是竹子做成的，中间是篾席。

水车周边的轮缘上绑着些粗大的空心竹筒，斜插着。水车一转，就带动竹筒转动，当竹筒转过水车顶部最高处时，里面的水就会流出来，落到木制的水槽中，流进灌溉水渠。这个装置简单、省钱，还特别奇巧机动。

到成都的一路上,我们见到了好几百部类似的装置,一见到它们,我常常就会抱怨,因为不仅堰坝会减小河道的宽度,制造障碍,形成人为的急流(好像天然形成的急流还不够多似的!),而且卵石筐也会被水流冲走,中国人才不怎么担心这个呢。每次靠近这些堰坝,我们都可能突然撞上一个这样额外冒出来的暗礁,遇到危险。

我们从堰坝后面通过,避开水流。堰坝的上方和下方落差大概为50厘米,河水溢出来,在后面形成小型瀑布。我们通过堰坝口时,水深只有5法尺。11点,我们到达了张家坎(Tchang-kia-kan)。

从这里开始,支流纷杂,河水水位降低,很容易造成搁浅。1点半在猪坝子(音译,Tcheou-pa-tse)的时候,我们就重重地撞上了河底,只能后退抛锚,让蒲兰田去查看航道。河道太窄,要拴上一根从岸上传过来的竹编纤藤,船才能停稳;可我们再次重重撞上了河底,幸好因为有缆绳,我们才得以关掉螺旋桨。

再次上路的时候,水流湍急,又遇到了一个灌溉坝,这次堰坝直接拦住了河道的一大半,堰坝口,河水只有5法尺深。

3点,我们到达了东大寺(音译,Tong-ta-tse),河道狭窄,有两处需要斜穿过去。第一处,船过时水深5法尺,但在第二处触底。小艇在河底卵石上跌跌撞撞,完全就是山羊跳。我让人关掉主机,可是河水还是把我们往前冲,不断触底,小艇横漂,被冲到浅滩,它上游水深只有2法尺,水还流得挺快。一旦被困在那种地方,就真的别想出来了。

我们继续前行,磕磕绊绊,用竹竿撑着河底。我特别担心螺旋桨坏掉,把河底的鹅卵石搅上甲板来。

终于,我们到达了一处水坑,水深了些,可想要出去时,却次次都撞到河底。船又不能往回退,河道弯曲,不可能指望拿船尾作船头退出去。我们只有把缆绳递到岸上,让船几乎就停在河中间,在漂浮状态下稳住。

经过查看,水深只有3法尺4法寸。无法靠主机动力通过,船行时,螺旋桨在3法尺10法寸的水里就会触底。

我叫小木船靠到"大江"号旁边，把所有能从小艇上卸下的东西，煤、弹药、食物等等，都放到木船上去。终于成功地让"大江"号的吃水深度刚好跟河道水深一样。

我们借助一根钢缆，非常谨慎地前进，偶尔有点擦挂，但还是成功地让纤绳牵引着，往上游走。

6点半的时候，终于到达了闽家渡（音译 Ming-kia-tou）。

据引航员们说，我们前面需要穿过的河道水更浅。在没有经过仔细勘测之前，我不想再走了，于是11号一早，蒲兰田去瓮肚儿（音译 Ouong-tou-eurl）查看水情。只有3法尺6法寸。

蒲兰田到晚上才和泰里斯一起回来，为了方便测量河道每处的宽度，同时保持不被水流冲走，他们让纤夫在两岸用缆绳拉住两艘舢板，再把两艘舢板靠拢接驳起来。

水位又降了4法寸。

12号，蒲兰田和泰里斯回来了，他们完成了从这里一直到彭山县（Pen-chan-hien）的水位测量，结果是这样的：

摩崖岩（Mo-ya-yen），水深3法尺半；
太和场（Tai-ho-tchang），水深4法尺；
石口滩（音译，Che-keou-t'an），水深4法尺；
牛坝子（音译，Nieou-pa-tse），水深3法尺。

看来如果不涨水，我们是没法再往上走了。到达这里之前，大家一直害怕下雨，现在却热忱地祈求降雨，为我们开路。

将近晚上11点，我被落在木船顶上的雨滴声吵醒了。但是直到晚上6点才开始涨水，涨了4法尺。

14号早上，我们再次测量了瓮肚儿的水深：已经达到了4法尺5法寸，足够我们通过了。

我一下轻松了许多。出发的前一天我收到了一封成都来信，这封信不知道为什么花了12天时间才到我手里。我们来看看它写了什么：

成都，1902年8月2号

指挥官先生，

7月30日，尊函送到时，我这里已是一片混乱。

随时都有消息传来，一个比一个糟。

在金堂县，我们发现了一千多具尸体，逃脱的是少数。

恐怖的威胁正笼罩着全国。

在汉州①（Han-tcheou），基督教徒的府邸和房屋被焚毁殆尽，教徒们像动物一样被人追杀。

……

除了上帝的荣耀，以及法国影响的扩大，我别无他求；我只是尽心尽意，为此工作，完成职守。

我们正经受着狂风暴雨，跟两年前震惊世界的那件事一样；每天晚上躺在床上都在自问，不知道自己能否活到明天，每天早晨，同样的问题再重复一次。

目前这种情况，我们只能听凭神意的安排了。

指挥官先生，请接受我最诚挚的敬意。

助理主教
让·蓬维亚纳

从10号开始，停泊在眉州②（Mei-chou）对岸时，我已得到确切消息，知道发生了惨烈的屠杀，就是在这个时候，我决定不惜一切代价也要到达成都。

除了保护同胞的安全以外，我还担心我们领事的安全，因为我们还记得，他确定在8月10号从重庆出发，前往成都。

---

① 译者注：汉州，今四川省广汉市。

② 译者注：眉州，今四川省眉山市。

看来在领事赶往成都的时候，我要谨慎地接近总督，坚决要求跟他见面他为我们的领事在路上提供必要的安全保障。

然而，我还是不能相信形势已如此严峻，毕竟是在省府。

10号从眉州出发前往成都时，我给海军上将写了一封加密电报，希望能够送到。电报中这样写道：

> 6月6日乘小艇出发，10日到达眉州（距成都40海里）。河道极为险峻。
>
> 我会尽量上行，若航道受阻，将同众人乘木船继续前行。局势貌似混乱。几千当地基督教徒被屠，无欧洲人被杀，确信此举是由满清官员授意。希望近期小艇和我均可到达，以平息事态。成都教区告急，但目前暂无危险，叛乱貌似发生在我们行程的更北方。
>
> 我将谨慎行事，但若有需要，必将全力以赴，保护欧洲人。
>
> 望来电，就此事告知清楚有效指令，我将用中文电报转达总督。相关问题的报告已于5日发送。
>
> 一路上搁浅多次，但并无大碍，船上一切安好。

可以看到，直到此时，我都不是特别悲观。我以为，想到被屠杀的教民，被焚毁的书籍，传教士们可能受了些惊吓；但在省城，在总督身边，他们自身并无性命之忧。

而且，我以为，如果不是这样，他们本该可以正式要求我们赶过去。

我没有想到，这些可怜的人，他们知道我们人数寥寥，不愿意把我们一下子卷入到大胆的冒险中去。

蓬维亚纳神父的那封信是第一道闪电，让我睁开了双眼。我立刻把这事告诉了额恩，结果他承认，混乱的局面愈演愈烈，已经严重波及成都。他没有隐瞒我，欧洲人已经处在危险之中。

那么，就没有什么好犹豫的了；所有的法国军人，只要他们的血管中还流淌着一点点荣誉感和法国人的血液，就该恪尽职守。我要不惜任何代价，赶到成都。我还不知道去到那里后可以做些什么；很明显，我只带着三四个人，不可能痴心妄想，对抗得了省城的七十万居民。一旦发生严重暴动，我们就会被碾得粉碎；但是我们会以死相拼，亲爱的，我想到……

我诚心诚意，对那三个手下说，如果小艇到不了，请他们随我一起，继续赶往成都，我还告诉他们，我们很可能被杀掉，但这事关同胞的生命和我们的荣誉。这时候，小艇上的所有人，包括蒲兰田在内，都给出了那个我早已知道的答案：所有人愿意随我一起去。

于是，我就开始仔细考虑我们接下来的计划，毕竟我们资源有限，要尽量好好安排，至少创造出最好的结果。

但是首先，我们需要将小艇开到彭山县，小艇绝对需要停在一个完美的避风港。泰里斯会担任一个讨人厌的角色，就是守住小艇，他必须待在船上，尽量搜集情报，这既是为了他的安全，也是为了在他发现重大情况，需要预警时，跟我们保持联系。因为我们远在省城，同欧洲的联络可能会中断。

12号早上10点，我们启程，通过了瓮肚儿。

到达摩崖岩时水深6法尺，下午4点10分经过了太和场。乡镇旁，河道水流湍急。

到达石口滩时，水深8法尺，水流极为湍急。最后我们在牛坝子停靠，河底的礁石都被水覆盖着，增加了领航的难度，但所幸水流比较平稳。我们需要先行探测，寻找航道。

经过牛坝子之后，河水流速变得很快，我们同它的狂怒搏斗，司炉工们创造了奇迹，蒲兰田也一样。这时候下起雨来，我们又开始担心会涨水。到了晚上，我们不得不在一个非常糟糕的锚地停靠，这里水流湍急，还没有固定点。

我们尽量钉在原处，把缆绳拴到岸上的一丛玉米秆上，再钉入木桩和铁锚。水还在涨，我们要停下来一整天，这肯定是个意外情况。

直到这里，我们都安排得当，木船每晚都能赶上大船。蒲兰田、我和另外三个船员晚上在木船上过夜。

但是这次事关重大，甚于物质上的舒适，它推动我们向前，全然忘了这会有什么样的结果。木船没能在晚上赶到，我们只能尽量挤在"大江"号狭窄的船舱里，凑合了一夜。

第二天，14号，江水还在上涨，依然不见木船的踪影。结果就是，没有干衣服，不能做饭，没地方睡觉。我们就靠威士忌支撑着，还要摆弄缆绳和撑杆，而这两样东西随时可能会不够用了。湍急的水流不断把船往岸上推，我很害怕看到小艇会搁浅，或者螺旋桨被损坏。

4点，木船终于到了。我们从河岸内侧把它跟小艇拖驳起来，好让它拖着我们离开河岸。由于木船上存有大量竹编纤藤，我们得以把一根缆绳牢牢地拴在一棵树上，离开锚地400米远。

晚上，水终于退了下去。16号早上，我们再次出发前，走最后一段路。

水量依然很大，我们缓慢前进。11点，到达了大沙坝（音译，Ta-sa-pa），岸上竖立着一座护城塔，高塔对面稍微往下游走一点，就是彭山县了。

大沙坝的锚地非常好，水流平静，河底是淤泥，很好固定住船锚。

如果小艇受到攻击，在紧要关头，可以把这高塔当作现成的碉堡；而且整个彭山县其实都在"大江"号的武器射程范围内，而城里的居民根本没有远射程武器可以使用。

我立刻把计划付诸实施。

晚上，我们把"大江"号上的一门速射炮拆下来，再组装好，还拿了一些弹药，和可以盖在大炮上面，做伪装用的包装袋和席子，这样一来，远处的人根本看不到这里面到底藏了什么。

我让奥利弗（Olivier）、梅雷（Merer）和罗兰三人跟我走。蒲兰田要求跟我一起去，我费了好大力气才让他待在小艇上，告诉他小艇随时可能会偏离正常位置。

我们四个人还带了大约一个月的食物、火棉，还有毕克福德公司（Bickford）生产的雷管。

随我们同去的还有我的翻译常，以及四名中国人，他们穿着红色服装，我去拜访的时候由他们抬轿，他们的头领听差也一起去。

终于，彭山县传教会的传教士给我们送来了一个中国厨师，可是，在这种情况下，他根本不会做牛排。最后还是我们自己的人来负责饮食。

出发前，我去到传教会，想了解一下情况。

神父对成都发生的事情只有一个大概的了解。

在成都附近的仁寿县（Jen-chou），发生了一场屠杀；然后又发生了第二场，就在河对岸，离"大江"号停泊的锚地不远。

我要他把接下来可能会发生的所有事情都告知泰里斯，同时让他派出两个可靠的人，跟着我们的木船，在两边岸上行走，直到到达成都为止。

这两个侦察兵，从服饰上看来是挑夫，我甚至不想看到他们，免得他们激动。他们一旦在路上遇到什么有关我们安危的事，就要赶来通知我。

在眉州，给海军上将发完电报后，我还告知了蓬维亚纳神父，说我决心已定，要去成都。

为防万一第二封信被拦截下来，被额恩或者某个懂法语的人看到，我是用希腊字母写的，只是在拼写上跟法语类似。

我在彭山收到了回信：

去成都的路上

成都，8月12号

指挥官先生：

8月10日所发信函已收悉，电报已发。

目前形势依然严峻，整座城市很快就要完全失控。

土匪进了城，而城内遍地都是饥肠辘辘的人。不必感到吃惊，农历本月十五也就是8月18号，这些在灰烬下面酝酿的火星定会引发一场巨大的灾难。

总督已换，布政使①早被调走，满族按察使②的到来还遥遥无期。

如此重要的西部省份，现在行政管理已经乱作一团。

现在，考验我们的时候到了。

愿主保佑！

---

① 译者注：布政使，清朝掌管民政和财政的省级官员。
② 译者注：按察使，清朝掌管军务及司法机构的省级官员，也称臬台。

第九章 四川的混乱和屠杀

坐船去成都——到达成都——反洋人布告——拜访主教——哈瓦斯①的快讯——暴动的真相——义和团——一个不可靠的中国人——胜利之歌！——舒家湾镇的毁灭——屠杀的继续——总督让我向领事建议不要来成都——拜访总督——翻译的趣事——令人感动的会见——主教府的反抗——奎总督派兵——两封急件——一件轶事——到达领事馆——骚乱的继续——我回到嘉定

---

① 译者注：哈瓦斯通讯社，1835年创建。后成为十九世纪全球最有影响力的通讯社之一，1940年纳粹德国占领巴黎，哈瓦斯社不复存在。

死刑现场

19号，我乘木船离开了彭山县。

我给泰里斯下的指示可以归结为两点：严加守护，如果我出了什么事，立刻回嘉定。

我们横穿过河里的卵石滩。晚上下了很大的雨，8点，河水就开始快速地上涨。

我们顺着河流右岸，往城市上游继续前行。巨石悬突，其上的宝塔令人叹为观止。

接着，我们绕过了南河的河口，但是这里水流骤然增强，费了好大的劲才能勉强前进，很多时候都需要拉开缆绳来牵引木船。

我们到达了江口镇，一列房屋沿着河流一字排开。

快经过这个镇的一半的时候，一座寺庙的角落伸展到了水中，形成了一处小激流，我们放置下一根竹编纤藤，好经过这个角落。

然而竹编纤藤断了，我们立刻被卷进了激流里，先是冲向河岸边停泊的一堆木船，我们试图让船靠过去，但没成功，水流还是带走了我们。

经过江口镇之后,我们的木船被冲上了一片大石滩,木船眼看就要散架了。

船上的中国船员手足无措;我和我的三个船员撑住竹篙来减轻冲击。我的竹篙断了,碎片划伤了我的手,还重重挫伤了我的胸口。

但最终我们的船还是幸免于难,我们把木船停泊在那些差点害死我们的岩石后,重新用缆绳拉纤。

木船老板劝我说,河水涨得这么高,我们是没办法航行的,要等等再出发。事实上,大多数小船都是这样做的;但是他们不像我们一样必须赶时间。

因为中国炮船早就过去了,在江口镇上游等着我们,我们也得赶过去。我大摇大摆地往左轮手枪里装了6发子弹。尽管我并没有威胁他,但木船老板还是朝手枪瞟了一眼,然后埋头干活。这次,我们毫无阻碍地赶上了中国的炮船队。

从江口镇开始,河流的状况就完全改变了。现在它只是一条巨大的、被河堤拦住的流水。时不时的,可以看到不少的堰坝,把水截留过去,让水车转动起来。

对航行来说,已经没有真正意义上的威胁了。但是还会有一些地方会搁浅,不过不严重。

20号晚上,我们经过了第一座石桥,石桥飞跨河面,真是美轮美奂的作品。

中国炮船队一直不离不舍,我们与他们沿着同一航线航行。

每经过一个重要的城镇,当地驻军都会穿着军服出来向我们致敬。所有的当地团练都穿着崭新的服装:最好该发给他们一些武器,因为他们手持的武器实在是吓唬不住人——猎枪、火铳、火枪,还有长矛。

21号晚上,夜幕降临时,我们开进右边的一条水道,里面满是木船和各种小船。我们终于到达了成都的西门(Si-men)。

由于到达时间太晚,所以没办法当晚进城。再加上总督派人传信,让我们第二天再上岸,在此之前先等着,会有士兵在那儿保护我们的安全。

木船老板上了岸，不一会儿就回来了，神色仓皇。

他的第一个举动，就是叫人把木船驶远，紧靠在中国炮船外面，不跟岸上接触。

一位老传教士也上了船，他家住市郊，在城墙外面。

这里每天都有人威胁要灭掉洋人，自从我们放出风声，说要来成都，威胁暂时平息了一点。

然而形势还是非常严重。

每天晚上都有布告贴出，呼吁周围的民众杀洋人。为了满足好奇心，我们去看了看，它们是这样写的：

农历八月十六，我们去打洋人！

勇敢的居民们，不要怕！所有的基督教匪徒，我们要砍掉他们的脑袋！有多少杀多少！

凡皈依我教者不必担心，不入我教者，你们死到临头了！

基督教的匪徒们，快去找你们的圣像吧，去乞求逃脱厄运！

按头领的号令，把所有的洋人恶魔，一个一个刀斩！

在午夜的时候，一个中国人跑到岸边大喊"杀洋人！"但当炮船上的士兵开始搜捕他的时候，他立刻就逃掉了。

第二天，22号早上，我叫人准备好行李，把大炮和弹药仔细地藏了起来。

7点，总督派来了挑夫和他自己的60名卫队士兵。

这些士兵看似干练，也顺眼。他们装备了毛瑟步枪，他们的指挥官一直让他们有意无意地给自己的武器上膛。

我在队列最前面，奥利弗和罗兰断后，梅雷和常走中间。

然后我对士兵下令，让他们走成两排，行李在中间，我们出发了。

一路上有很多人围观，但都异常安静，一动不动，与我们平时见到的喧闹无比的中国人大相径庭。

我们在人群的目光中读到了仇恨，还有一些目光直直地探进我的轿子里，流露出深深的可怜之情。

仍然没有一声叫喊，死一般的寂静。

后来我才知道，总督下了令，只要人群中哪怕发出了一点嘟哝声，士兵都可以立刻朝人群开火。

走过郊区之后，又穿过了镶嵌在巨大城墙中的一道门，这道城墙之大，让我联想到了北京的内城。最后我们来到了一栋叫做"公馆"的中式房子面前，这就是给我们的下榻之处。公馆有两个连在一起的庭院，中间靠一道墙和一道门来分隔，每个庭院里，三面都由卧室和其他房间合围着。

作为住所，这地方算不错了，可又冷又潮湿。

而且，简直就不可能防御。三面都用木板围着，不仅让我们难以看到周围发生的事情，而且一旦有人闯入，木板墙几乎起不到什么作用。

刚刚放下行李，我们就得到消息，说老朋友王道台要见我们。由于刚刚发生的事件，上一任洋务总局督办辞官了，王道台就成了新任洋务总局督办。

他告诉我说总督很希望立刻见到我。——我说全凭总督大人安排。于是我们约定了第二天的见面。

王道台还不断重复跟我说："额恩也会过来。"

"指挥官，你明白他想要说什么吗？"王道台走后，常问我。

"我知道，但你还是去吧。"

"可是，指挥官，他这么说，是想让你不带我去。"

"是的，我也在想这事，但这不碍事。常，你一起去我会很高兴。我们进衙门的时候，你紧跟在我的轿子后面。如果他们想让你走另一条路，你就喊，大声叫喊。"

在等待去见总督的时候，我去拜访了一下主教。

迪南主教大人（Mgr Dunan）的住地离这儿不远，他的住所很大，有一大排平层房屋围绕着一个小教堂，还有座花园，中间有个湖。

除了临街的那一面，其余的住房和商店都是背靠公馆，也就是主教府的三面而建。

我们交谈了很长时间，他把最近血洗四川省的事情都告诉了我。

9月1日，哈瓦斯（Havas）通讯社跟法国的各大报纸都发布了一条快讯，我们看到后无比震惊：

"北京300名叛乱者被杀。四川省恢复秩序。"

我不知道是哪个"特派记者"给报业巨头提供了这个消息。如果报社给他的报酬不菲，那这人就是在抢报社的钱。报社最好把此人辞掉。

至于法国的读者们，在这一天，从日常开销里拿出钱来，买一份报纸，看到这条令人高兴的新闻，他们就可以吹牛说自己消息灵通了！

现在，我们就来看看这一天四川的秩序是如何恢复的……

早在5月，在资阳县，一名新教传教人员和几个信徒被杀。

5月12日，在安岳（Gan-yo），10名天主教徒被杀，12人受伤，其中2人不治身亡。

接着，忽然间，府河左岸所有的城镇，从仁寿县到彭山县，都被土匪占领了。

大约60多名基督教徒、天主教徒和新教徒被杀害；然而这种抢掠并不只限于信奉洋教的人，一些中国富人也被杀害，他们的房屋被洗劫和烧毁。

因为看到满清官员放任不管，一个普通百姓领头反抗。

他把江口镇的当地团练集合起来，突袭了一座寺庙，里面有一大帮土匪，他们杀了不少土匪，抓了20个俘虏。

我们到达彭山县时，这20名俘虏还被关在县衙里；但是，尽管民怨沸腾，呼声不断，县令却拒绝审判俘虏，这就证明了掌权的高层人士是串通一气的。

从这时起，人们开始谈论四川的义和团。

我讲过，两个北方义和团的首领是如何被流放到四川省来，以及他们是如何在这里招募信徒，扩充帮派的。

我已经记不得在哪里读到过义和团这个词的意思，而且长期以来，我都不知道这个词是从哪里来的，只记得听人解释过，它的意思好像是：神助拳。而事实上，它比这个解释要简单和奇怪许多。

在古代，每个中国士兵都必须习武，其中有一种类似于瑞典体操，或是柔术练习。

我亲眼见到过这种训练：头部、躯干、四肢剧烈快速运动，实际上类似某种拳击。

我们知道，训练有时会有效用，在某些对象那里导致类似的兴奋。阿伊萨瓦人①（Aissaouas）就有这样的例子：他们的苦行僧在做礼拜时，身体旋转舞动，陷入一种近乎被催眠的状态，他们丧失感觉，易受暗示。

我刚才所言，可能是第一次提到武术训练里也会有这种暗合。这对中国人是个新发现呢，还是他们早就明白？我并不知道。不管怎样，它看起来是不久前才派上用场，因为据传，慈禧太后（Tse-hi）是在亲眼验证了一些义和团头领的断言之后，才下定决心跟洋人对着干的，结果她败得很惨。

我在北方甚至看到过一些粗俗的画像，画的就是这些群氓。上面有个半裸的义和团成员，士兵们一排子弹对着他射过来，他毫发无损。画面上的慈禧太后和在场的满清官员们都惊愕得合不拢嘴。

---

① 译者注：阿伊萨瓦人，北非人，以其宗教仪式、音乐及舞蹈著称。

也许，几个世纪以来，这种催眠秘术就藏在哪个喇嘛或者僧侣们的寺院里，直到有一天，有个天才的煽动者拿它来对付洋人。

他这样做，是因为深刻了解中国人的性格。

说实话，在着手干某件事情的时候，他们非常软弱，更多的是害怕受苦。中国的所有社会规则都是建立在广泛的责任基础上的，儿子对父亲尽责，父亲对父母、对村镇、对省份尽责，等等。

这么一小群欧洲人，落在这样一大堆充满仇恨的黄种人中间，却没有被撕成碎片，那是因为没有一个中国人敢吼出第一声，打出第一拳。

可一旦有了这么个敢出头的人，其他人就会觉得，自己反正是无名之辈，没什么责任要担当，于是纷纷跟随。我不相信，在沿海最欧化的城市里，仅仅会因为有这么一个体力旺盛、精神亢奋的人，敢率先出头，就会接连不断，出现这样的屠杀。

义和团成员们明白这些，他们在暗示下寻找这种原始的驱动力。

除了训练，他们的信徒们还服用了某种混合物，是从本地产大麻中提取出来的糖分饮料，其中含有一定量的印度大麻或者类似的兴奋剂，使这些人陷入癫狂的摆动状态中。

训练有助于催眠，有些人对催眠暗示有抵抗力，但大多数人都会彻底或部分地听任其摆布。一些女人和小孩加入了同样的活动，完全无法招架，进入深度催眠状态，以为自己无知无觉，刀枪不入。

不是说感觉刀枪不入，子弹就真的打不中他们；但是由于他们感觉不到伤口疼痛，就会领着信徒和人群一直往前冲。

每队义和团都由一个女人领头，头目们把她奉作观音的化身，观音是佛教中的一个伟大的女神，所以人们把他们叫做"活观音"（活着的观音）。

她们身着红装，勇往直前，无所畏惧，无所感觉，她们的存在令整个队伍望而生畏，如果没有她们，一梭子子弹过去，人群就会四下逃散。

我们恍然大悟，明白了那些真正的秘密会社的人，那些政治首领，是怎样利用这些方法，成功地煽动了民众，把他们卷入了反洋人的活动中。

在仁寿事件之后，总督看似有所行动。当初我们要求他向欧洲人开放成都和叙府的时候，他回答说："四川的情况还不足以保证外国人的安全。"事实上，我认为他只希望当地发生些轻微的骚乱，以证实他的回复。

总督派了一个叫曹道台（音译，Tsao-tao-taï）的人去府河沿岸对付那些土匪，这个道台以仇视洋人闻名。

这个道台并没有处决抓到的土匪俘虏，也没有全力追捕被击溃的土匪，他们都是些叛乱分子，或者是所谓的叛乱分子。就这样，匪徒看似被打散了，尤其在炮舰到达河岸的时候是这样；但是，乌合之众又聚集在了成都的城门口，在龙潭寺（Long-tan-tse）。

同时，另一支人数更多的土匪，听说大概有几千人，也开始聚集在石板滩（Che-pan-tan）附近，一座名叫平音庙（音译，Pin-yn-miao）的寺庙里。

总督派了丁将军（Général Tin）和黄将军（Général Houang）前去镇压。这两位将军指挥有方，多次击败了土匪，让他们损失惨重，并且把剩下的土匪都堵在了平音庙里面。

本来只需让这些勇敢的士兵们一鼓作气，按照他们的要求，运几门大炮过去，炮轰宝塔，就可以把剩下的土匪全部消灭掉。

然而，这并不是那些满清官员想要的结果。

臬台（省级法官）亲自来到了现场。他释放了俘虏，又给他们发了钱，让他们保证不再动武之后，他就不费一枪一弹，胜利回到了成都。

在这种情况下，臬台这样做，我不知道他到底是叛徒还是白痴，很

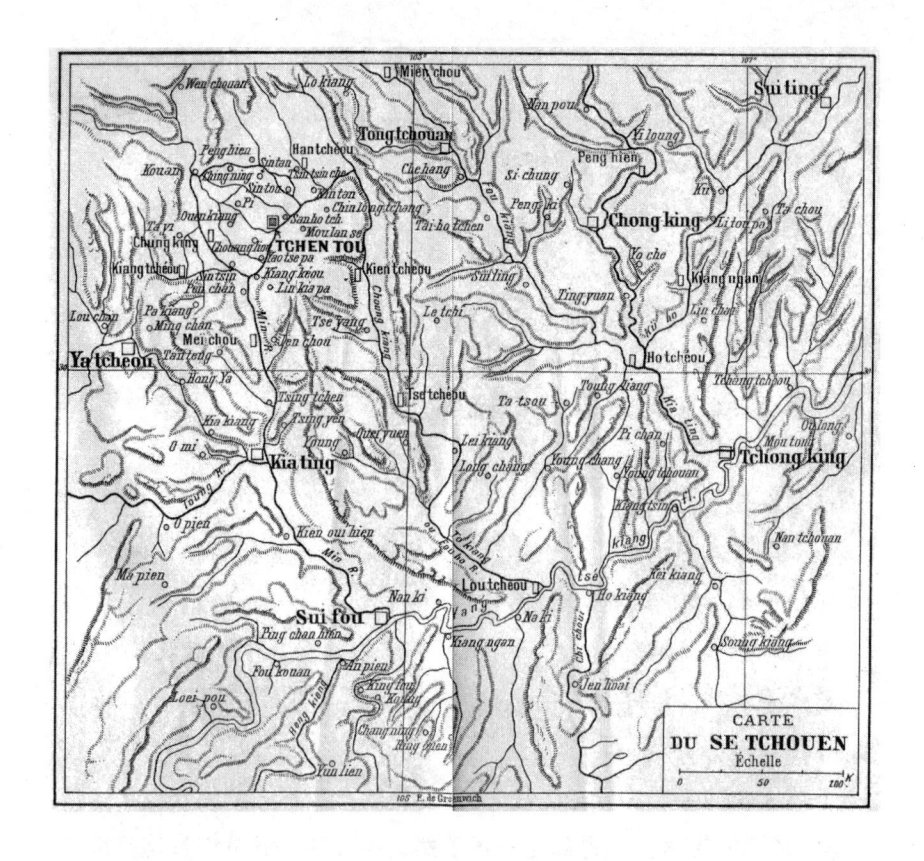

有可能二者兼备。臬台在回程中还张贴了告示，才华横溢，为中国式的愚蠢和自负提供了例证。我在此抄录如下：

成都臬台告义和团书：

捷报：农历六月，余率军击败并歼灭义和团。

观音（Kouan-yn）、佛祖（Fou-tsou）、灵官（Lin-kouan），（三个义和团成员①）已归西。

唐僧（Tong-seu）、八戒（Pa-kiai）和悟空（Ou-kong）（另外三个神）如未毙命，定已逃亡。

孔明（Kong-min）和武帝（Ou-ti）（两个忠实的智囊

---

① 译者注：当时的义和团、红灯教等成员多化名为罗汉、神仙、传说人物等,借用其名声来吸引追随者。

已弃暗投明。

彼（义和团成员）应知晓，其并无可能刀枪不入。彼炫耀其圣水与仪式，然二者均已失效。

昔日习练义和拳之众人，南柯一梦，已至醒时。唯愿众人早日改弦易辙，以保一己之命及全家老小。

今后，尔等众人不得再行演练义和拳及妖术。父母子女，当携手归家。余再行劝勉：愿基督教徒与非教徒和睦相处。如若执意相互寻衅仇杀，则死期将至。

盖因尔等愚昧，余倍加哀怜。尔等如若不思悔改，定会重陷苦海。

今，军士凯旋，欢呼胜利。为防万一，余置兵卒于各地，保尔等众人各行其是，安闲度日。

本告示简单清楚，一目了然。现五谷丰登，宜适时收获。

愿尔等众人，喜获丰年。

上述天才的美文片段是7月23号公告的。我不知道民众读了这份"简单清楚"的告示，是否都能一目了然；但义和团成员们肯定是读不懂的，或者他们太懂得其中的真实含义。

7月25号，舒家湾镇被摧毁了。

舒家湾镇有一个小礼拜堂，建造在伸向平原的一块突出的石头上，构成了一种天然的屏障，我并没见过，好像是座奇妙的建筑。支撑屋顶的是一些圆形石柱，每一根都由整块石头打造，高度为30法尺之多。可惜屋顶却是木制的。蔷薇花饰和窗户都雕刻在石头上，精雕细琢，在中国人那里算是不可多得。

舒家湾周围是一个十分重要的中国基督教徒聚居区，曾在1896年成功抵御过余蛮子的进攻。

从暴乱一开始，这里的神父迪皮伊（P. Dupuis）就把所有的基督教徒聚集起来。每天都有一队人去礼堂守卫，很有可能是由于这种每天雷打不动的习惯,让义和团完全不敢进攻这个地方。

不幸的是,他把臬台的那份告示当真了,或者至少相信可能有一段短暂的和平。

水稻已经成熟,收割季节到了,土匪们洗劫了那些无人看管的田地。

神父大意了,24号,他给守卫教堂的200人放了假,叫他们赶快去收割庄稼,并在26号之前回来。

25号晚上,一群土匪迅速聚集过来(或者他们也许根本就没分散过),有好几千人,他们围攻了基督教徒居住的镇子和这个礼拜堂。

丁大人被吓得不敢出衙门,副本堂神甫黄被杀害。神父本人在仅剩的15人的保护下才逃了出去,其他人被围困在镇子里,屠杀了。

神父一行人且战且退,直到26号晚上,此时,神父身边只剩下了两个人。

然而奇迹般的,傍晚,一阵浓雾忽然笼罩了城镇,神父得以从礼拜堂逃脱,没被发现,他走近路,从斜坡上冲到河边,花重金,乘上独木舟赶往成都。

但是在舒家湾镇的1200至1300名基督教徒中,有1000人则被用尽各种残酷手段屠杀了。这个数字我核实过,后来领事馆也核实过。

男人被锯成两半,从关节处被撕成一块块的;女人被开肠破肚,肚子里被重新塞进活生生的小孩,小孩因为窒息而痛苦挣扎,让不幸的女人受尽折磨而死。这就是这些人做出来的事情,而我们竟然跟他们交流外交礼仪、文明礼貌。

第三天,新塘洼(音译,Tsin-tang-oua)和顺水口(音译,Tsuen-choui-keou)都遭到了洗劫。仅仅在金堂县一个地方,就有1500名基督教徒被杀。

30号,新兴寺(音译,Tsin-tsin-se)沦陷。8月1号,汉州沦陷。三天之后,土匪开始进攻地方武装——民团。他们打垮了民团,杀死了大清官员高大人的一个仆人，打伤了高大人。三水观①（San-choui-kouan）的集市也被烧毁。

与此同时，另一支土匪部队开始在距离成都15公里处的窑子坝②（Yao-tse-pa）集结。

令人望而生畏的是，此处聚集的大部分人都是真正的义和团成员。

这些人同城里的土匪串通好，每天晚上去洗劫近郊。总督的9名士兵和一名官员都在城墙附近被杀害。

官府在城里抓到一个土匪头子，从他口中问出了土匪的联络暗号和辨识标记，以及200名小头领的姓名，还有他们每人率领和指挥的土匪人数。

县令下令，酷刑折磨，用浸了硫黄的灯芯点天灯，土匪头子终于吐露了密谋的计划：他们准备在晚上攻进城墙，目的是杀洋人，抢银行。

他说，城内还有500名"兄弟"等着，他们已经准备好，从城墙上放下梯子，攻占某个城门。

这个土匪头子并不是以抢劫为生，也不是穷困潦倒才铤而走险。在村子里，他衣食富足，家庭美满。但是由于受到义和团那些训练的蛊惑，他亲手杀了自己的妻子和两个孩子，以作祭典，据他说，为的是在世上了无牵挂。

他父亲求他别这么做，他就威胁父亲说要把他也杀了。他说，洋人囚禁了皇上，他要为解救皇上而战。他死得很英勇，被慢慢折磨而死。受刑者先是被砍断骨节，挖去双眼，然后割下头皮，揭开天灵盖。是的，听说刽子手在这一系列折磨开始之前，发了善心，先用一根长长的钢针刺穿了他的心脏。

直到生命的最后一刻，他还在咒骂着洋鬼子和与洋人串通一气的满清官员，在誓要复仇的喊声中咽了气。

---

① 译者注：三水关，位于今四川省广汉市三水镇。

② 译者注：窑子坝，今四川省双流县太平古镇。

我回到公馆后，王道台又来见我。

他告诉我说，因为资阳当地的混乱局面，邦斯·当迪先生已经在路上被困两天了。总督担心他的生命安全，请我给他发封电报到资阳县去，叫他不要再往前走了。

我回答道："邦斯·当迪先生比我还熟悉四川的事，他还会说中文。总督大人知道，他既谨慎又勇敢，北京出事的时候，所有人都跑了，他却待在重庆，难道不是这样吗？

"如果他觉得旅程无法继续下去，你们就该心知肚明，我又不在现场，无权给他提出任何建议……"

我又补充说道："当然，为谨慎起见，可以告诉总督大人，让他派一些士兵去保护邦斯·当迪先生。"

我对领事和他的随同人员都非常了解，确信他们认为自己的使命就是去成都，哪怕面对死亡的威胁，他们都不会后退一步。

但是，稍作犹疑，我还是打算给邦斯·当迪先生写封信，只是要通过秘密渠道。我不会阻止他来成都，但可以提个建议，谨慎的做法可能是改道西行，走仁寿和彭山方向，与小艇会合，然后乘小艇，再跟我一样，乘木船过来。

每时每刻，我都会收到各传教会的消息，是由分散在四川各地的传教士们发来的。每封信上，情况都十万火急。

在每一个教徒聚居处，大大小小都出了事。

资州①（Tse-cheou）、太和镇（Taï-ho-chen）、安岳等地都不同程度受到威胁。最后在资阳和成都之间，连领事走的那条路上都被一大帮土匪阻断了交通。

而我自己的情况也不容乐观：首先，我要保护同胞和来自欧洲其他国家的人（成都目前还有10个人，5位新教牧师、3位妇女和2名小

---

① 译者注：资州，州府位于今四川省资中县。

孩）；另一方面，领事被困在路上，形势危急，我听到消息后又十分担心；而面对这一切，我手中只有3把枪作为精神力量，我能做的、说的、策划的、安排的，只有对总督施压，让他好好想想，他和他的国家正在承担的责任。

从谁那里得到建议？从谁那里听取命令？给海军上将或者远在北京的法国公使发封电报吗？如果中国人想拦截电报，我不认为他们会天真到不这样做。

发电报，首先就显得犹豫不决，好像害怕什么事，至少也会让人觉得，我需要跟上司商量过，才能决定采取行动。

中国人简直就是外交大师，深知个中微妙差异，可能我们都比不上。

所以我目前只有一个机会：勇敢；只能抓住一种对策，显得信心十足。

23号早上，主教前来拜访我，他让我和随行人员一起搬到主教府去。到现在为止，我不想让这一切看起来是我强迫他的，但我确实非常想让他自己对我敞开大门。

这样，我就可以布置周密防御。在我们开敞的公馆里，这是不可能做到的。而且，我人手寥寥，若遇猛攻，完全无法抵抗。在主教府里，如情况危急，碰到单枪匹马的匪徒出手时，还是可以希望与之一搏的。

2点，按照约定，我去拜访四川总督奎大人（S.E. Koei）。
但是在我正穿衣服准备出门时，我的翻译常来了一段有趣的插曲。
我在院子里看到他，当时他还穿着欧式衣服，我对他说：
"常，快点换衣服，时间快到了。"
"但是，指挥官，我已经准备好了，就穿这身衣服去。"
然而，常身上的欧式服装别有一番奇特的风情。
长裤上面是一件法兰绒的蓝白条纹网球背心，背心外面套了一件燕尾服，头上戴了一顶鸭舌帽，下面露出根辫子。

我一时没回过神来。常穿中式服装非常优雅，平时穿着阔绰，衣饰光鲜。现在穿得这样奇特，让我怀疑他有什么不为人知的原因。

我拐弯抹角问了一下，跟他谈了谈。

头天晚上，王道台示意我把常留在家里，常的自尊心受到伤害。

因此他就穿上欧式衣服，以示不满。

"这身衣服很好看，"我说，"如果你喜欢的话，我们下次再穿，不过现在，还是先把衣服换了吧。"

"可是指挥官，换衣服的话，我没有适合这个季节的帽子。"

他坚持不让步。中国人穿上正式服装，需要有对应的发型，要戴无边软帽，或圆形草帽，或者包一块白帕子。什么时候穿戴这些也有诏书规定。

两天前才换了帽子。我不得不派人到传教会去，借来一顶合乎规定的、中规中矩的大盖帽，免得常再找各种借口，穿白天那身衣服。

我吩咐他道：

"如果额恩的翻译完全正确，你就听他翻译；但是如果他不照我说的话来翻译，你就直接纠正，不需要征得我同意。"

事实上，王道台的暗示应该有他的理由。要么是总督身边的满清官员指示过额恩，让他用他们所希望的方式来翻译我的话，要么是总督自己并不反对出现模棱两可的翻译，这样的话，以后一旦需要，就可以说是我们相互理解错了。

大概走了一刻钟，就到了总督的衙门。这里没有前厅，我们被直接引到了一个摆着点心的房间里面。

奎总督是一位鞑靼人，虽然精力充沛，但还是上了年纪，而且内心深处是排外的，也是真心爱国的，至少是爱这个朝代的；听说，他跟慈禧太后有姻亲关系，或者至少跟她是同一个地方来的。

他脾气暴烈，但是既懒惰又萎靡。他最大的错误，导致现在所有问题的错误，就是漠不关心省内事务，而让身边的满清官员去打理，可这些官员中的大部分人都与我们公开为敌。

但我认为，如果了解情况，目前发生了这样的暴行，血染四川，不应该完全归咎于他。

可是，在对抗欧洲人的入侵时，他的防御部队却抱着一种极为诡诈的消极态度。

他知道这么做没什么效果，但我也可以相信他并没有放开缰绳，任由土匪和义和团胡作非为。

可是，一开始看到出现骚乱，他所希望的那种轻微骚乱时，他也并不动怒，因为它可以阻止外国人不断地来烦他，要求各种特许权，开放港口。

局面失控了，尤其是当他身边的人都对他隐瞒真相的时候。

此外，名义上他已被调任，所以一心等着继任者到来，希望把眼下的重担都留给他，让自己不再受折磨。

奎总督用最和蔼的微笑迎接了我。

我已经说过，在中国，如果你有求于人，不能一见面就直奔主题，而是应该先漫不经心地交谈一阵。

这一次我没怎么照章行事。

"总督阁下，如果我礼数不周，还望多多包涵。

"我是个军人，而非文人或外交官；隐藏事实非我所长，我只会直截了当，可能过于直率，但我只能讲明真相，除此之外，并无他选。

"那么，阁下，我想向您确认，目前之事件，若任由其发展，只能导致跟一年前在北京发生的事情一样的结果。"

"嗬！"总督夸张地笑了，"北京跟这儿可不一样。北京的官员糟糕得很，但这里的官员好得多。"

"阁下，您说的不太对。您曾派出过一位官员去镇压土匪，他却与土匪串通，给他们发放银钱，回来后还说重创和打散了土匪。而正是由于这一愚蠢和怯懦的行为，可以说是这一背叛行为，导致了1500人被屠杀，一个法国人侥幸逃脱。如果您把他称为一个好官，那您可真是好脾气啊。"

我看了常一眼，额恩每翻译一句话，他都点头，对我示意额恩是照实翻译的。

可怜的额恩真心希望自己能逃离这个地方；毕竟对于一个中国人来说，对一个高官说这些话，哪怕仅仅是翻译，也会让他感到手足无措。

总督终于收起了他和蔼的笑容。他紧扣住桌子的边缘，不再用一直的那种友好而高傲的语调，而用正常的声音跟我们说道：

"您说的那人是谁？"

"这儿的臬台大人。"

周围在场的大概25个人立刻开始窃窃私语，都是些达官显贵。

"阁下，我是专程来向您来说明情况的，而不是向其他人。"

"不可能，您所言恐怕不实。"

"我以名誉向您保证，阁下，我所言属实，而且我一离开这里，立刻就可以把证据给您送来；我只希望您能关注此事，让证据能传到您手上。

"当然，这不是我真正要说的问题，我也没有资格向您申诉和控告。下面才是我真正想说的：

"我乘'奥尔里'号炮舰到达重庆的时候，您曾给我来电，邀请我来访。我带着三个人，如约前来，跟您要求的一样。

"您当时完全知道，靠这几个人，我不可能抵御这座城市的全面暴动。

"只是，我用我的荣誉、我的'面子'向您保证，谁要想在成都杀害一个法国人或者一个欧洲人，就必须先从我们的尸体上跨过去。想杀我们会付出很高的代价，而且日后还会面对残酷的复仇。

"我们的领事也在赶来这里的路上，杀掉一个领事的后果，您想必也知道，那就是宣战。所以现在您需要派足够的人去保护他。关于欧洲人，我也不多说什么，他们并不总是意见一致，但有一种情况例外，那就是，为了复仇，他们之中的每个人都会挺身而出。

"我知道，有些事情正在准备当中，现在已经到了阻止它们的时候了。如果有人向您隐瞒真相，那我来告诉您。您是总督，下命令吧，让手下听您指挥。

"望阁下原谅我口无遮拦。等到我们的领事安全到达的那一天，他会更心平气和地对您说话，您听起来也会更顺耳。"

这恐怕是第一次一个总督听到有人这样对他说话。尽管这不符合任何外交传统，但我认为奎总督并不会觉得我措辞严厉。不管怎样，重要的是，我是终于说出了我想说的。

我们又谈了一会，然后总督说："好，我短时间内必会有所行动。"

出去之后，两列总督的卫兵站在庭院里等着我，向我敬礼。我踏上了回公馆的路，立刻让人把行李搬到主教府，我则和主教商谈起来。

"什么！"主教迪南大人问我道，"总督说不知道臬台在舒家湾做的好事？我当时还写了一封长信告诉他此事。你看，这就是信的复件，还有，这是总督收到信之后给我的名片。"

就在这时，额恩也来了，是总督派他来的，还有些话要对我解释一下。

他来得正好。我们给他看了看这封信，他说总督根本就没有收到。太好了，他马上就会看到是谁骗了他；我立刻叫人重新抄了一份，然后托付给额恩，要他以人头担保，把信送到总督阁手上。

我又写了封信，用中、法两种语言写的。多有预防必无后患。

阁下：

请恕我大胆，我十分荣幸地在这封信中给您重复一下之前跟您强调过的事。

现在，您的省里正在发生一场暴乱，就跟两年前在北京和直隶①（Tche-li）发生的一样，那场暴乱导致整个欧洲跟中国开战。如果您不加以制止的话，四川的这场暴乱亦将以此方式结束。

如果两个月前就采取了有效措施，暴乱不会发展到今天这个地步。

目前我们还有机会，但恐怕再过几日，就为时已晚。

我有确切消息，现在成都城内有几百义和团的人在等着攻打欧洲人。

在此，我怀着敬意但又坚定地告知您，阁下，如果有欧洲人被杀，您和整个中国都难逃其咎。

我十分了解目前我的国家和整个欧洲的观点；请允许我再一次提醒阁下您，如果发生上述情况，那么不只是法国，整个欧洲都会步调一致，报仇雪恨。而且这一次，我们不会再索要什么赔款，我们要的是人头和你们的国家。

说到我，只有三个手下与我一同前来，陪伴我们的同胞。如果有谁胆敢动他们一根头发，就必须先把我们杀了；但是我要提醒你们，这样做会招致最残酷的复仇。

我到这里来，就是想告诉你们，我已决定做我该做的事情。阁下，您要知道，对只有空话没有行动的这一套，我们国家的人民已经快没有耐心了。

我在此恳求总督阁下采取有效措施，派出精锐部队前去镇压暴乱，派忠心耿耿的官员去领兵，而不是那些跟土匪串通一气的。

我还要请求您，采取所有必要措施，保护领事先生的安全。

您知道，领事是文明国家之间都公认的人物，杀害领事就意味着对这个国家宣战。

---

① 译者注：直隶，今河北省。

所以，如果他路上出了事，想想会给您的国家和您自己的人头招来什么样的灾难吧。

当我告诉您，臬台大人不是去打义和团，而是去给他们送钱时，您看似很惊讶。其实，迪南主教大人早就给您写了一封信，讲过这个事情，如果您没有收到过这封信，还请您调查一下，看是谁胆敢把它私藏了，因为信确实是寄出来了。

停笔后，思绪终于平静下来，然后我又重新读了一遍。我知道有人要批评我太刻薄、太直接，甚至太凶恶，我之前也问过自己这些问题。

可是，如果一切从头再来，我还是要这样做。为了唤醒总督，让他不再害怕；他身边的官员们制造假象，虽然没人要我这么干，我还是要扭转局面，要重重地敲打总督，轻了没用。

……

有人不相信我这个法国军官说的话，那么我在这里引用一家英国报纸的消息，也许你们会觉得更可信一点：

10月8号，《北华捷报》①（*North China Herald*）刊登了一封来自其驻重庆记者的信，信中写道：

"重庆的恐慌。从成都出来以后，义和团开始向遂宁（Suining）和合州(10)（Ho-tcheou）进发。合州四周有城墙环绕，在嘉陵江岸，距此有40海里。

"这些新闻给重庆带来一片恐慌，人们一下子停下了所有的事。重庆的一些人员注意到事态严重。领事发出通报，通知英国国民，要他们在全城警戒的时候到领馆来避难，因为领事馆在城墙内；也可以到长江对岸，龙门浩的炮舰的射程以内去，那里有我们的两艘炮舰，'金沙'号和'丘鹬'号。其中'丘鹬'号已在去往嘉定的路上，它暂停在叙

---

① 译者注：《北华捷报》上海的第一家英文报纸，1850年创立。

府，以保护这座重镇里的外国居民。"

如果英国领事威灵顿先生，这样一个熟知当地情况的人，觉得即使在两艘炮舰的保护下，重庆都事态严重，需要采取特别的安全措施，那么我想大家都会同意我的看法，成都已经形势危急，成为了暴乱的中心。

被我甩在嘉定的"丘鹬"号，也努力靠近到那些需要它保护的地方。

趁着涨水，松维尔中尉的"丘鹬"号试图到达彭山县。

他费了好大的力气才到了眉州，这次大胆的远行让他备感光荣；但是由于发现水位下降，怕被困在河中，他认为是半路退回的时候了，马不停蹄，赶回来时停过船的锚地。

很快，我们就在传教会安顿了下来，期限不定。主教给了我们三间卧室，我独占一间，另外两间给了其他3人。

主教府内的欧洲人除了迪南主教大人，还包括助理主教兼财务总管蓬维亚纳神父，迪皮伊神父和莫普瓦（Maupoix）神父，迪皮伊神父曾在舒家湾镇担任神父，我讲过他逃命的奇特经历；莫普瓦神父也是被居住地土匪追击，逃亡至此。当他听说自己的基督教会已经被摧毁时，成都的暴乱也开始了。

除了上面这些欧洲人，还有十几名比较忠诚的中国人，这就是主教府的全部人员。

对于主教府这样一个比较大的地方，就这点人想要守住院墙是相当困难的。幸运的是，府内有一个小池塘，旁边有一个小教堂可以作为避难所，池塘另一边有好几堵墙，接连开了几道门，可以一直通到街上。

我布置了防御据点。第一步就是把炮放在一面墙后，墙上挖了个洞，用砖头遮住。

如果有人从街上进攻我们，那迎接他们的就是一场屠杀！要攻进三道门才能到我们跟前；我的想法是，让他们进攻，我们一枪都不打。

进攻的人群会涌进来，堵在又长又宽的前厅里，我计算了一下，估计可以容纳 600 人。等他们攻进最后一道门，我们就朝着人群扫射，这样一个屠宰场可能吓得住进攻者。

然而，如果有人翻过围墙来进攻我们，情况就要严重许多了。我们当然也考虑到了这个问题，所以叫人买了长矛，还把尖刀绑在竹竿顶上，制作了一些矛。

握着长矛的人听迪皮伊神父的指挥，这些人包括厨房学徒、搬运工、马夫等等。他们的职责就是刺死那些试图翻过围墙的人。

尽管如此，蓬维亚纳神父还是告诉我不用过于担心。因为想要进攻这里，首先需要穿过主教府外面的各种商店和住宅，里面的居民肯定可以认出土匪，然后给我们通风报信。

额恩带着我的信走了，我焦急地等待总督回复。这次，回复就来得快多了。

第二天，总督的密使就来找我，说奎总督好像非常生气，还打碎了几只大花瓶，接着他召集了身边所有官员，狠狠骂了他们一顿。

他吼道："真是荒唐！我居然要靠一个外国人，才能明白我的省里到底发生了什么！"

最让我感到高兴的是，凌晨 2 点，总督派了 400 名士兵去保护即将到来的法国领事，其中有一半都是总督自己的卫队。路上还会有 200 人去增援。

大街上一下子有了巡逻队，洋人房屋的守卫数量都翻了一番，茶馆和鸦片馆里也混入了密探，来监视任何风吹草动。

24 小时过后，抓到了大约 40 名确凿无疑的义和团成员，在他们身上发现了明显的义和团标志，几天过后，他们全被斩首。

24 号晚上 9 点半左右，一名信使气喘吁吁地跑过来，说法国领事已经到了。

邦斯·当迪先生的随同人员中有中尉马基，大家应该还记得，我把他留在重庆,并且跟领事说,若有需要,可带上马基。同来的还有领馆的艾丁格医生。

他们从凌晨1点半开始,就由总督派出的部队护卫着,马不停蹄地往这里赶。多亏了这队救援,否则他们可能没有办法通过那里。

但我不觉得当时他们的生命就受到了严重威胁。很有可能是总督贿赂了一部分的义和团成员和土匪,我觉得他可能想竭尽全力避免杀戮,以免受牵连。而那些心怀仇恨的官员依然在行动,只不过更谨慎。

不管怎样,我们不会知道,一旦中国人的野蛮被释放出来,何时才会停止。

此外,阻碍我们的通讯也是一件很简单的事情,领事每次给我发电报的时候,都特别害怕被拦截下来。

在此期间,还有个阻碍领事前来的简单计划,领事给我来电报的时候说起过,他当然觉得,这个计划若说不上危险,至少也是好笑。

既然不能用恐吓让领事半路返回,他们就让一队士兵去攻击他的挑夫和仆从,杀掉几个人,再赶跑几个,最后把行李都捣毁掉,弄得他身边一个人都没有,这样他就不得不折回去了。

他被资阳县的县令挽留了整整48小时,因为县令说,为了他的安全,不能放他走。

就是在这期间,邦斯·当迪先生让马基中尉给我写了一封信。这封信被送到了停泊在嘉定的炮舰上,然后25号到了我的手中,内容如下:

荣昌(You-tchang),8月16日

指挥官:

亲爱的迪·布舍龙,因为,据种种可能,现在是你在嘉定指挥。我依据领事的官方意见,向你汇报一下现在的形势。

领事、艾丁格医生和我现正在赶往成都的路上。领事先生收到了成都主教的一封信,信中说成都正在发生可怕的事情,指挥官最好马上赶往成都,如有可能,尽量多带一些人手和

大炮。

很显然，邦斯·当迪先生自己不能下这个命令，但他还是很希望看到成都有尽量多的人。

如果不受到阻拦，我们将会在一周后到达。

问所有人好。祝安好。

马基

领事在我们之前待过的公馆安顿下来之后，我立刻过去，跟他说了所发生的事情和我所做的事情。

……

同一天早上，总督派了额恩过来，王道台也来了，总督"感谢我的坦诚"，然后问我他可以在什么时候过来拜访我。

我坚持请他不要亲自前来，他不同意。他让人传话说一定要见我，而且就在主教府里见我。

当然，此时此刻，他有所行动，而且还想有善意的行动。我只想以此为证，说明很多满清高官都来见过我，即使其中一些对我们心怀敌意。

然而，好景不长，奎总督再次陷入了他那种习惯性的麻木之中，短暂的平静之后，波澜再起。

但是这一次跟我没多大关系了，我重新回到观众的角色中去。相反，领事和他所带来的两个官员，以及一行人的到来，让我觉得，我们在受到攻击的时候，可以来一场更为主动的抵御。

我就把所有的精力都花在了加强主教府的防御上。我用弹药筒里面的火棉制作了炸弹，用来向进攻者扔过去。我们还布置好，抓紧时间，在地上挖了很多洞，埋上地雷，好让它们在进攻者脚下开花。

主教还悄悄拿出了一些不中用的步枪，机械师梅雷说，那就凑合着用吧。我们把子弹拆开，做成弹药筒。还有一些中国人，拿上这些原始武器，大都是只能发射石子的猎枪，在马基的指挥下每日操练，马基用汉语嘟哝着口令：

"一，二，开火！"

这些声音传到了访客们的耳朵里，多少也让他们信以为真，他们传出风声，说我们正在紧锣密鼓地做着防御工作。还不用说我故意摆出大炮（本来不是放在这个位置），让他们偷瞄上几眼。

外面又传来了坏消息。

东部的土匪往安岳去了，但他们遭到了抵抗，土匪有700人，至今还未能丝毫撼动安岳。

而这恰恰是现在最大的危险，一是因为叛乱者人数众多，二是他们可能从遂宁过河，转向川东，下到重庆。

8月27号，整整一夜，成都附近的郊区发生了较大规模的战斗，这里距离成都的北城门已经非常近了。

一帮匪徒在成都北部的彭县（Peng-hien）附近开始集结，这给当地天主教传教会的人造成了极大的恐慌，其中还有几个法国教士。

8月28号，成都的义和团回到了他们之前驻扎的窑子坝，准备进攻银家坝①（In-kia-pa），那里住着一位法国人。

总督建议我们把这名法国人接回成都城内，但主教据理拒绝了这个提议。主教已经开始明白，为了他所追求的事业，与其说在满清官员的祈求下退却，还不如就让他们杀掉几个人，反正这些官员最后都借口说自己并未推波助澜，任由教堂被摧毁，基督徒被屠杀。

此外，这种行为会肯定导致法国这个远东地区基督教徒的保护者，要么食言，要么采取有效行动，两者必居其一。

如果我说，若是出现第一种结果，天主教传教会并不会缺乏其他欧洲国家的保护，那么请相信我。

28日，一伙匪徒在三河场②（San-ho-tchang）被击败。但是31号，

---

① 译者注：银家坝，位于今成都市双流县境内。
② 译者注：三河场镇，今四川省成都市内。

潼川①（Tong-tchouan）的总爷（团练首领）攻打一大帮义和团成员，寡不敌众，他和手下都被杀害。潼川城里还有1名法国人和6名美国人。

从这时起，总督不得不实行较为森严的戒备，盘查了省城里的2万年轻人，他们大都对欧洲人怀恨在心。以此为由，叛乱者显得越发大胆起来。

9月1号，太和县②（Taï-ho-hien）的官员、两百名士兵，以及两百名基督教徒志愿者被匪徒袭击，100多人当场被杀。

9月4号，驻扎在木兰寺③（Mou-lan-se）的士兵和义和团发生了战斗，血流成河。200名义和团被杀，但官兵也不得不边打边退。

最后，9月6号，银家坝再次受到严重威胁。

几乎每天都在打仗。在此期间，我们的公使团还不相信成都发生了这样的事情，他们给邦斯·当迪先生发了一封电报，问："真的有1500名基督徒被杀了吗？"回复是："传教士们都确认了这个消息，中国官员也不否认。"

领事每天都往总督那儿跑，试图给总督周围的人施压，千方百计，督促他们作出有效行动，但他并未得到想要的结果。

总督最后承认："暴乱太多了，士兵不够，而且他们中的大多数还不会打仗。"

总督的继任者已经在路上了，但据说，此人已扬言不会继任，除非现任总督让本省安定下来。

这位继任者姓岑（Tsen），之前是陕西省（Chan-si）的总督。听说

---

① 译者注：潼川，今四川省绵阳市三台县。
② 译者注：太和县，此处疑原文有误，前文提到太和场，也称太和镇，今四川省郫县团结镇。
③ 译者注：木兰寺，位于今成都市新都区木兰乡。

此人办事有效主动；我们当然也希望他带一支部队过来。

然而不幸的是，听说他现在的得力干将中，大部分人都怀着强烈的排外情绪，这让人不得不怀疑这位新任总督到底在想什么。

不过，由于邦斯·当迪先生给总督不断施压，我也加了点压，他还是采取了一些措施，目前成都城内的稳定还是基本得到了保障。

相反，东部的土匪却一直让我们忧心忡忡。如果他们去重庆，如果暴乱在整个四川省遍地开花的话，那么首先要重点保护的就是重庆，那里居住着大量的欧洲人，也是与欧洲贸易往来的中心。

我还经常接到泰里斯的来信，他告诉我，在我出发后的第三天，牛坝子的水位就迅速下降，小艇没法穿过它返航。下雨少，雨量小，我害怕看到"大江"号被困在那里，也害怕"奥尔里"号被困在嘉定。

我们每天都单独在成都的街道上巡逻。步行，只要没出什么事，没听到敌意的喊叫，就不露出武器。

这明显是严令禁止的结果。一个欧洲人，即使中国人拿友好的眼光看他，也会有好奇的人群来围观尾随，否则就出不来。

而现在，没有一个人跟着我们。只要有小孩刚做出要跟在我们后面的样子，店里立刻就会出来一个人，牵着小孩的手，走得远远的。

各种盘查一直继续，毫无结果。但是邦斯·当迪先生认为我不应该在成都继续待下去了。如果接下来要发生什么事的话，他已经在此站稳了脚跟，而且单凭那3把步枪也起不了多大作用。

相反，即使在这种情况下，几艘炮舰回到重庆却至关重要。

在离开省府前，我还是请他给我写了份调令，这是必需的。

我要走的时候，主教和传教士们都非常伤心。他们说，我来成都时，他们觉得终于等来了救星。当然，我不应该把自己当成他们的保护神，而且这样做也很好笑。但是就个人来说，我没有一秒钟不觉得命悬一线。

我再次重申这是我该做的。在离开彭山县，到达成都之后的几天内，我都相信，而且可以坦率地说，结局可能不妙。我孤注一掷，带着那么一点点可笑的防御力量，甘愿深入虎穴，可能还是有点功劳的。

……

9月9号，我乘坐木船离开了这个地方，之前它一直停泊在成都的锚地。马基和艾丁格两人骑着马，沿着河岸送了我一程。20天前我逆流而上，现在要顺流而下了。

水位比之前下降了约3法尺，到江口和彭山的时候，木船不断搁浅。

"大江"号已经离开彭山了。

几天前，我就向泰里斯表明了态度，告诉了他我什么时候回来，还说让他自己决定什么时候往回赶。

泰里斯在我到达前一天启程出发了。在经过牛坝子的时候，小艇几乎没有吃水线了，下面我会讲到测量方法。

我催促那些中国船员，因为我急着要赶到嘉定。

在路上，我们看到河流两岸有些地方很难航行，我思忖着"大江"号是怎样脱困的，我现在无比急切地想看到它，想象着下一个转弯过后，就会看到它搁浅在河滩上。

9月11号，我到达了嘉定。

第十章　回到重庆

"大江号"顺流而下——缓解两艘小船的负担——我们回到叙府——成都事态严重——义和团试图夺取城市——领事、马基和艾丁格一行人的英勇举动——领事代行总督之责——回到重庆——我们的建筑——中国工人——新任总督上任——骚乱结束——绘制水文图——龙脉——裴女士——我们同胞在重庆的努力——我们的继任者到来——启程回国

"大江"号从彭山顺流而下

"大江"号从彭山回到嘉定的航程异常艰辛。

由于江水上涨迅速,同时我又去了成都,泰里斯对这块锚地有了新的认识。

"大江"号到达了江口镇上游几公里处,被一片大约3法尺深的浅滩挡住了去路。它到达了距离大海3270公里的地方,从未中断过航行。

"大江"号停泊在彭山县期间没有发生任何事情。

不过从这时起,江水却不断回落,降雨也没那么猛了,而且降雨后的短暂期限内,水位只有少许上涨。回程中,想要穿过像牛坝子这样的浅滩,就成了泰里斯要操心的大事。

泰里斯和蒲兰田天天都在研究,发现每当彭山的水位升降1法尺,在这些地方,水位却只有1法寸的变化。

需要注意的是,这两个地方即使很近,但碰上同一次涨水,水位却大不相同。

在河道狭窄处，水位变化更是小得可以忽略不计。

这种情况不仅府河有，而且长江也是这样。

在快到达夔府之前，河岸的悬崖上有一个佛像头部雕刻。

当水位到达雕像的嘴部时，满清官员就会禁止木船通航，因为这代表异常涨水。

而实际上，从浅水水位到嘴巴这个位置，也就五六法尺。但在夔府，这个时节河水可以猛涨 30 多米。

要想通过牛坝子，他们研究后，认为在彭山，水位线至少要达到 0 刻度以上 7 法尺，这几乎已经是所需的最低水位了。

8 月 20 号，水位到达了 7 法尺，但是却继续下降。

随着时间的推移，盼来一场大暴雨或者江水猛涨的愿望一天天渺茫起来。最后，迫于无奈，只有一种办法，才能免于受困：降低"大江"号的吃水线。

卸下了煤炭、物资、粮食、武器、弹药，空锅炉之后，小艇船头入水 2 法尺 9 法寸，船尾入水 3 法尺 2 法寸。

而要开始航行的话，船尾至少需要 2 法尺 4 法寸的吃水，这个吃水深度才能保证螺旋桨的良好运转，同时，船头也要保持相同或更低的吃水线。

这样的话，船头还需要减少 6 法寸，船尾需要减少 10 法寸。

这样，"大江"号才过得去。

泰里斯把小艇的两侧都停靠上一只半头船①，这些半头船在府河上游航行，在小木船和舢板之间转运货物。半头船空载的时候吃水五六法寸。

我们在半头船里装满小石子，然后放上了三根木头，一头放在"大江"号的甲板上，跟船体牢牢地绑在一起，一头放在半头船上堆起来的台面上。

---

① 译者注：半头船，清末木船，常见于今四川省眉山市附近地区。

然后慢慢把小石子搬走。现在，小艇船头吃水深度只减少了4法寸，船尾减少7法寸。木头弯了，效果不好。

接下来，增加横向撑木。这次成功了，"大江"号船尾吃水深度只有2法尺6法寸，船头2法尺4法寸。

由于在行驶途中，船的龙骨有可能触到河底，所以要确保整个安装非常牢固，不能出现滑动，那样的话，整个船体都会下沉，小艇会搁浅到很糟糕的位置。

9月7号，经过两天忙碌的工作之后，一切准备就绪。

9月8号早上7点半，泰里斯启航了。彭山县的水深为0刻度以上半法尺，而牛坝子6号晚上测试过，仅有2法尺6法寸深。

牛坝子是一个弯度很急的浅滩，呈S形；浅水时河道宽度仅为9米左右。

在弯道口，"大江"号擦挂了一下，停了一秒钟，然后，被水流推着，从卵石上驶过，既没有搁浅，也没有打转。螺旋桨没有触底，因为船体很宽，没有横摆，但是两侧溅起很多卵石，一直打到木船上。

就这样拖行着，"大江"号直冲向河滩，但是，当船头刚刚触到河滩，大家就把竹篙撑在水里，猛一用力，让船头调开。

只有半头船船尾右舷碰到了河岸。除了右面的木船的船头有些滑动，但其他地方都很稳当。

在瓮肚儿，也遇到了同样的水位，但河道更窄，导致"大江"号有些轻微搁浅。

小艇停在林家滩（Lin-kia-t'an）

涪州河面上的险滩

浅水河道的上方，然后他们去侦察水深。

水深为2法尺8法寸，"大江"号要通过没问题。

此处过后，航行就变得越来越容易。在中岩寺的时候，江水有些汹涌，但是船锚抓得很稳。

在鸭蹼滩时，江上泛起短促密集的波浪。令人担心的是，撑木有弹性，小艇可能下沉一些，撞上河底的大块岩石。

这些岩石层层叠叠，就像车里的弹簧。小艇被猛烈的水流挟裹着，一下子越过了拦在河里的岩石河床。快速测试了水深，左舷3法尺，右舷4法尺，但是没有触碰到任何地方。

从此处起，航行再无惊险。然而，一个中国舵手稍微动了一下，虽然不易察觉，但小艇在一列礁石旁搁浅了，水深2法尺。

江水横冲过来，船不容易摆脱出去，但他们依然设法找到了航道。9号早上10点，"大江"号终于驶出了危险的地方，停泊在了杜家场锚地，就在"奥尔里"号旁边。

最后一次搁浅后，船上穿了个洞，进了水。幸运的是，很快就被发现了。

他们把两只半头船从"大江"号上解开，对它进行仔细检查。又发现了一个渗水的洞，补上了。

他们之前用了几根绳子，从船底绕过去，绑住撑木后的木船，在检查绳子的时候，发现有一根已经破损得很厉害。

第三天，我们启程回叙府。为节省时间，我想把小艇跟"奥尔里"号拖驳航行。

这办法非常好，因为小艇可以根据情况拖驳在炮舰的前面或者后面，这样在遇到急弯的时候更好操作。这办法我们已经屡试不爽了。

只有一个危险，就是在进入漩涡时，会看到江水漫上小艇的船头。

在府河注入长江的河口，有近一分钟时间，小艇船头一直泡在水里，我不禁开始担心水会浸入小艇的底舱。

这段航程我们来的时候花了13天，而回去的时候，一路畅通，仅用了1天。

到达叙府后，我们很高兴地发现，多亏了雷松神父的悉心料理，我们的住所已经全部竣工。

在三周里，我们一直关注着事态的发展。只要省府的事情解决了，领事本来可以高高兴兴乘炮舰回重庆的。但形势看起来依然无任何好转。我每天都收到他和马基的信，信中说，骚动远远没有停止，而新总督还没来，一点不着急的样子。

在之前离开成都的时候，我就萌生过一个想法，可能会行得通，这个以后我们会看到。那就是，让人相信，至少是让天真的人相信，我们在成都留下了一些防御武器。

我们曾凑合着制作过一门假大炮，用的是木块，上面盖了一层席子，看上去还真像我们带过去的那门炮。

在我们打点好行装，准备离开主教府时，几个有身份的人来跟我道别，当然更是来窥探，我还专门带他们到这门假大炮前转了一下。

可是，9月15日，90名义和团成员分别从三个城门进入了成都，他们聚集在臬台衙门前，高声呼叫，号召人们拿起武器打洋人。

还有各种疯狂场面。大约有1500到2000人聚集在成都郊外的青羊宫（Pagode de Deux Brébis）里，等待着臬台衙门前的试探结果，好赶过去增援。

听说，新总督要在两天后才到达成都，各大衙门应当已经陷入无序状态，事实也是如此，暴民们觉得更有胜算了。

至于造反的人，他们可要失望了。商店已经关门，住户要么堵住了房门，要么已经逃了出去。

所以，2个小时里，这90名义和团成员在城里到处横行，没有一个士兵出来阻拦他们。

所幸这批人都来自乡下，不熟悉城里迷宫一样的道路。他们本想洗劫城里的洋人房屋，但最后一直在绕着臬台衙门和总督衙门转圈。

而现任总督则已经完全乱了方寸，至少是想显得这样。

我们后来才知道，在前一天夜里，义和团派了一位使者过来，向他询问是否同意干掉洋人。

奎总督本来不想接见这位使者，但还是下了决心将其扣留，然后处决了，本该如此。

邦斯·当迪先生没有犹豫。他跳上马背，带着马基和艾丁格，冒着可能在路上被土匪杀害的危险，来见总督。

吉星高照，他到了总督府。

"我管不了了，"总督说，"现在没人听我的。"

他拿起了毛笔和一张纸。

"拿去吧，我现在把兵权交给你，照你想的去做吧。"

10分钟后，守卫和亲兵都离开了。问题很快解决了，90多名义和团成员中，有不到12个逃掉了，士兵伤亡12至15人。

领事和马基开始进行盘查工作。各处都设立了检查站。满清的军官们终于可以接到军事命令，兴高采烈，满腔热忱地执行命令，追捕义和团成员。

第二天，出现了新的险情。一大群乞丐，就是叫花子，试图抢劫商店。他们手无寸铁，容易对付。

然后，晚上，一面城墙因为受到雨水的长时间侵蚀，整个倒塌了。城里流传出一些迷信的说法，说墙倒塌是因为中了义和团的魔咒。但是我们征用了一万名苦力，花了一天时间就将缺口补上了。

总的来说，在五天时间内，总督的全部权力都交到了我们领事的手里。

领事在9月22号给我写的信中提到了上述事件：

> 我之前的电报（里面信息不全，我现在全都告诉您）告知了您9月15号和16号两天发生的事情。
>
> 我们遇到了两次特别严重的险情。如果城里的人真听了义

和团的话，加入暴动的话，我们就全完了。但是成都城里的一些好人总是不放心：由于您的缘故，他们总觉得我们在公馆内部藏了一支法国军队，藏着各式大炮和步枪。天知道还有些什么。

而且对义和团的煽动，城里的居民完全没有反应，或者说煽动的效果跟义和团想看到的正好相反。

城内的居民都待在自己家里，把房门堵死，等着看会出什么事。

义和团打头阵的人都是一些农民，不熟悉城里的道路：他们一直绕着总督衙门转圈，试图寻找洋人的教堂和房屋，没找到。最后，满清官员们终于鼓足勇气，一石头下去，拍死了这只从早上就嗡嗡叫个不停的苍蝇。

16号原本是他们计划好的大屠杀日，义和团的企图落空了，其过程更为可悲。17日晚到18号凌晨，东城门附近的城墙倒塌了，城内一片恐慌。

现在，有人通知我们说，农历二十二到二十五日之间，会有一场激战。我这里有张告示，是这场运动的大头领，一个自称顺天教主①的人发出的！

她定下日子，要在这两天内灭了我们。（她姓廖，我估计光若翰神父肯定认识她。）

仍然没有新任岑总督的消息。听说他正赶往潼川府，去解救这个被义和团以及廖的匪帮紧紧围困的城市。

岑总督去了怕是有一周了，我们没有听到有关于他的任何消息。

我们的老朋友奎总督则悠然自得，离群索居。满清官员圈子里一片惊慌，大部分人都乘小船逃往嘉定去了。

还留在本地坚守的官员都躲着，尽量不出门。那天可怜的奎总督含着眼泪对我说，他现在身边只剩下四五个靠得住的人

---

① 译者注：此处有原注，意为：顺天府，指北京地区。但根据文中的内容，这里应该指成都地区义和团女首领廖观音，她曾自称"顺天教主"。

了。可悲啊！可悲！

现在如日中天的是枭台的儿子陈林（音译，Tchen-lin），他来拜访过我。

这几天，陈林一直跟土匪在城郊兜圈子。东打一下西打一下，离城门只有几公里。就是这个毛头小子会得胜凯旋吧……中国的哥萨克，不是吗？

我与岑总督会面之后就会离开，但我还不知道他什么时候能来，因此也没办法告诉你我回去的具体时间。

我又耐心等了邦斯·当迪先生十几天。然后，江水开始下降了，我决定先出发再说，不等他了。

我们遇到了不少的弯道，航程显得非常不顺利。尤其是筲箕背这个险滩，中间的大石头很危险，对于"奥尔里"号来说几乎没有办法通过。

这次航行很幸运。从嘉定出发时，我们就与"大江"号拖驳航行。

唯一的危险，就是在我们出发两小时后，一片浓雾笼罩了整个江面。我们不得不摸索着前进；好在此处并没有什么危险。这片浓雾也预示着今天会出太阳，但我们仍然需要小心谨慎，要是担心浓雾的话，就要等到早上10点以后再启程。

10月2号，我们回到了重庆。

尽管没有我想象的那么快，但房子还是已经矗立起来了。

马基走后，就一直由海军下士兼木匠罗布莱（Roblet）领导房屋建造工作。罗布莱很能干，处理什么事都很机灵，游刃有余，就是在一堆雇工中间显得稍微有些害羞。

中国工人的工资很低，这是真的，但是他们干的活也少。因此，就算给同样的工资，也不能指望他们干的活比欧洲人多。

不过，我在此所说，与通常看法正好相反，中国人做事含糊，爱骗人，令人憎恨。

首先，中国人并没有那么灵巧。在历史上的某个时期，确实，中国人创造了奇迹；那些建筑、雕塑，那些瓷器和刺绣，完全是灵巧、耐心和细致的结晶。

这一盛世已经过去了，就像我们大教堂的雕塑家，他们的生命已经流逝在精雕细琢的石头的花纹里。

但是在欧洲，在艺术上丢掉的东西，我们用数学的精确弥补了回来。而在中国，他们好像一下子丢掉了一切。

只有靠时时刻刻的专注，以及刻苦耐劳的双手，才能做出合格的作品。

幸好我有的是时间，可以说，如果我没有事先检查过，他们连一块石头都放不好。

我们在王家沱的工程浩大，但是拆掉的更多，那些中国包工头让我失望透顶，每次我过去检查的时候，现场总是一片抱怨声。

在这期间，我们修复了"奥尔里"号在艰难航行中损坏的所有部位。

军官们开始绘制水文图，并在不久后拿出了初稿，只是个大概，但对后来的人来说已经可以起到很大作用。

当然，我也在焦急地等待我们的继任者们的到来。

5月的时候，我曾经给总司令写信，要求暂时不要终止我已经做了两年的指挥官职务。现在，我到中国已经两年半了，我已经觉得差不多了。总司令表示理解我，同意了我的申请。

但是，时间一个月一个月地过去，继任者却迟迟不到。最后我终于明白，看样子，二三月份之前，是不能指望他来了。同样没办法指望的，还有接替我们高级船员的那一群人。

为了在这段时间内有点事情做，我让他们开始绘制水文图，水文测绘一直到重庆。

我们目前已经拥有足够的数据，可以精确地绘制出叙府到重庆段的水文图。在我们艰难逆水上行的时候，莫诺已经绘制了府河段的图。叙府以下的地方，由莫诺和蒲兰田一起绘制。从嘉定开始，所有上游可通航的水域都考察过了。

领事和马基他们在三周后也回到了重庆。他们告诉我说，新任的岑总督终于到了，他让成都稍微平静了一些。这并不是说，可以不用担心成都此起彼伏的暴乱了，而是各处暴乱之间没那么紧密的联系了。如果说之前的暴乱是一场几乎席卷整个四川的野火，那现在的暴乱就像稻草堆里的火苗，可以轻易将其扑灭。

虽然可以说，我们安然无恙，度过了最危险的时候，但在这期间，几千人被屠杀，数以百万的财产被洗劫。

领事的外交魄力功不可没，但是，可能我也该为自己的全力相助感到由衷的自豪。而且，欧洲人也好，中国人也好，都没有流血伤亡，没有费一枪一弹，没有危及将来。我甚至可以确定，所有跟我打过交道的人，包括那些我恶语相向的满清官员，对我都不会有任何恨意。

而奎总督：可能发现从那封信之后我就没怎么再"打搅"过他，还在我离开成都前派人来道别，后来他经过上海的时候，也派人给我带了礼物……

迪·布舍龙、马基、泰里斯和莫诺因为有其他任务，在12月初乘坐木木船先行离开了。

他们四人要一起顺水航行到万县，然后在那里分手，迪·布舍龙和马基调头回重庆，而泰里斯和莫诺则继续沿江前行，因为我批准他们可以直接回国。

现在只剩我和内格尔第医生留在王家沱。

尽管我们在当地的法国人圈子里，甚至欧洲人圈子里不乏好友，但我们还是感觉度日如年。

我只好在建筑工程上乱发脾气,我承认,手下的包工头频繁受到我的刁难,还得忍受我的黑色幽默。

这反而有好处,工程进度加快了。

我曾叫人在地面上,正对长江那一面,用刻凿整齐的石块,围绕军官们住房的边沿,修建一堵厚1米,高10米的堡坎。

然后,在垂直方向修建一栋房子,长20多米,底楼用石头筑成,上面还要有两层楼。

最后,还要建一间工坊,方便维修船只。目前,我们只能靠江边一个暂时性棚屋里的铁匠铺来做这事。

我们雇用了大量中国工人,给王家沱带来了这里从未有过的人员流动和买卖来往,所以现在这里的人看我们的眼神也变得充满好感。

至于附近地区,在近来的科举考试中,成绩出乎意料的好,根本轮不到我们质疑,就是我们带来的好运。

地下流动着脉络,根脉,会带来好运或厄运。

最好的两条脉,其一叫"虎脉",其二叫"龙脉"。我们为建房子挖开了地面,找到了"龙脉"。锦上添花的是,我们所建的房子很沉,又把"龙脉"固定在了这里。

据说附近其实还有32处地方可以带来类似的好运,但是它们在哪里呢?这个中国人可不知道,但是我们凭着手里的神奇的仪器(水平仪和经纬仪)就找到了。

只剩下了一个对手了,是个女人。常翻译把她叫做裴女士(Pé)。人们更多的时候叫她布尔内大妈(la mère Burnet)。

她是一位已故海关关员的婚外女人,布尔内是她丈夫的名字,给她留下了两个孩子,一男一女。

英国人很关心两个孩子的命运,"丘鹢"号的前任船长非常友善,好像把男孩带去了上海,让人抚养。

布尔内大妈本来是个值得同情的人，如果她不与我们为敌的话。

老立德乐是她最信任的顾问，很可能给她许了诺。有一阵她的地曾在我们的考虑范围内，如果我们要买，她就会向我们索要高价。

后来我们选了另一块地，她越发怒气冲冲，因为我们修的房子悬突出来，在临江的一面，遮住她的房子有12米之长，她的房子完全被挡住了。她本想着以后找到其他的欧洲买家，现在完全没可能了。

因此，她找各种借口，无时无刻不过来跟我们的工人找茬吵架，搞得那些工人都很害怕她。以至于有一天，她过来把工人们的锅给砸了。我派了个卫兵去，身着军装，刺刀上了膛，当然，也下了命令，不要真动手。

我这个手下表演哑剧真是棒极了。他拿起这位女士的手，按在刺刀尖上，然后用手指比了一个闭嘴的样子，最后用双手比出了一个全世界都能看懂的手势：滚！

我这位女邻居的怒火终于消退了。

……

离我们最近的邻居是杜克洛先生，一位煤矿工程师，以前参加过里昂传教团（mission lyonnaise），也是第一批到达王家沱的人之一。

他为四川的法国公司掌管着一大批矿山的开采权，从过去到现在，一直在等着开采矿藏的机会。

但是要进行开采，需要打开交通渠道，需要筹集足够的资金，才能真正开始。

这是一个非常有智慧、有价值、有能力的人，换个舞台，他一定会马到成功，但现在，却空守着令人眼花缭乱的承诺，执意等待，耗尽精力，而这些诺言的实现，却遥遥无期，或者说疑虑重重。

我有幸能够公开表示对他的尊敬。他毫不气馁，认定自己的目标，就竭尽全力要达到。我走的时候，他开了一家玻璃厂，制造最好的产品，去跟中国人的玻璃作坊竞争。我真心实意，祝愿他所有的不懈和坚韧最终都能得到回报。

在城里，科菲内建了一栋房子，还开了一家欧式商店，拓展他的业务。他还往法国邮寄一些这里本地的产品样品。

几周之后我们在沿江下行时又遇见了，而且他身边还有一位上海的商人，想开一家商行。

总之，不管人家怎么说，法国人从不缺少个人创业的精神。

但他们所作的努力却总是互不相干的，很多时候都缺少足够的资源，没法坚持到好光景，得到鼓舞人心的结果。而且，还需要说明的是，这些跑来碰运气的人通常不仅不会被看作是未来收成的播种者，反而都会被看作异类。

1月底，迪·布舍龙和马基完成了水文测绘，回到了重庆。

他们一路都非常平安。以前他们认为蒸汽船根本不可能在涪州航行，这次也有了一点新的认识。

我的继任者，海军上尉奥德马尔不久后也到达了重庆。

内格尔第医生、马基和我一同乘坐木船离开重庆。迪·布舍龙因为需要给奥德马尔交代相关事务，需要继续在重庆多待几天。

我最后一次跟我的所有朋友握了握手，他们包括：科菲内、杜克洛、艾丁格医生、邦斯·当迪领事先生，以及重庆的传教士们。

正直的蒲兰田和他勇敢的妻子在我走的时候泣不成声。

希望我们可敬的引航员蒲兰田在此接受我的谢意。多亏了他，我才能顺利完成任务。

江水突然降得很低，险滩又变得危险起来。兴隆滩和新滩此时正露出它们最可怕的面目，然而我们却毫发无损地通过了。

在宜昌等了几天之后，我们乘一条内河船到达了上海，迪·布舍龙也处理完了相关事务，跟我们会合了。

5月6号，我们在马赛上岸，这一天距离离开重庆刚刚两个月。

新滩

　　我一直在回忆，刚才也是这样，回忆我们在中国整整18个月的冒险经历。当我的双脚再次踏上法国土地的时候，一阵巨大的悲伤袭来。

　　在我们经历了那么多痛苦之后，因为，我可以证实，我们经历过这些痛苦，法国实际上得到了什么好处呢？几乎没有。我是去中国"播种"，仅此而已。

　　要等收获时节到来，还需要称职的农人辛勤照料他的田地。他们还会继续吗？我无从得知。

　　我只知道，在这项任务中，在"奥尔里"号上，我们所有人都付出了全部的身心。

　　如果没有众人的配合，我一人也毫无用处。但是，我完成了任务。比起我自己的功劳来说，我想说的是，我更要归功于我最忠诚、最珍贵的朋友们、军官们、船员们，以及合作者们。

　　因为实际上，他们承受着比我更多的辛苦，在这一切结束之际，我要重申，我们完成了任务，我们有理由骄傲，这是为我，更是为他们。

　　德国人在长江上游失败了，英国人已经开始相信他们可以在四川独霸一方，不管怎样，他们是这么说的。就在这个时候，我们成为最早驾驶着两艘蒸汽船抵达长江上游的法国人。

我们在重庆和叙府创造的，是其他人无法比拟的居住环境。我们在那里的陆地建造了据点，让我们得到了权力，一旦时机成熟，就可以向中国的这个省份提出要求，得到财富。

在可航行的河段，没有任何人走得比我们远。比起任何人，我们让法国的国旗飘扬在了更远的地方。

我们绘制的长江及其支流的水文地图，打开了通途。

此外，我们还将一次暴乱扼杀在了摇篮中，它本会孕育出一场大屠杀，而且凭借它可怕的队列，已经拉开了一场新的战争。

迪·布舍龙、马基、泰里斯、莫诺、蒲兰田，还有你们，我最勇敢的水手们，当我在写作的时候，你们一些人名字就出现在我的笔下，但你们所有人都值得赞颂，你们的勇敢和无畏无与伦比。你们可以放心地对自己说："我们已经完成任务了。"

在这里，请允许你们的前任指挥官跟所有人说一声："谢谢！"

重庆法国水师兵营